Amando e sendo amado.
Bella Andre
QUANDO UM HOMEM AMA UMA MULHER
A história que deu origem à família Sullivan.
QUANDO UM HOMEM AMA UMA MULHER
Autora best-seller do *The New York Times*
com mais de 3,5 milhões de livros vendidos
Bella Andre
Novo Conceito

Bella Andre é conhecida pelas histórias sensuais. Seus livros foram traduzidos para 9 línguas, e são best--sellers em muitos países do mundo. Quando não está no computador, você pode encontrá-la lendo seus autores favoritos, caminhando, nadando ou sorrindo. Casada e mãe de dois filhos, Bella vive na Califórnia.

WWW.GRUPOEDITORIALNOVOCONCEITO.COM.BR

Novo Conceito

Bella Andre

PRECISO DO SEU AMOR

Tradução:
Marsely de Marco Martins Dantas

Novo Conceito

Título original: *It must be your love*

1ª Impressão — 2015
Impressão e Acabamento Intergraf 050815

Produção Editorial:
Equipe Novo Conceito

Dados Internacionais de Catalogação na Publicação (CIP)
(Câmara Brasileira do Livro, SP, Brasil)

Andre, Bella
Preciso do seu amor / Bella Andre ; tradução Marsely de Marco Martins Dantas. -- Ribeirão Preto, SP : Novo Conceito Editora, 2015.

Título original: It must be your love
ISBN 978-85-8163-765-5

1. Ficção norte-americana I. Título.

15-04466 CDD-813

Índices para catálogo sistemático:
1. Ficção : Literatura norte-americana 813

Novo Conceito
Rua Dr. Hugo Fortes, 1885
Parque Industrial Lagoinha
14095-260 – Ribeirão Preto – SP
www.grupoeditorialnovoconceito.com.br

Recado da Bella

Depois de escrever mais de vinte livros, aprendi que toda história tem seu próprio ritmo. Algumas são rápidas e quentes, outras são mais lentas e mais doces, e outras, como a deste livro, incluem todas as alternativas anteriores.

Sempre adorei escrever sobre as mulheres da família Sullivan (Sophie "Boazinha" em *Só Tenho Olhos para Você*, e Lori "Mazinha" em *Em Meus Pensamentos*), pois elas têm muita paixão pela vida. É por isso que foi muito emocionante finalmente dar a Mia Sullivan o seu felizes para sempre com Ford, o herói roqueiro quente e sensual.

Caso esta seja sua primeira vez lendo a série da família Sullivan, você conseguirá entender a trama facilmente, pois os livros são independentes e há uma árvore genealógica da família Sullivan em meu site, por meio da qual você pode ver como as histórias se conectam. (http://bellaandre.com/wp-content/uploads/2013/11/SullivanFamilyTree.pdf)

Obrigada, novamente, por ser o leitor mais surpreendente do mundo! E-mails, tweets e recados no Facebook e no Goodreads sempre me fazem ganhar o dia.

Boa leitura,

Bella Andre

Um

A música ainda soava em seus ouvidos quando Ford Vincent foi em direção aos corredores sinuosos no fundo do estádio em que havia acabado de tocar em Tempe, Arizona. Quase setenta e cinco mil pessoas estavam na plateia naquela noite e Ford deu tudo de si a elas. E agora, como toda noite na estrada, dezenas de mulheres esperavam por ele do lado de fora da porta, gritando: "Eu te amo, Ford!" ou "Faço qualquer coisa para ficar com você hoje".

Apesar de os seguranças sempre fazerem o melhor para manter as coisas sob controle, havia pelo menos cinco mulheres pressionando-se contra qualquer parte que conseguissem do corpo de Ford assim que ele saiu do edifício. O mais fácil era baixar a cabeça e passar pela multidão com tudo, mas desrespeitar suas fãs era algo que Ford jamais faria. Mesmo elas frequentemente ultrapassando os limites do seu espaço pessoal.

Foi isso o que sempre quis, Ford lembrou a si mesmo enquanto dava autógrafos. Que as pessoas o amassem. Que as pessoas gostassem dele. E ele acabou sendo muito mais bem-sucedido do que poderia ter sonhado.

Então por que tudo parecia tão artificial?

Ford estava quase conseguindo passar pela multidão quando um novo grupo de mulheres o viu na esquina do estacionamento. Ele sinalizou para que seu segurança liberasse o caminho para ele, e conseguiu finalmente entrar no ônibus.

Natasha Lawrence estava sentada à mesa com o computador aberto. Olhando para cima, ela disse:

— Grupinho bem barulhento lá fora, não? Vá tomar banho! Tenho algumas coisas para mostrar a você.

Natasha era uma das mais respeitadas cineastas do mercado e, depois de passar alguns meses trabalhando com ela, Ford não apenas admirava sua habilidade e talento, mas também sua total fidelidade ao marido e à família. Depois do que tinha visto e vivido durante mais de uma década de estrada, ele passou a acreditar que esse tipo de devoção era muito, muito raro. O único homem para quem Natasha se iluminava toda era o marido. Depois de anos como símbolo sexual, Ford gostava de estar perto de uma mulher que não estava nem um pouco disposta a arrancar o sutiã e se jogar em cima dele.

Um minuto depois, ele deixou escapar um suspiro de alívio ao ficar em pé sob o jato de água quente. O banho após o show era a única coisa indispensável ao sair do palco. Outros roqueiros precisavam de mulheres, drogas, álcool e da equipe toda. Ford poderia ter todas as mulheres daquela noite apenas com um estalar de dedos. Mas as dores da manhã seguinte, a mente embaçada e os "amigos" bajuladores já tinham deixado de ser divertidos bem antes dos trinta anos. Sem falar que acordar ao lado de uma estranha tinha perdido a graça havia *muito* tempo.

Ele sempre, inevitavelmente, comparava essas mulheres com a única com quem realmente tinha gostado de acordar junto...

Ford enxaguou o cabelo e o corpo e depois deixou a água morna percorrer na pele por mais alguns segundos antes de desligar o chuveiro. Depois de enxugar os cabelos, abriu a porta e pegou a toalha pendurada no suporte de metal na pequena parede azulejada. Depois de secar-se rapidamente, pegou a calça jeans e uma camiseta.

— Fizemos ótimas filmagens hoje — disse Natasha quando Ford sentou-se ao lado dela. Natasha apertou o play em uma das janelas da tela do computador.

— O público ficou bem animado — acrescentou ela com um sorriso —, e a música também não era tão ruim.

— Arizona é sempre bom — concordou Ford.

Apesar do entusiasmo da plateia e do desempenho da banda, Ford sabia que não tinha sido seu melhor show. Antes a magia costumava acontecer assim que ele pisava no palco, mas agora ele tinha que se esforçar mais a cada noite para que houvesse faíscas. Em algumas noites, como naquela, Ford saía do palco sentindo que não tinha merecido muito os pedidos de "bis".

Natasha passou algumas garrafas de água para ele assim que o ônibus começou a se movimentar e Ford tomou um gole de uma vez só para repor os líquidos perdidos enquanto corria pelo palco com o violão e o microfone durante as três horas de apresentação. Ela iria filmar o próximo show em Albuquerque, no Novo México, na noite seguinte, e, como geralmente Ford demorava algumas horas para relaxar depois de uma apresentação, fazia sentido para eles trabalharem no filme, mesmo que isso significasse reuniões à meia-noite, exatamente como aquela.

— Como você sabe, andei reunindo vídeos de fases anteriores da sua carreira feitos por noticiários e o público em geral.

Natasha fechou a janela do vídeo que mostrava o show daquela noite e abriu outro vídeo que obviamente tinha sido feito com uma câmera de qualidade muito inferior.

— Ao mesmo tempo em que a qualidade de alguns clipes não é excepcional, alguns deles são tão impactantes que dá muito bem para fazer cortes, e a qualidade do filme não será afetada.

Inicialmente, Ford não havia se interessado em fazer um filme sobre si mesmo. Não só porque ele ainda se sentia como uma criança brincando na caixa de areia do playground do rock enquanto Jagger e Bowie já tinham conseguido seus lugares nos balanços, mas também porque Ford não tinha interesse nenhum em ver estranhos vasculhando seu passado. Só quando Natasha deixou claro que estava apenas interessada na música dele e em como ela afetava as pessoas em todo o mundo é que Ford concordou em permitir que ela filmasse sua turnê. Claro que ele também tinha que dar a aprovação final de qualquer filmagem que ela fizesse. Até agora, Ford tinha ficado muito impressionado com o que Natasha tinha lhe mostrado. Não eram apenas clipes dos seus shows e entrevistas com os membros da banda e com os engenheiros de áudio, mas também debates interessantes com terapeutas musicais que usavam suas músicas para ajudar no processo de cura dos pacientes.

— Essa gravação é de cinco anos atrás. Você estava tocando em um pequeno clube em Seattle para o pré-lançamento do seu primeiro álbum em uma grande gravadora, então havia muitas câmeras filmando a apresentação. Achei alguns clipes com qualidade melhor, mas achei esse aqui um dos mais interessantes e gostaria de saber o que você acha dele.

Cinco anos atrás?

Seattle?

Ford segurou a nova garrafa de água com mais força quando Natasha pressionou o play.

Deus do céu, lá estava ela.

O operador de câmera tinha dado um zoom ao Ford entrar no palco para tocar a primeira música antes de afastar a imagem e focar na plateia, que ia à loucura. As fãs dançavam, cantavam e gritavam de alegria. No entanto, uma mulher se destacava entre todas.

O vestido prateado, os cabelos loiros caindo nos ombros e uma expressão de puro prazer no rosto ao sentir a música dominá-la por inteiro faziam com que o operador de câmera não conseguisse desviar a lente da mulher.

Ford também não conseguia parar de olhar para ela. Quando a câmera deu um zoom tanto em Ford quanto na plateia, o momento em que ele e Mia Sullivan haviam se entreolhado pela primeira vez ficou eternizado na filmagem.

E foi completamente eletrizante.

Tudo voltou à mente de Ford com tanta força — a surpresa ao ver que uma mulher conseguia ser *tão* linda, o choque de que alguém pudesse permitir que um estranho visse tanta emoção honesta em seus olhos, a forma como cada centímetro de seu cabelo sedoso, sua pele macia e suas curvas deliciosas eram pura sensualidade. Isso fez com que Ford quase quisesse entrar na tela do computador. Só a percepção tardia de que Natasha estava cuidadosamente observando o comportamento dele é que fez com que se controlasse.

— Você foi surpreendente naquela noite, Ford.

Natasha tinha razão. Aquela noite em Seattle foi palco de um dos melhores shows da vida dele, pois, pela primeira vez, ele havia tocado para mais alguém além de si mesmo e de uma plateia de estranhos.

Ele havia tocado para Mia.

Natasha pausou o vídeo e, antes que Ford conseguisse fazer o cérebro voltar a trabalhar para pedir a ela que não parasse, ela abriu outra pequena janela à direita da tela:

— Também queria que você desse uma olhada neste clipe de bastidores.

Cada músculo do corpo de Ford havia tensionado quando Natasha deu o play novamente e ele adivinhou o que veria: Mia sendo levada aos bastidores. Desde o primeiro olhar para ela na plateia, Ford havia ficado desesperado para encontrá-la, tocá-la, chamá-la de sua.

Se as faíscas entre eles tinham sido quentes quando ele estava no palco e ela, na plateia, as chamas quase se projetaram para fora da tela quando eles se aproximaram um do outro no camarim sem janelas, onde Ford estava prestes a participar de uma reunião pós-show com a imprensa.

Quando Ford segurou a mão de Mia no vídeo, Natasha puxou e indagou:

— Você se lembra dela?

Embora eles apenas tivessem passado uma semana juntos, Ford não conseguia parar de verificar periodicamente na internet se Mia estava em um relacionamento sério. Repetidas vezes no decorrer dos anos ele continuava a se torturar dessa forma, e, toda vez que via a foto dela com outro cara, seu coração parava, como tinha acabado de acontecer. Para tentar se recuperar, Ford bebia cada vez mais, festejava cada vez mais e passava cada vez mais horas no estúdio e na estrada tentando esquecê-la.

Porém, ele nunca conseguiu.

Pois Mia Sullivan era inesquecível.

— Como esse documentário é sobre a minha música e não sobre a minha vida pessoal, não vejo por que isso é importante.

Ao contrário da maioria das pessoas, Natasha não recuou diante da clara mensagem para que fizesse isso. E apesar de Ford ainda não ter confirmado que se lembrava de Mia, Natasha perguntou:

— Você manteve contato com ela?

— Não. — A resposta monossilábica de seus lábios foi um pouco mais que um grunhido de irritação.

Incapaz de permanecer sentado, ele se levantou. Ford nunca tinha dado uma de astro do rock com Natasha antes, mas ver Mia na tela de forma tão inesperada fez com que cada centímetro dele, por dentro e por fora, doesse.

— Por que você quer saber isso?

— Passei os últimos meses praticamente vivendo no seu bolso de trás, Ford. Você é ótimo com suas fãs e sua equipe, e falei a verdade quando disse que minha intenção é captar sua música. De onde ela vem. Como ela afeta as pessoas. Mas não dá para fazer isso, ou fazê-lo bem, sem descobrir, e mostrar, o que o transformou em quem você é e por que você escreve essas músicas. E temo que, em algum momento neste período, comecei a gostar de você — disse Natasha, sorrindo —, bem mais do que jamais pensei que pudesse gostar de um roqueiro que tem o mundo aos seus pés.

Natasha olhou para a tela que capturava os dois momentos mais importantes da vida de Ford:

— Nunca vi essa mulher antes. Nunca ouvi você falar sobre ela. Mas assim que vi esses vídeos, minha intuição me disse que ela é de vital importância. Aprendi da forma mais difícil no decorrer dos anos a sempre ouvir minha intuição, mesmo quando sei que pode arruinar o filme que estou fazendo.

Ela olhou para ele, por detrás dos óculos de leitura, da forma que sempre o fazia vê-la como uma irmã ou uma mãe que se importava com ele, caso Ford tivesse tido a sorte de ter uma delas em sua vida.

— Prometo que ao perguntar a você sobre essa mulher não estou mais pensando na filmagem. Esta sou eu falando com você como amiga.

A cortina da longa janela atrás da mesa embutida estava levantada, e como eles iam a cem quilômetros por hora na autoestrada à meia-noite, tudo o que Ford conseguia ver era um borrão de postes de luz, outdoors acesos e placas de postos de gasolina. Ele passou toda a vida adulta vendo o asfalto queimar debaixo dos pneus da van, e depois de ônibus cada vez maiores conforme sua fama e seus ganhos cresciam. Ele às vezes pagava suítes de hotel em Los Angeles e Nova York para dias ocasionais em que não tinha que pegar a estrada por aí, mas nunca se sentiu em casa nesses lugares. Ford sempre dizia a si mesmo que não queria nem precisava de uma casa, que a estrada era sua casa, e que era assim que ele sempre quisera que a vida fosse.

Mas ele não era mais tão tolo nem tão jovem para fingir que o dia em que estivesse velho demais para correr por um palco a noite toda não chegaria. Especialmente considerando quanto um show de três horas tirava dele. Como seria viver nesse ritmo implacável em cinco anos? Em dez? Para onde ele iria então? E com quem iria?

Ford não conseguia se imaginar morando em Boston, onde viveu quando criança, nem em Nova York, Los Angeles ou Londres, onde trabalhava a maior parte do tempo quando não estava em turnê. Não importava quanto se esforçasse para parar, seu cérebro sempre voltava para Seattle, onde ele tinha passado a semana mais incrível com a mulher mais linda do mundo.

— Há quanto tempo você não a vê?

Com o passar dos anos, Ford tinha trabalhado com muitos músicos que eram alcoólatras em recuperação. Ele entendia que, mesmo que um viciado ficasse sóbrio por anos, um gole seria o suficiente para o vício voltar com tudo e com mais força que antes, como se os anos de abstinência nunca tivessem acontecido. Agora, Ford sabia exatamente como era isso, pois não conseguia parar de olhar para a tela do computador, em que a beleza e a vitalidade de Mia o atraíam ainda mais que antes.

— Cinco anos.

— Você tentou entrar em contato com ela?

Mais uma vez, sua resposta foi curta:

— Não.

Ele fez tudo exceto isso. Trabalhou como um condenado para tentar esquecê-la, tentou enterrar o que sentia por Mia. Ford passou de mulher em mulher, de cidade em cidade, de um palco a outro. Mas pensar em ter Mia de volta em seus braços fazia com que a saudade e o desejo latentes há muito tempo o dominassem por inteiro.

— Por que não?

Como podia explicar como tinha sido bom estar com Mia e como se sentiu mal ao terminar? Especialmente quando sabia que não devia dizer mais nada a Natasha. Não quando já tinha dito – e mostrado – demais a ela. Pois, se ela decidisse quebrar a promessa que lhe fez, tornando qualquer informação pública, sua cova já estaria cavada. E seria bem profunda.

Assim como escrever uma música faz com que você descubra o mistério em que verdadeiramente acredita, a cada verso, Ford ficou surpreso ao descobrir que a mesma coisa acontecia com aquela conversa tão inesperada.

Por fim, ele admitiu:

— Éramos muito jovens.

Aquela não era toda a verdade. Não chegava nem perto. Ele cometeu todos os erros possíveis com Mia. Orgulho. Ego. Culpa. Tudo isso influenciou muito em sua decisão de deixá-la e manter-se longe dela.

— *Eu* era jovem. Estúpido. Como você disse, eu achava que o mundo todo estaria esperando aos meus pés. Inclusive ela.

— Nós todos já fomos jovens e estúpidos — pontuou Natasha —, mas, se você me perguntar, diria que o fato de você ainda estar apaixonado por ela é mais importante que tudo isso.

Natasha esperou, como se estivesse dando a Ford uma chance de negar que ainda estivesse apaixonado por Mia. Mas ele não conseguia.

Não quando agora percebia que qualquer palavra que dissesse para negar seria uma mentira deslavada.

— A forma como você olhou para ela no palco em Seattle há cinco anos... Eu queria estar filmando você agora para que pudesse ver como olhou para ela na tela do meu computador, exatamente da mesma forma. E se ela ainda estiver tão apaixonada por você também? — A voz dela foi delicada ao acrescentar: — Sei que as pessoas pensam que você tem tudo. Fama. Sucesso. Estádios lotados e músicas de sucesso. E pessoalmente vi que você gosta do que faz. — Natasha olhou ao redor do interior do ônibus luxuoso e acrescentou: — Mas não consigo não perguntar: se vocês dois *conseguissem* acertar as coisas dessa vez, do que você estaria disposto a abrir mão para tê-la de volta?

A palavra *tudo* veio à mente de Ford no exato momento em que o antigo vídeo começou a ser reproduzido de novo. Ao assisti-lo, ele se lembrou de que Mia tinha acabado de chamá-lo quando várias jovens seminuas se jogaram para cima dele. Mesmo enquanto dava os autógrafos para as meninas, Ford não parava de contar os segundos para ficar a sós com Mia novamente.

Naquele momento, em pé no ônibus, Ford percebeu que ele nunca tinha parado de contar esses segundos durante os cinco anos inteiros em que não via Mia.

Uma vez ele acreditou que sua música, seu violão e suas canções eram tudo de que ele precisava. E agora, à medida que o ônibus percorria mais uma estrada em direção a mais um estádio, Ford finalmente percebeu que suas músicas e seu público jamais poderiam nem de longe preencher o vazio dentro de si.

Apenas uma coisa – apenas uma pessoa – tinha sido capaz de preencher aquele vazio.

Somente Mia.

Dois

Mia Sullivan não sabia nada sobre o homem que estava prestes a encontrar... exceto que ele devia ser bem rico.

Podre de rico mesmo.

Mia tinha sido contatada no dia anterior por um advogado representando o cliente que estava interessado em comprar uma casa em Seattle. O orçamento? Dez milhões de dólares, cinco a mais ou cinco a menos, se necessário.

A localização? De frente para o lago, claro.

O prazo? Imediatamente.

O cliente? Anônimo até hoje.

Como proprietária da Imobiliária Sullivan, com meia dúzia de corretores trabalhando para ela, Mia já tinha a agenda cheia de reuniões e visitas a imóveis com clientes naquela sexta-feira de manhã. Além disso, ela achou a história do comprador anônimo mais que suspeita. Que motivo um cliente em potencial teria para manter a identidade secreta? Principalmente quando ela já tinha vendido propriedades a alguns dos homens mais ricos do mundo, sem falar que era prima do astro de cinema Smith Sullivan e do jogador profissional de beisebol Ryan Sullivan. Com várias possibilidades passando rapidamente por sua mente, Mia concluiu que era possível que o comprador pudesse ser um condenado rico e perigoso que já tinha cumprido pena e agora queria recomeçar a vida em uma casa grande no lago do noroeste do Pacífico.

Claro que iria amar a comissão de uma venda de milhões de dólares, mas, àquela altura, ela realmente não precisava. Além disso, Mia Sullivan tinha quatro irmãos mais velhos e pais amorosos que a haviam ensinado muito bem a cuidar de si mesma, e ela não se deixava ludibriar por ninguém.

Bem, quer dizer, com exceção de cinco anos atrás, quando se deixou enganar completa e totalmente, e por amor...

Escondendo esse pensamento horroroso nas profundezas da sua mente, que era onde ele deveria ficar, Mia perguntou objetivamente:

— O seu cliente foi condenado por algum crime horrível?

Parecia que o advogado mal conseguia conter o riso ao dizer:

— Não, prometo que ele não é nem de longe um assassino.

Pelo menos agora ela sabia que era um homem.

— Acho que vai ser muito difícil encontrar uma casa para um cliente que insiste em permanecer anônimo. — Como o advogado continuou em silêncio, Mia acrescentou: — Tenho que saber a idade e o tamanho da família ou da equipe que irá trabalhar na casa, no mínimo.

— Me desculpe por não poder divulgar mais detalhes sobre o meu cliente, mas prometo que ele tem a mente sã e não tem a intenção de lhe fazer mal nenhum.

— Se está dizendo isso para me tranquilizar...

— Eu também tenho um cheque ao portador de vinte mil dólares como entrada para os seus honorários. Se você conseguir encontrar uma casa que o meu cliente deseje comprar, ou não, o dinheiro é seu.

Como se tudo estivesse ensaiado, o assistente de Mia, Orlando, trouxe um envelope assim que o advogado parou de falar.

Mia tirou o cheque do envelope e, dessa vez, quando abriu a boca, não disse mais nada. Então, apesar das bandeiras de alerta vermelho acenando em sua cabeça, algo que definitivamente não podia ser ignorado, o fato era que nenhuma imobiliária no planeta iria desconsiderar um cliente como aquele. Anônimo ou não, ele estava levando bem a sério comprar uma casa de frente para o lago em Seattle, então Mia decidiu passar os outros clientes do dia para Orlando e marcar novas visitas às três melhores propriedades à venda na cidade.

Era bem provável, Mia pensou ao caminhar pela entrada da primeira casa, que ele fosse um nerd de vinte e dois anos que tivesse ficado rico devido a alguma descoberta relacionada à tecnologia de ponta, e que não tinha nenhuma habilidade social. Nada a ver com um condenado que acabou de sair da prisão.

Ao abrir a porta principal da maravilhosa propriedade de frente para o lago, Mia agradeceu silenciosamente por ser um dia perfeito. As nuvens estavam brancas e fofas em um céu azul brilhante, e a água do lago Washington estava tão calma que parecia vidro. Mia gostava muito de morar no arranha-céu que tinha vista para o centro de Seattle, mas era possível sentir como esse lugar era sedutor. Sem dúvida, pensou com um sorriso ao entrar na casa espetacular, se ela tivesse dez milhões de dólares sobrando e pegando poeira, com certeza compraria um imóvel como aquele para si mesma.

De forma rápida e ágil, Mia passou por todos os cômodos do térreo, acendendo as luzes, arrumando os vasos de flores e mexendo um pouco na mobília para fazer com que a casa parecesse perfeita.

Não que a casa precisasse de muita ajuda nesse quesito. Pois, ao mesmo tempo em que Mia acreditava que as três casas do dia agradariam até mesmo o comprador mais exigente, ela estava particularmente pendendo para aquela por causa de uma característica única.

A torre.

Que mulher não adoraria pensar em um belo e forte príncipe escalando as pedras e os galhos das árvores para dar seu beijo de amor verdadeiro em uma torre? E que homem não teria gostado de rastrear invasores do alto da torre como um guerreiro teria feito há séculos? Além disso, pensando de forma mais prática, a torre era bem iluminada, tinha lindas paredes de pedra e proporcionava uma vista incrível.

A casa pertencia a um casal muito bacana que, infelizmente, estava se separando. Mia tinha participado de algumas festas que eles deram no decorrer dos anos e sempre ficou impressionada ao ver como eram parecidos, desde os cabelos loiros até o estilo clássico de se vestir. Ela ficou bastante surpresa quando eles telefonaram para lhe dizer que estavam se separando e que queriam colocar a casa à venda. Pelo que Mia sabia, eles nunca brigaram nem pareciam bravos um com o outro por trás dos sorrisos frágeis e do carinho fingido, como tantos outros casais faziam. Contudo, por mais que pensasse nisso, Mia realmente não conseguia se lembrar de ter visto os dois se tocarem também. Tudo indicava que o divórcio estava se desenrolando com tão pouca paixão quanto o casamento.

Mia parou no meio da escada que levava ao quarto da torre e olhou pela pequena janela que tinha vista para o enorme jardim.

Como, ela se perguntava, *as pessoas conseguiam encontrar o equilíbrio entre o amor e a luxúria? Amizade e paixão?*

Lá fora, do outro lado da janela, havia o lago azul e um iate ancorado, mas ela mal os conseguia ver enquanto fazia a si mesma as perguntas que não paravam de vir à sua mente agora que tantos membros de sua família tinham encontrado *sua cara metade*. Primeiro, os oito primos em São Francisco tinham todos se apaixonado. Quatro já estavam casados e outros quatro estavam noivos, e o casamento de Marcus e Nicole seria no próximo domingo, na vinícola de Marcus, em Napa Valley. E então, no verão passado, seu irmão Rafe tinha se apaixonado loucamente pela velha amiga Brooke.

Claro que Mia estava muito feliz por seu irmão e por seus primos. Mas depois de ver cada um daqueles casais felizes, ela começou seriamente a duvidar que encontraria o que todos eles tinham. E devido ao seu grande erro em um relacionamento no passado, ela claramente não tinha ideia do que era o verdadeiro amor.

O som das gaivotas bem próximas à janela a trouxe de volta de seus devaneios. O comprador anônimo chegaria em quinze minutos, e Mia queria estar completamente pronta para atendê-lo. Depois de subir o último lance de escada de dois em dois degraus, ela chegou ao espesso piso de madeira da torre.

Ficou um pouco surpresa ao encontrar a porta aberta. Mas, quando entrou, ficou ainda mais surpresa ao perceber que o quarto não estava vazio, e que o comprador anônimo era o último homem na face da Terra que ela queria ver.

Subitamente, cinco anos estavam diante dela, e Mia revivia o momento em que o viu pela primeira vez.

* * *

Cinco anos atrás, em algum lugar no centro de Seattle...

Mia estava tendo o melhor dia de sua vida. Ela tinha vendido sua primeira propriedade de sete dígitos e teve um jantar maravilhoso com a família na casa de seus pais, em que a mãe, o pai e os quatro irmãos a tinham surpreendido com um enorme arranjo de flores e champanhe para brindar seu êxito. Depois de voltar para casa para vestir roupas não tão profissionais e mais justas, ela saiu para continuar a celebrar em um conhecido bar de Seattle, com alguns dos colegas que também tinham feito bons negócios naquela semana.

Mia estava empolgada demais no jantar com a família para dar apenas alguns goles no champanhe que abriram por causa dela, e agora o mojito parecia ainda melhor. Cheia de energia, Mia estava pronta e analisando a banda que começava a tocar para que pudesse ir para a pista de dança. Ela se sentia especialmente sensual naquela noite, com um vestido prateado cintilante com listras bem finas e um enorme decote nas costas. Mia não era muito alta, mas com a barra do vestido mal cobrindo suas coxas e o salto agulha, ela sentia que dava para encarar qualquer uma das supermodelos em treinamento na plateia.

O bonitão que ela estava paquerando tinha ido buscar outra bebida quando a música e as luzes diminuíram, e dezenas de garotas começaram a gritar. Mia não sabia muito bem quais eram as músicas da época, mas pelo jeito o show daquela noite era a sensação do momento. Mia gostava mais de marinheiros fortes e musculosos do que de roqueiros com tatuagens e roupas de couro. Mesmo assim, a forma como as outras mulheres do lugar agiam fez com que ela ficasse um pouco curiosa sobre o cantor.

Será que Ford Vincent era mesmo tão maravilhoso assim?

Na mesma hora, uma voz masculina interrompeu o barulho da multidão e os gritos foram diminuindo, e, então, milagrosamente, ficou o maior silêncio, e a voz de Ford parecia ressoar dentro da alma das pessoas.

Mia se esqueceu totalmente do rapaz que estava paquerando e passou pelo meio da multidão para ficar mais perto do palco. Ela tinha chegado quase à frente quando os holofotes se acenderam.

Ah, meu Deus, o cantor era lindo! Mas não era um roqueiro típico. Sim, ele usava calça de couro e tinha os cabelos na altura dos ombros, e era forte, coxas e braços musculosos, e um físico digno de quem devia passar muito tempo erguendo coisas bem mais pesadas que uma guitarra.

Alguns segundos depois, Mia percebeu que a aparência dele não importava, pois ela estava totalmente perdida na música; seus olhos foram se fechando ao mesmo tempo em que seu corpo se deixava levar por aquele som.

Quando tomou uma cotovelada, Mia abriu os olhos para ver quem estava batendo nela. A garota ao lado dela disse: — Ele está cantando para você!

Logo em seguida, Mia virou-se para o palco e o olhar quente do cantor a penetrava. Ela nunca teve medo da sensualidade inata, mas... Ah! A forma como apenas um olhar daquele homem a fazia derreter por dentro era suficiente para fazê-la ficar alerta.

Mia sempre esteve no comando de seus relacionamentos e estava acostumada a ser mais querida e desejada do que querer ou desejar. Relacionamentos e sexo só tinham a ver com diversão. Em vinte e três anos, seu coração jamais tinha sido colocado em risco, e ela estava tranquila com isso. Achava que tinha bastante tempo para encontrar a pessoa certa.

Enfeitiçada pelo calor e pela intensidade do olhar de Ford, Mia não conseguia fazer nada além de ficar em pé no meio do público repleto de fãs enlouquecidas e retribuir o olhar. Só quando a multidão enlouqueceu no final da música, o baixista disse algo no ouvido de Ford e ele desviou a atenção, foi que ela conseguiu se desvencilhar do que tinha chegado perto de um estado hipnótico.

O corpo dela estava estranho, a boca, seca, as mãos pinicavam, e o coração batia rápido demais. Tentando se recompor, ela virou para trás e procurou suas amigas no meio da multidão. Mia precisava de mais uma bebida para molhar a garganta e, mesmo não sendo tão tarde, talvez voltar para casa.

Mas em vez de encontrar suas colegas na multidão, que parecia ter quadruplicado durante a maravilhosa primeira música, tudo o que Mia conseguia ver eram dezenas de meninas bonitas que claramente fariam de tudo para passar uma noite na cama do cantor.

— Vocês são um público maravilhoso, não são?

A pergunta de Ford, feita em um tom bem baixo, fez com que o corpo todo de Mia se arrepiasse de desejo, e a multidão gritou de volta, dizendo que o amava, que ele era o cara, que ele podia fazer o que quisesse com elas.

— Eu já ia fazer com que fosse bom para vocês — disse ele com uma voz sensual —, mas agora vou fazer bem gostoso.

Mia jurava que podia sentir o olhar de Ford abrindo um buraco ardente dentro dela enquanto falava, e algo lhe dizia que as palavras dele não eram apenas para o público, mas eram um desafio para ela, pois ele tinha percebido que ela estava prestes a partir.

Mia nunca teve medo de nada em sua vida. Além disso, ela não conseguia parar de pensar que se apenas um olhar e a voz dele a tinham afetado tão profundamente, o que um toque seria capaz de fazer? E um beijo?

Ela estremeceu diante do delicioso pensamento de ter aquelas mãos que manipulavam a guitarra com tanta reverência fazendo o mesmo com sua pele nua. Mia estava ali para celebrar, afinal de contas, e que mal apenas uma noite com um roqueiro poderia fazer?

Quando ela finalmente se virou de frente para o palco, Ford arqueou a sobrancelha como se estivesse lhe fazendo uma indagação. Um sorriso que dizia: "Se você quiser uma noite comigo, um astro do rock, você vai ter que fazer por merecer".

E, naquela noite, quando Ford finalmente a levou para cama, ele…

Três

Linda.

Olhar para ela ali, surpresa, e então, um pouco depois, totalmente furiosa, fazia com que Mia Sullivan continuasse sendo a mulher mais bonita que Ford tinha visto.

Mia estava aproximadamente a três metros de distância na primeira vez em que ele colocou os olhos nela no meio da pista de dança lotada, usando um minúsculo vestido prateado, as pontas do cabelo loiro roçando na altura dos seios. Naquela noite em Seattle, a forma como Mia fechou os olhos para mover-se ao ritmo da música que Ford tinha escrito, tão sensual que ele quase se esqueceu da letra, o impossibilitou de desviar o olhar. E, quando ela abriu os olhos e o encarou, Ford sentiu o impacto, como se fosse o bumbo da bateria reverberando em toda a sua alma.

Naquela noite, ele queria desesperadamente saber como a pele dela era macia debaixo de seus dedos calejados, como sua boca teria um gosto doce contra a dele e como seria bom abraçá-la. Cinco anos depois, Ford ainda se lembrava de como queria tocá-la cada vez mais, como queria acariciar cada uma das suas doces e pecaminosas curvas mais e mais até que os dois quase fossem à loucura de tanto desejo.

Naquela noite no bar, o minúsculo vestido deixava as pernas incríveis de Mia à mostra, mas, de alguma forma, o vestido amarelo que ela usava agora deixava suas pernas ainda mais sensuais. O cabelo estava um pouco mais longo, os olhos brilhavam e a boca carnuda, tão vermelha, estava levemente úmida, como se ela tivesse passado a língua nos lábios um segundo antes de entrar pela porta.

E não era apenas sua beleza que impressionava Ford, era a música que tomava conta do ambiente com a presença dela. Ela havia inspirado suas melhores músicas há cinco anos, por uma semana inteira ele se revezou entre fazer amor com ela e anotar acordes e versos que ficavam martelando em sua mente. Quanto mais distantes eles ficavam, menos a música fluía livremente em sua cabeça.

— O que você está fazendo aqui?

Nossa, como ela era espetacular, ele pensou ao ver os olhos dela brilhando de calor e de fúria.

— Você é ainda mais bonita do que eu me lembrava.

Diante do elogio honesto, Ford pensou ter visto prazer passar pelos olhos dela antes de a raiva retornar.

— E você é um imbecil ainda maior do que eu me lembro. — A voz dela era firme, mas não soou totalmente fria quando ela lhe disse: — Agora que você já se divertiu, quero que saia imediatamente desta casa e me deixe seguir com meu dia.

Ford a queria em seus braços. Ele nunca esqueceu, nem por um segundo sequer dos últimos cinco anos, como eles se encaixavam perfeitamente. Mas, naquele momento, ele não tinha dúvida nenhuma de que tocar Mia, ou pior, agarrá-la, era algo completamente proibido.

Ao ver como Mia estava brava, Ford sabia que precisava ser cauteloso. Não seria suficiente dizer que sentia muito por ter sido um babaca imaturo há cinco anos e por não ter percebido isso antes, mesmo sendo a mais pura verdade. Mia com certeza não acreditaria em nenhuma palavra que ele dissesse. Pelo menos por enquanto.

Então, em vez de cometer o erro de tentar, e fracassar, tê-la de volta em seus braços com palavras doces, Ford planejou uma abordagem diferente. Brincando com as intensas faíscas de atração que eram tão fortes entre eles agora como foram há cinco anos:

— Eu pensei — disse ele, recostando-se na parede de pedra como se estivesse perfeitamente à vontade — que mostrar esta casa para mim *fosse* fazer o seu dia.

— Para sua informação — disse ela ao ir na direção dele, com o lindo peitoral subindo e descendo debaixo do tecido macio do vestido, os olhos fumegando e a pele enrubescida de emoção —, se tivesse a menor ideia de que você era o meu cliente anônimo, eu teria dito não de forma tão rápida ao seu advogado que até agora a cabeça dele estaria rodando.

— É mesmo? — Ford certificou-se de que a palavra que saía de sua boca ficasse entre a interrogação e a provocação, mesmo sabendo que ele tinha se apresentado como cliente anônimo para ter absoluta certeza de que ficariam cara a cara novamente. — Você não queria ter a chance de me ver outra vez depois de todos esses anos?

Diante disso, uma das sobrancelhas de Mia arqueou-se.

— Sei que você é um egocêntrico inflamado, mas você pode estar falando sério. — Ela riu, mas de forma amarga. — Por que eu iria querer ver você novamente?

Porque você jamais parou de me amar, da mesma forma que eu sei agora que nunca deixei de amá-la, era a resposta que Ford desejava intensamente que estivesse no coração de Mia, mesmo que enterrada lá no fundo. Mas, como sabia que ela tinha anos de raiva para serem apaziguados primeiro, ele disse:

— Dessa distância, você poderia causar muitos danos em mim com o salto do seu sapato. — Como a expressão dela lhe dizia que estava de fato pensando nisso, ele acrescentou: — E pense nas outras formas como você poderia me ferir se chegasse um pouco mais perto.

— Tentador — resmungou Mia ao olhar para o salto agulha. — Incrivelmente tentador. Mas eu não ficaria com a consciência tranquila ao ver todas as suas fãs chorosas se eu arruinasse seu lindo rosto.

Como se tivesse percebido que estava mordendo a isca ao reagir diante do comportamento dele, Mia subitamente respirou de forma profunda e estável e sua pele enrubescida foi voltando ao tom normal e os punhos foram se abrindo. Outro homem poderia ter pensado que isso seria um passo na direção certa, mas Ford sabia que não. Mia Sullivan estava destinada a soltar fogo e faíscas.

Manter a calma significava que a estava perdendo.

Ford já a tinha perdido uma vez. Não importava o que fosse preciso fazer, ele não a perderia novamente.

Agora era Mia quem se recostava de leve no batente da porta, cruzando as belas pernas na altura dos tornozelos, dando um sorriso fingido.

— Você está mesmo interessado em comprar uma casa em Seattle? Ou só estava se sentindo um pouco entediado na estrada e pronto para dar umas risadas à minha custa hoje?

Sim, ele não podia negar que pedir a seu advogado para que ligasse para Mia solicitando ver casas em Seattle tinha sido por impulso. Mas antes de Mia chegar naquela manhã, Ford ficou algum tempo andando pela propriedade antes de subir na torre, onde teve a alegria de encontrar a porta aberta. Ele deveria ter ficado surpreso com a ideia de morar em Seattle em tempo integral ter-lhe parecido boa, especialmente porque durante toda sua vida adulta ele nunca tinha passado tempo suficiente em lugar nenhum para ter que cortar a própria grama ou manter a cozinha limpa; só em um ônibus de viagem que ele trocava todo ano por um modelo mais moderno e mais chamativo. Mas havia algo estranhamente sedutor nessas tarefas domésticas.

A ideia de desistir de *tudo* por Mia parecia ter-lhe ocorrido do nada na última viagem. E estar perto dela novamente confirmava que essa ideia sempre o acompanhou, ecoando dentro dele nesses longos cinco anos da mesma forma que algumas melodias brincavam com ele por semanas, meses, até mesmo anos, antes do dia em que finalmente se tornavam músicas.

— Realmente quero uma casa em Seattle — declarou Ford, quase não conseguindo manter as palavras *por sua causa* na boca. Era muita coisa e em pouco tempo, mas ele tinha que dizer: — E eu precisava ver você de novo.

— Parabéns — disse Mia com o mesmo tom frio. — Você conseguiu o que queria. Você me viu. Pela última vez.

Embora ainda estivesse só um pouco distante dele, quando Mia virou-se para sair, Ford sentiu que a tinha perdido. E isso significava que ele não tinha nada a perder ao declarar: — Nunca pensei que a veria dessa forma. — Quando ela não se virou, ele resolveu dar a última cartada. — Tão assustada ao me ver que decidiu sair em menos de cinco minutos.

A cobertura de gelo que a envolvia foi rachando mais a cada palavra que Ford dizia até que ele a observou cair completamente diante da força da fúria renovada. Mia virou-se para encará-lo.

— Não tenho medo de nada. — Ela jogou a cabeça para trás e os cabelos loiros e longos encostaram nos ombros e seios. — Certamente nem de *você*.

Dessa vez foi Ford quem arqueou a sobrancelha. Ainda forçando--se a controlar o impulso de atravessar o quarto para agarrá-la, ele deu de ombros.

— Posso estar enganado.

Mesmo com os punhos ainda mais cerrados, Mia se aproximou dele. O perfume dela, um doce aroma de flores envoltas em ervas pecaminosamente quentes, o machucava por dentro. Como ele amara a paixão que Mia sentira. O problema foi que ele era jovem demais, idiota demais para saber apreciá-la... Ou para saber a verdadeira importância do amor de uma mulher em vez de querer dominar o mundo em um palco.

— Não é o medo que me faz não querer tê-lo como meu cliente. É porque você é volúvel e autocentrado, e eu não quero perder meu tempo com pessoas como você, que dizem querer uma casa em Seattle, mas estão na verdade desperdiçando meu tempo só porque estão entediados com tanto dinheiro, brinquedos e pessoas se curvando e se submetendo com um estalar de dedos.

— Seattle sempre foi minha cidade favorita — afirmou Ford com muita calma e deu de ombros novamente. — Mas vou entender se você não conseguir me aceitar como cliente porque não conseguiu superar o que sentia por mim.

— *Não superei o que sentia por você?* — O olhar dela foi tão duro que ele quase sentiu suas roupas serem rasgadas para ferir sua pele. — Se você já terminou essa divertida viagem pelo mundo da memória, não temos três casas para ver hoje. — Mia apontou para a porta. — Essa é a torre. É única e um dos meus lugares favoritos nesta casa. As pedras foram importadas de um castelo do século 13 no norte da Inglaterra.

Cada palavra era dita de forma meticulosa e escrupulosamente profissional, no entanto, Ford ainda tinha que se esforçar muito para não sorrir, pelo menos não até que Mia se virasse para ele no topo da escada.

Ford Vincent já esteve no palco, em frente a milhões de pessoas, tinha vencido os recordes de vendas da indústria musical com seu último álbum lançado e tinha o número do telefone das pessoas mais famosas do mundo em sua lista de contatos... e há anos não se sentia tão vivo.

Quatro

No primeiro momento em que Mia bateu os olhos em Ford, lindo e forte em pé na torre, o coração dela saltou como se ele fosse o príncipe de um conto de fadas finalmente vindo acordá-la de um torpor emocional com um beijo de amor verdadeiro.

Logo em seguida, graças a Deus, Mia se lembrou de quem ele era na verdade.

Mesmo assim, Mia não tinha como negar que vê-lo novamente não tinha sido apenas um soco no estômago. Tinha sido um soco em seu coração e em sua libido também.

A semana em que conheceu Ford, há cinco anos, tinha começado como a melhor de sua vida e terminado como a pior... Tudo porque todas as suas fantasias de amor tinham sido instigadas e depois transformaram-se em cinzas, trazendo-lhe lágrimas durante muito tempo depois que ele se foi.

Ford estava perto demais, atrás dela, ao descerem as escadas. Perto o suficiente para que Mia conseguisse sentir o aroma do perfume dele, o mesmo que a levou à loucura naquelas noites em que ficavam nus na cama, fazendo amor de forma feroz e selvagem. Ela nunca conseguiu se aproximar de Ford e, naquela época, achava que era apenas manifestação física de quanto ela o queria.

Só depois que ele foi embora é que Mia entendeu que havia uma distância real entre eles, pois para cada parte de seu coração que entregara a ele, Ford tinha retribuído com muito pouco.

Infelizmente, Mia sentiu o calor dele outra vez na escada estreita, e a pele dela automaticamente se aqueceu, como se Ford a tivesse tocado. Um raio de pura necessidade instintiva caiu sobre ela ao pensar nas mãos dele em sua pele novamente. Assim como na primeira vez em que o viu no palco, ele usava calça preta e camiseta justa o suficiente para mostrar como ele estava mais musculoso. A meia dúzia de tatuagens novas nos braços e até mesmo na nuca e nos ombros largos fazia com que Mia salivasse só de olhar para sua incrível beleza masculina.

Não importava o quanto Mia o odiasse, a verdade era que ninguém jamais fez com que ela se sentisse tão bem, nem tão viva, ela lembrou a si mesma severamente, tão devastada.

Até Ford aparecer, era Mia quem partia o coração das pessoas. Não porque ela gostava de magoar os homens, mas simplesmente porque nunca correspondia aos sentimentos dos namorados com a mesma intensidade. Depois que Ford partiu seu coração, por mais que ela odiasse a ideia de ser a mulher abandonada, foi o que ela se tornou quando ele foi embora. Ela quase desistiu de tudo por ele, quase perdeu a própria identidade em nome do *amor.*

Francamente, ela ainda não tinha certeza do que odiava mais: o fato de ele ter sido um canalha ou de ela ter sido tão fraca. E tão idiota.

Contudo, Mia não devia ser tão severa consigo mesma por seu passado, lembrou a si mesma enquanto iam para a sala principal da casa. Afinal de contas, ela só tinha vinte e três anos na primeira vez em que viu Ford no palco naquele bar no centro da cidade, e era jovem e cheia de sonhos. O fato é que *qualquer* mulher se sentiria especial quando os olhos de Ford fixaram-se nos seus no meio da plateia e ele cantou diretamente para ela. Era mais que natural que alguém tão jovem e idealista como Mia tivesse acreditado na fantasia de que ela era a Yoko daquele Lennon, e era a única mulher que importava quando ele poderia ter qualquer outra, e que não haveria problema nenhum em deixar seus sonhos e paixões se dissolverem só porque ela o amava.

Mia pensou, ao parar na cozinha e lentamente virar o rosto para ele, que estava bem mais esperta desta vez. Não importa quanto Ford era legal, Mia jamais iria perder de vista seus sonhos, sua identidade, sua carreira. E definitivamente não ia se apaixonar pelo jeito encantador de Ford, nem pela sua boa aparência, nem pelas lembranças de como tinha sido bom fazer amor com ele, nem...

Droga, chega de pensar nisso! Ford era um cliente. E ela estava ali para lhe vender uma casa. Nada mais.

Segurando a bolsa de couro com a mão firme, Mia pegou um folheto colorido e entregou a ele.

— Certo, Rutherford, aqui estão os detalhes da casa.

Ele segurou a mão dela com o folheto e disse:

— Você sabe como me sinto quando as pessoas me chamam assim.

Ford não escondeu a emoção em seus olhos, e Mia se perdeu nas profundezas daquele olhar por um tempo longo demais.

— Você tem razão — respondeu ela ao se desvencilhar da mão dele com força. — Qualquer um que tenha lido a *Rolling Stone* sabe que você não gosta do seu nome de batismo.

Era um lembrete perfeito de que ela nunca foi mais importante do que qualquer outra groupie com quem ele tivesse dormido, já que a razão pela qual ele odiava o nome era apenas uma das muitas coisas que ele não tinha se importado em explicar a ela.

Mia jogou na cara dele o comentário sobre a *Rolling Stone* de forma improvisada, apesar de amarga, mas ficou surpresa quando ele pareceu estar em um conflito interno. Finalmente iria confiar nela? Cinco anos? Tarde demais, mas mesmo assim...

A linda boca dele se retesou ao dizer:

— Esse nome não combina comigo. Nunca combinou e nunca combinará.

Mia esperou que Ford dissesse mais alguma coisa para explicar por que Rutherford não combinava, mas Ford, sim, até perceber que estava sendo tola novamente.

Nada. Ele compartilhou precisamente o mesmo *nada* que havia compartilhado antes.

A decepção veio antes mesmo que pudesse fingir não ter sentido nada. Quantas vezes Mia teria que aprender essa lição?

Ford tirou-lhe tudo e deu-lhe apenas o suficiente para mantê-la por perto.

No entanto, Mia não deveria ter sido mesquinha usando o primeiro nome dele de modo tão formal quando sabia que ele odiava, mesmo sem saber o motivo. Ela não foi apenas maldosa, mas se rebaixou ao nível dele. E se havia uma coisa que ela precisava fazer era subir o nível.

Não se rebaixar ainda mais.

Mia esforçou-se para deixar o orgulho de lado e disse:

— Desculpe-me. Isso não foi profissional.

Ford pareceu momentaneamente surpreso pelo pedido de desculpas antes de se aproximar dela.

— Mia...

Ela o interrompeu ao mesmo tempo em que se afastava dele.

— Esta casa tem seis quartos, quatro banheiros e um lavabo, uma piscina olímpica, uma adega feita sob medida que foi fotografada pela revista *Wine Spectator*, e, claro, você já viu a torre.

— Alana me disse que era aonde ela ia quando queria ficar sozinha para pensar.

— Você conhece a Alana? — A cabeça de Mia imediatamente começou a inundar-se com as visões sobre qual o provável nível de intimidade entre ele e a dona da casa que visitavam.

— Ela é irmã da minha gerente comercial — explicou Ford, e como se lesse a mente de Mia, acrescentou: — E ela nunca foi nada mais que uma amiga.

Deixando o alívio de lado, ela rebateu:

— Não preciso de uma lista de todas as mulheres com quem você dormiu antes ou depois de mim. — Ao perceber tarde demais que não estava conseguindo manter-se nem um pouco calma ou imperturbável, ela disse: — Veja bem, Ford, acho que você vai concordar comigo que a melhor forma de passarmos por isso é mantermos as coisas estritamente profissionais.

— Não, Mia — retrucou Ford com o mesmo tom firme que ela usou com ele. — Não posso concordar com isso.

Calor e um desejo desesperadamente insensato tomaram conta de Mia antes que conseguisse impedi-lo:

— Se você me quer como sua corretora, Ford, você vai ter que concordar com isso.

Os olhos dele estavam negros e misteriosos como sempre.

— Não vou prometer nada sobre o futuro, Mia, mas, por hoje, tentarei.

Não se tratava de uma concessão às regras que ela estabelecia entre eles, nem era nada próximo a uma promessa. Mia não deveria ter aceitado, deveria simplesmente ter dado meia-volta e ido embora. Mas, em vez disso, ela achou impossível afastar-se dele. Dizendo a si mesma que estava só fazendo seu trabalho, ela perguntou:

— Já passou um tempo nesta casa além da torre?

— Não.

— Então por que não começamos pelo piso térreo? — Lembrando a si mesma de tratá-lo como se fosse qualquer outro cliente enquanto iam da cozinha para a enorme sala de visitas, Mia começou a fazer as perguntas para as quais normalmente já sabia as respostas se o cliente não tivesse insistido em se manter anônimo até a primeira visita.

— Essa será sua residência principal ou casa de veraneio?

Eles estavam em pé lado a lado no quarto elegante que tinha vista para o incrível lago quando ele respondeu:

— Principal.

Mia quase não conseguiu conter o ímpeto de virar-se para ficar frente a frente com Ford de tanta surpresa, e rapidamente teve que esclarecer.

— Mas como você está a maior parte do tempo na estrada, suponho que vai acabar usando mais como casa de veraneio mesmo.

— Não — respondeu ele com firmeza. — Não vou mais fazer turnês.

Dessa vez ela não conseguiu conter a surpresa.

— Espere um pouco. Você não vai mais viajar? — Quando Ford acenou a cabeça negativamente mais uma vez, Mia teve que perguntar: — Por que você faria isso?

— Porque finalmente entendi que algumas coisas são mais importantes do que estar na estrada.

O olhar dele intensificou-se ao parar de mirar o lago e olhar para ela.

— *Muito* mais importantes. Então, assim que essa turnê acabar, semana que vem, eu vou parar.

Mantendo a voz em um tom totalmente profissional até mesmo ao titubear diante da ideia de Ford desistir da estrada, que era a paixão da sua vida, ela perguntou:

— E quantas pessoas estarão em tempo integral na residência?

— Só eu, a princípio. Embora eu tenha esperança de que não fique assim por muito tempo.

Mia presumiu que essa história toda de comprar uma casa tinha surgido porque Ford tinha uma namorada linda, e irritantemente sem graça, que estava morrendo de vontade de brincar de casinha e redecorar cada centímetro da casa, bem como o piso da lavanderia. Mesmo com a mobília perfeita que já estava na casa.

Mas que tipo de mulher diria gostar de Ford e em seguida o pediria para desistir de tudo o que importava para ele por ela?

Repetindo a si mesma que não era de sua conta, e que o que ele iria fazer pelo resto da vida não era importante para ela, Mia decidiu não fazer mais nenhuma pergunta pessoal enquanto caminhavam pelo restante dos cômodos do piso térreo. Em vez disso, ela apontou muitas características da casa belamente construída. E o tempo todo fez o melhor que pôde para ignorar a forma como Ford sempre parecia ficar cada vez mais perto dela, ou pior, a forma como ele roçou nela quando foi olhar algo mais de perto.

Enfim, eles chegaram à suíte principal, e Ford sorriu enquanto caminhavam ao lado da enorme cama. Passando a mão pela colcha macia, ele disse:

— Belo quarto, não é mesmo?

Profissional. Mia precisava permanecer profissional até mesmo quando Ford estava forçando a barra de propósito. Mia se conhecia muito bem para saber que, com seu temperamento apaixonado, ela tinha que se controlar...

— Sim — concordou ela. — O arquiteto fez um ótimo trabalho ao proporcionar a Alana e ao marido uma ótima vista do lago ao mesmo tempo em que manteve o quarto extremamente íntimo, tanto em relação ao restante da casa quanto à área externa.

É claro que Ford teve que deitar na cama, recostar no travesseiro e cruzar os braços debaixo da cabeça e se acomodar como se já tivesse comprado a casa.

— Você tem razão, dá para ver como a vista é boa até mesmo deitado na cama. — Ele parou de olhar para a deslumbrante vista do lago e olhou para ela e perguntou: — Alguma chance de você saber se este quarto é à prova de som?

Mia esperava que ele fosse dar em cima dela com algo escandalosamente sexual no quarto, então, apesar do fato de seu corpo instantaneamente responder à implicação do sexo escandaloso e louco, ela conseguiu soar impassível ao responder:

— Você com certeza precisa de uma proteção acústica extra para tocar guitarra se não quiser que o som ecoe no restante da casa.

Ou o que quer que ele realmente fosse fazer com sua bela namorada sem cérebro a quem Mia não conseguia deixar de odiar. Ela apontou na direção do banheiro e disse:

— Há um enorme banheiro para o casal e dois grandes closets. Se você quiser dar uma olhada, podemos ir ao segundo andar em seguida.

Embora Ford tenha escorregado as longas pernas para a beira da cama, caminhado até a porta para espiar o banheiro e os closets e dizer que "parecem bons", Mia não conseguia deixar de lado a sensação de que ele mal parecia se controlar, nem de que sua brincadeira de testar a cama não chegava nem perto do quanto ele tentaria provocá-la naquele dia.

Extremamente feliz por sair da suíte principal, Mia subiu as escadas rumo ao segundo andar e, quando chegaram lá, ela disse:

— Além da suíte principal no segundo andar, há mais três quartos no andar de cima.

— Só três? — Ford entrou em um dos quartos menores e pegou um troféu de futebol que o decorador tinha colocado em uma escrivaninha de menino. — Bem, acho que as crianças podem dividir quartos.

Crianças? Dividir quartos? Mia balançou a cabeça, perguntando como seria possível ele ter filhos sem que ela soubesse. Pois, por mais que quisesse manter a cabeça enterrada na areia sempre que o nome dele aparecia na TV, no rádio ou em uma revista no decorrer dos anos, isso não era possível. Ford era famoso demais.

— Quais crianças vão vir morar aqui?

— Espero que as minhas, um dia. Vocês são cinco em sua família, certo? — Ainda meio zonza pela informação de que ele obviamente estava planejando ter uma família grande, Mia não conseguiu fazer nada além de assentir.

— Você não disse que um dos seus tios tinha seis?

Ela imediatamente o corrigiu:

— Oito.

— Uau, oito filhos! — Ford sorriu ao pensar nisso. — Deve ter sido uma casa bem divertida para eles, com todas essas crianças crescendo por lá.

— Sim — concordou Mia antes de perceber como a conversa estava tomando um rumo estranho.

— Seu tio e sua tia deviam ser muito íntimos, considerando que não conseguiam parar de fazer filhos.

— Meu tio morreu quando eu era criança, mas, pelo que minha mãe e meu pai dizem sobre o tio Jack e a tia Mary, eles eram loucos de amor um pelo outro.

— Loucos de amor — repetiu Ford em voz baixa, fazendo um calor percorrer o corpo de Mia, da cabeça aos pés. — Sei bem como é.

Espere aí! O que ela estava fazendo ali contando todas aquelas coisas pessoais para ele? E por que tinha sido tão idiota a ponto de falar de amor com ele, que era a última pessoa no mundo capaz de entender o que era o amor verdadeiro?

— Vamos lá para fora. — Seria ótimo sair da casa, pois, por maior que ela fosse, ficar no mesmo ambiente que Ford era proximidade demais.

Logo atrás do pátio havia um incrível jardim de rosas. Entre a torre, as rosas e a vista para o lago, aquela propriedade sempre pareceu próxima ao céu. Mesmo quando estava mostrando a casa a alguém, Mia não conseguia resistir a uma parada para sentir o aroma das rosas. No entanto, a última coisa que esperava era que Ford fizesse o mesmo.

— Só vi essa rosa em alguns lugares fora de Seattle. — Ele sentiu o aroma doce e então indagou: — É a sua favorita, não é?

Durante a semana que passaram juntos, eles quase não saíram da luxuosa suíte do hotel, especialmente da cama king size, mas, em uma das saídas, Ford pediu a Mia que o levasse ao seu lugar predileto em Seattle. Ela o levou ao Jardim de Rosas do Zoológico de Woodland, e juntos eles sentiram o aroma de cada rosa do jardim. Na hora em que voltaram para o hotel, vorazes um pelo outro depois de menos de duas horas separados, ela descobriu que quando Ford tinha ido ao jardim para dar um rápido telefonema, não fora para falar de negócios. Ele mandou entregar buquês de rosas no quarto do hotel enquanto estavam fora.

Por um bom tempo naquela noite Ford acariciou sua pele com pétalas macias até Mia implorar por outro toque que não o das flores.

Com as lembranças fortes dominando-a, ela não conseguiu mentir, não conseguiu fazer nada além de assentir. Em todos aqueles anos, Mia esforçou-se para enterrar as boas lembranças dos momentos com Ford. Mas, com o perfume das rosas no ar, era quase impossível afastar as visões inebriantes dos dois rindo e se amando. Ele a deixou fora de prumo quando apareceu sem avisar como um cliente anônimo. Contudo, era a doçura daquelas lembranças que a estava deixando abalada.

Querendo muito deixar o passado para trás e se concentrar na casa, quando eles foram em direção ao pátio da piscina, Mia perguntou:

— Então, o que achou da casa até agora?

— O que *você* achou?

Dizendo a si mesma que não era uma pergunta estranha para tentar esquivar-se de respondê-la, que os clientes sempre queriam saber se ela achava uma casa um bom investimento antes de se apegarem a ela, Mia disse:

— É bem projetada, bem construída e a localização é excepcional. E, embora a torre seja algo único, ela agrega valor à propriedade em vez de afastar os futuros compradores em potencial.

— E você consegue ver uma família morando aqui?

Mia sempre quis o melhor para seus clientes, então esforçou-se para deixar de lado os sentimentos pessoais por Ford e pensar na casa pelo ponto de vista de uma mulher com marido e filhos.

— Sim — afirmou enquanto caminhavam ao redor da piscina. — Vejo o quanto seria divertido para as crianças correrem e brincar na grama, usando a torre como uma casa de bonecas secreta. E, embora seja uma grande propriedade, acho que tem o tamanho certo para que os pais se assegurem de que ninguém irá se machucar nem aprontar muito com os irmãos e irmãs.

— Que bom. Eu não iria querer um lugar em que as pessoas tenham que se preocupar em não quebrar as coisas ou que precise de uma equipe muito grande para administrá-lo.

Enfim, Mia sentia que estava começando a saber algo sobre o Ford de verdade. Claro que era tarde demais, mas, ainda assim, era interessante, apesar de tudo.

— Ao mesmo tempo em que a casa é grande, é a localização que realmente faz valer o preço. Conheço muitas famílias locais que moram em casas similares e não acho mesmo que deve ser fácil para crianças bagunceiras se sentirem confortáveis deixando um rastro de lama na cozinha.

Pensando na frequência com que ela e os irmãos tinham feito isso, para o desespero dos pais, Mia sorriu.

— Quando éramos crianças, a quantidade de lama no chão estava diretamente relacionada ao quanto nos divertíamos quando brincávamos no quintal.

Antes que ela pudesse se lembrar da razão pela qual não deveriam sorrir um para o outro, Ford atravessava o caminho de pedras que dava para uma leve elevação gramada na lateral da casa com vista para o lago e era completamente cercada dos outros três lados por arbustos altos espessos.

— Este lugar me faz lembrar do dia em que encontramos aquele pequeno parque com uma linda vista. Você se lembra?

Como podia esquecer? O céu azul tinha se transformado em garoa na hora em que estenderam uma coberta no Kerry Park, atrás dos arbustos que os escondiam do restante da vizinhança, mas Ford manteve Mia aquecida com seu corpo sobre o dela. Ela acreditava que o que ele sentia era amor verdadeiro e que nenhum outro homem seria capaz de mexer com ela como ele o fazia.

Infelizmente, ao mesmo tempo em que se enganou quanto ao amor, ela acertou em cheio sobre a emoção. Nenhum outro homem jamais chegou nem perto de fazê-la se sentir tão selvagem ou tão bem.

Mia afastou as lembranças mantendo o olhar focado no lago à beira da propriedade.

— A vista daqui é mesmo bem bonita.

— Você estava mil vezes mais linda que qualquer vista naquele dia — declarou Ford, e cada uma das suas palavras macias pousava diretamente no coração que ela, por um momento, havia se esquecido de manter protegido. — Você ainda é, Mia.

— Não — respondeu ela, afastando-se dele, de suas palavras doces e angustiadas e da forma como elas faziam com que Mia sentisse coisas que jamais poderia sentir por Ford novamente. — Nós já concordamos que você não pode falar comigo assim.

— A coisa mais difícil que fiz foi não tocar em você durante essa hora que passou. — Ele olhou para os lábios dela. — Não, isso não é verdade — falou quase que para si mesmo conforme seus olhos se escureciam de desejo. — É muito mais difícil não beijá-la.

Há cinco anos, Mia não faria nada além de deixá-lo fazer com que ela perdesse o chão e se esquecesse de tudo, lembrando-se apenas dele. Porém agora, mesmo *sabendo* que era errado, ela ainda queria muito os beijos proibidos dele.

— Você acha que não conheço seu joguinho? Aparecer aqui como um cliente anônimo para me pegar desprevenida, roçando atrás de mim quando passamos por uma porta, brincando comigo com seus olhares quentes e palavras sensuais? Nós dois sabemos que é isso que *você faz*, Ford. Você é mestre em fazer as mulheres quererem você. Não precisa mais me enrolar para provar isso.

— Só existe uma mulher que quero para mim, Mia.

Determinada a não deixar nada que ele dissesse ou fizesse afetá-la, Mia revirou os olhos. Àquela altura, era ridículo pensar que ela pudesse procurar uma casa para ele de forma estritamente profissional.

— Tenho certeza de que devo ficar lisonjeada por você achar que só de olhar você parado naquela torre como um herói conquistador voltando para casa ia me fazer cair de joelhos, tirando a minha própria roupa com os dentes. — Mia riu alto para que ele soubesse bem o que pensava sobre aquela imagem, rezando para que acreditasse que ela estava de fato enojada só de pensar em ficar de novo com ele. Seu coração e sua mente estavam, mas seu corpo estava ocupado demais tentando trair o restante dela. — Esfregar o chão com uma escova de dentes parece mil vezes melhor que isso.

— Então — disse ele, fingindo estar à vontade —, só para deixar bem claro, você está dizendo que não está mais interessada em mim?

— Nem um pouco.

— E você não sentiu nenhuma faísca saltando entre nós como sempre aconteceu?

— Não. — Mia deu de ombros como se a resposta à pergunta dele fosse óbvia. — Nada.

— Engraçado, eu estava achando o contrário.

— Então você achou errado.

— Então deixe-me beijá-la, e se você estiver certa e não houver mais nada entre nós, eu deixo tudo isso de lado. Mas se houver...

— Você acha mesmo que vou cair nesse desafio estúpido em que você vai acabar declarando, não importa o que aconteça, que há *faíscas* entre nós?

— É você quem está dizendo que eu a deixo fria. — Ele não tirou os olhos dela e, enquanto falava, seus olhos iam ficando mais escuros, mais intensos. — Um beijo, Mia. É claro que você consegue se safar disso.

O que foi que ela fez para merecer Ford outra vez em sua vida? Ela tinha guardado cada lindo momento, cada lembrança doce e pecaminosa de seus momentos com ele e enterrado tudo nas profundezas do seu coração. Mia se esforçou muito para deixar o passado para lá. Já tinha superado Ford.

Ele não podia ter voltado dessa forma, não podia fazer com que ela o quisesse novamente. Não podia deixar esse turbilhão de emoções fervilhar apenas com seu olhar sombrio e algumas palavras ditas com sua voz hipnotizante. Droga! Ela tinha um encontro hoje com um cara muito legal que podia muito bem acabar sendo sua *alma gêmea*.

E agora, depois de menos de uma hora sozinha com Ford, ela estava lutando contra todos os seus demônios mais antigos.

Mia precisava dar um passo na direção oposta à de Ford, e depois mais um e mais outro até que estivesse longe o bastante para não vê-lo mais, não conseguir esticar a mão para sentir se sua pele ainda era quente como antes.

Dane-se o orgulho, ela iria deixá-lo ganhar aquele *round* se corresse dele apenas para ter certeza de que ele não ganharia de volta a única coisa que realmente importava.

Seu coração.

Ou pior, sua alma.

No entanto, os pés ainda não a obedeciam, pois, em vez de se afastar dele, eles se aproximavam, ficavam cada vez mais próximos, até que Mia ficou bem ali, perto de beijá-lo.

— Um beijo. — Ela se viu concordando, apesar de saber que era a decisão errada. — E quando você perceber que o beijo e você não significam nada para mim... — Ela não devia fazer uma pausa, não devia sentir nem mesmo a mais leve hesitação ao dizer o que *sabia* que precisava acontecer. — Você vai prometer nunca mais chegar perto de mim novamente.

Ford nem mesmo piscou antes de concordar.

— Você tem minha palavra.

E então ele pegou o rosto de Mia com as duas mãos e sua boca procurou a dela...

Cinco

Ford nunca foi muito de planejar, sempre preferiu escolher a paixão em vez disso. Contudo, nunca havia se arriscado tanto antes. Um beijo para decidir se Mia permaneceria em sua vida ou se teria que desistir dela para sempre.

Só que, mesmo que ele tivesse pensado em planejar o beijo e brincar com todas as zonas erógenas dela, Ford não teria tido a chance de seguir esse plano. Pois, no instante em que ela concordou em beijá-lo, o desespero de tocá-la novamente tomou conta de todos os pensamentos dele, todos os sentidos, todas as necessidades.

Só o fato de estar perto de Mia fazia com que ele perdesse totalmente o controle.

O mundo todo achava que Ford Vincent era um conquistador supremo e que não havia uma mulher viva que ele não tivesse o poder de deixar aos seus pés. Mas o mundo estava enganado. Totalmente enganado.

Mia era a única mulher que o tinha verdadeiramente conquistado. Não apenas seu corpo, mas seu coração e até mesmo lugares ainda mais profundos. Ford nunca sentira uma paixão assim.

Ele sentiu a respiração dela em seu peito enquanto os polegares roçavam delicadamente seu rosto, com a ponta dos dedos acariciando de leve seu queixo e lóbulos, partes do rosto dela que ele sabia serem extremamente sensíveis. Tudo o que precisava fazer quando estavam juntos era mordiscar-lhe um dos lóbulos que Mia logo começava a implorar por mais.

Ela tinha acabado de passar batom quando entrou na torre e, embora já estivesse quase sem maquiagem, uma leve marca do pigmento vermelho ainda permanecia. Os olhos de Mia ainda estavam abertos, mas ela parecia lutar com os cílios para evitar que se fechassem.

Seu hálito era quente e tão sedutor contra o dele que Ford tentava prolongar o momento. Mas Ford não conseguia controlar mais a ansiedade, não quando estava morrendo de vontade de sentir o gosto dela de novo.

Finalmente, com o nome de Mia em seus lábios, ele acabou com a distância entre eles.

Não havia como controlar os gemidos de prazer ao sentir como era bom o simples toque dos lábios de Mia contra os seus. Ele quase sentiu-se embriagado pela pressão das curvas dela, apesar de ela tentar permanecer tensa e inflexível contra o corpo dele.

Acariciando os cabelos dela, Ford passou a língua de forma bem demorada pelo lábio inferior dela. De todas as lembranças que tinha sobre como era bom beijá-la, aquela tinha um gosto delicioso e fazia seu coração acelerar com muita força dentro do peito.

As mãos de Mia pressionavam seu peito, como se quisesse afastá-lo. Mas conforme Ford passava a língua nos lábios superiores, parando na fenda no meio do caminho antes de seguir viagem até o canto úmido e sensível, ele sentia a guerra interna que Mia travava consigo mesma. Ficar fria e imóvel com o beijo dele era a intenção dela diante do desafio que ele propôs. E ela claramente acreditava que iria conseguir.

Mas, quando seus dedos se prenderam na camisa dele, e tudo o que seria preciso era apenas um leve empurrão para acabar com o beijo antes mesmo que tivesse a chance de começar, Mia agarrou o tecido e, ao contrário do que se supunha, trouxe-o para ainda mais perto.

Ainda bem!

* * *

Mia tinha se preparado mentalmente para não sentir prazer. Ela tinha se preparado fisicamente para o calor.

Mas ela só se lembrou de como seus poderes de sedução eram enormes quando Ford tocou sua pele com os dedos calejados, e esperou que Mia não tivesse outra chance que não fosse a de reagir às suas carícias pecaminosas antes de finalmente beijá-la.

Pior ainda, como se apenas a mera pressão dos lábios dele sobre os dela já não fosse suficiente para fazer com que Mia se derretesse toda, Ford deslizou a língua sobre seus lábios. E foi aí que as lembranças dela ficaram ainda mais claras.

Ford nunca simplesmente a seduziu. Ele tinha, mais do que isso, exigido sua paixão. Desde o primeiro momento em que ele estava no palco e ela, na plateia, ele a forçou a encarar o que já estava entre eles. Não importava se eram dois completos estranhos, pois com nada além de um olhar, de uma música, ela se tornou dele. Da mesma forma, ele a estava fazendo sua novamente com aquele beijo, mesmo enquanto Mia tentava lembrar a si mesma de que deveria impedir que Ford tocasse qualquer parte dela, corpo ou alma.

Mas assim que sua língua tocou a dela uma vez, depois duas e então três maravilhosas vezes, deixando Mia toda arrepiada da cabeça aos pés, e suas mãos involuntariamente pressionaram o tecido da camisa dele cada vez com mais força, o beijo foi ficando profundo como sempre acontecia. Do nada ao *tudo* no ritmo de uma palpitação acelerada, no ritmo de uma só respiração.

E agora que o calor e a força das mãos de Ford estavam pressionando seu corpo, Mia não conseguia fazer nada além de ceder à necessidade que não queria admitir que borbulhava dentro dela nos últimos cinco anos.

Conforme os anos iam ficando para trás e suas lembranças eram substituídas pelo prazer estonteante e potente da vida real, Mia também não conseguia evitar saber que aquele beijo superava todos os anteriores. Não só porque os dois obviamente esperaram cinco longos e dolorosos anos um pelo outro, mas porque tudo estava diferente agora.

Antes ela era uma garota, presa em sonhos e contos de fadas, e, embora ainda parecesse a mesma por fora, o fim do relacionamento a mudou totalmente por dentro. Ford também não passava de um garoto quando partiu seu coração. Agora ele não era apenas um homem, mas um superastro que tinha o mundo inteiro a seus pés. Mia sempre acreditou ser uma mulher forte, e, mesmo assim, ela queria Ford com tanta força aos vinte e três anos que quase desistiu de sua vida toda por ele.

Se ele quase conseguiu tirar tudo dela naquela época, o que tiraria agora se ela fosse estúpida o suficiente para permitir?

— Nossa! — disse ele, surpreso, contra os lábios dela. — Mesmo em minhas lembranças mais selvagens, eu não me lembrava de algo tão quente assim.

Embora a camisa dele ainda estivesse nas mãos dela e seu corpo desejasse trazê-lo ainda mais para perto, Mia subitamente percebeu que se não colocasse a muralha de obstáculos de volta, fazendo todo o esforço possível para resistir, Ford finalmente teria, dessa vez, o poder de destruí-la em vez de apenas machucá-la.

Reunindo toda sua determinação possível, ela o afastou com tanta força que seus dedos não tiveram escolha além de se soltar do controle dele. Ela se moveu de forma tão súbita que uma das mãos de Ford, que estava entrelaçada ao cabelo dela, a deixou com dor na cabeça quando eles finalmente se separaram.

Mia não podia fazer aquilo, sabia que não devia ter sido tão inconsequente em aceitar o desafio dele. Ninguém além de Ford a tinha feito sentir desejo daquela forma, tão sem esforço, tão profundamente, tão apaixonadamente... tão tolamente.

Todos esses anos ela disse a si mesma que jamais seria estúpida a ponto de ficar suscetível a ele de novo. Mas agora ela sabia com cem por cento de certeza que não importava quantos anos se passassem.

Ela sempre se submeteria a ele.

Os dois respiravam de forma pesada, e a maneira como o peito de Ford se elevava diante do fino tecido da camiseta de manga curta de algodão que marcava seus músculos bem definidos distraía Mia completamente. Negar a atração física entre eles só faria dela ainda mais tola, então ela nem se importou em tentar.

— Você tem razão — concordou ela. — Foi quente. — Ela se certificou de fazer uma pequena pausa para que Ford entendesse bem suas próximas palavras. — Mas você continua não significando nada para mim.

— Nós dois sabemos que isso é uma mentira. — Ele parecia arrogante e lindo ao dizer aquilo de forma tão descarada. — Você nunca conseguiu me esquecer da mesma forma que eu não me esqueci de você.

— Pare com isso. — Ela recuou, mas o caminho estava bloqueado por um arbusto que a impedia de se afastar dele e das palavras que ela sabia que ele pretendia usar exatamente da mesma forma que havia usado seu beijo. Não para seduzir, mas para *exigir*. — Não ouse olhar para mim assim, como se aquele beijo tivesse sido especial, como se fosse importante para você. Não quando nós dois sabemos que não foi.

Pela primeira vez desde que Ford a tinha visto na torre, a raiva fumegava em seus olhos.

— Como você pode dizer isso depois daquele beijo? Como você pode agir como se não fosse especial para mim ou como se você não se importasse, quando ninguém mais importa para mim tanto quanto você? Se eu achasse que você fosse ouvir a razão, se eu achasse que você fosse ouvir minhas desculpas, mas você é tão teimosa que eu *tive* que ter a ideia do beijo para você admitir que sente alguma coisa.

Odiando a forma como seus lábios ainda pulsavam, como o gosto dele era bom antes e continuava sendo agora, como desesperadamente queria ouvir as desculpas dele, Mia desistiu de qualquer tentativa de manter a compostura.

— Você não tentou manter contato comigo por cinco anos! — Era Mia quem jogava as coisas na cara de Ford aos gritos agora, e não se importava mais com o que ele pensaria dela. — E aí, quando você me procura, me engana com um telefonema de um advogado para que eu não saiba que você está esperando por mim na torre. Você é o mesmo canalha egocêntrico que sempre foi, pois é claro que se trata do que *você* quer, e a vida de mais ninguém nem os desejos importam. Então, não ouse ficar aí tentando me convencer de que sou especial ou de que você finalmente está pronto para se desculpar e fazer com que tudo fique bem. Nós nos demos bem na cama. Foi isso que aconteceu, e é assim que sempre será entre nós. Mas quer saber qual a pior parte disso tudo? Eu quase fui idiota o suficiente para deixar você comprar um lugar de volta em minha vida.

Ela colocou a mão no bolso da jaqueta, pegou o cheque, que ainda não tinha levado ao banco, e o rasgou ao meio. Os dois pedaços de papel caíram no chão quando ela disse:

— Há cinco anos, foi você quem me disse adeus. Agora, sou eu quem está dizendo isso a você.

De cabeça erguida, ela se virou e saiu.

Seis

A última coisa que Ford tinha tempo para fazer agora era procurar uma casa em Seattle. Suas equipes de turnê e de administração estavam em Los Angeles se preparando para o show de domingo à noite no Staples Center. Ford tinha meia dúzia de grandes entrevistas agendadas para aquele dia, mas, quando o advogado confirmou que Mia estava disponível, ele fez a equipe de relações públicas mudar toda a agenda. Apesar de sua fama, ele nunca foi um cliente muito exigente, então eles tinham prazer em ajudá-lo porque sabiam que algo importante devia ter acontecido. Aquela noite e sábado seriam bem difíceis sem nenhum espaço para respirar entre as entrevistas extras que tinha que encaixar.

Ao entrar no avião particular para ir ao sul da Califórnia, seu cérebro, seu corpo, cada parte dele só pensava em Mia. Sim, ela havia ficado brava com ele por ter aparecido inesperadamente. E não havia dúvida nenhuma de que ela ainda estava furiosa por causa da forma como as coisas tinham acabado entre eles.

Mas ainda maior que a raiva e a fúria eram a intensidade e o calor das faíscas entre eles. Quer estivessem conversando ou se beijando.

Nossa, aquele beijo tinha explodido completamente sua mente; a conexão entre eles era inegável. Ford rezou para que o beijo tivesse derrubado as barreiras de gelo ao redor do coração de Mia para que ela conseguisse ouvi-lo. Em vez disso, foi o que a fez explodir e dizer a ele para sair da sua vida para sempre.

E, droga, ela estava certa. Ele *tinha* mesmo agido de forma egoísta marcando a visita anônima. De alguma maneira, ele precisava descobrir como convencê-la a passar mais tempo com ele para que pudesse ver que ele tinha mudado e para que, na verdade, conseguisse fazer as coisas da forma certa dessa vez.

E como ele iria conseguir isso quando ela estava tão determinada a manter distância? E como poderia agir sem parecer um imbecil obcecado por si mesmo que pensava que dominava o mundo como tinha feito hoje?

O telefone tocou e, se fosse qualquer outra pessoa além de sua assistente pessoal, ele não teria atendido. Carol Vale tinha trabalhado para um grande músico britânico por vários anos antes de decidir que queria voltar aos Estados Unidos para ficar mais perto dos filhos. Ela não se impressionava com dinheiro nem fama e era genial em relação a detalhes.

— O que achou da casa?

Da casa? Ford andou por todos os cômodos do andar térreo e por boa parte da área externa, mas tudo de que conseguia se lembrar era de Mia. Como ela estava linda na torre. O rubor da sua pele quando ela o viu deitar-se na cama da suíte principal. A surpresa em seu rosto quando ele falou em querer filhos um dia.

Contudo, Mia não foi a única que ficou surpresa com aquilo. Já que não se tratava de palavras vazias, ele realmente tinha conseguido visualizar crianças correndo pela casa. Crianças que se pareciam exatamente com eles dois.

Enfim, Ford respondeu:

— O lugar é demais.

Eficiente como sempre, Carol repassou os horários das entrevistas e da passagem do som. Mas, antes de desligar, ela disse:

— Mais uma coisa, você queria ir ao casamento da Nick neste fim de semana, certo?

Ford sempre achou que Nick, ou Nicole — como a conhecida estrela do pop preferia ser chamada pelos amigos —, fosse uma grande garota. Ele teve que recusar a maioria dos convites de casamento por uma razão ou outra, mas os dois se tornaram amigos no decorrer dos anos de encontros no meio das viagens e tinham até feito uma turnê juntos durante algumas semanas há alguns anos.

— Certo — confirmou Ford —, mas você acha que dá para encaixar na agenda?

— Vou precisar fazer uns malabarismos — avisou Carol —, mas acho que dá para chegar na hora dos votos. Contanto que você se lembre de que terá um show naquela noite, então não vai dar para curtir muito a Vinícola Sullivan em Napa.

Espere aí!

— O casamento é na Vinícola Sullivan?

— Nick vai se casar com o proprietário da vinícola. Pensei que você soubesse.

Ford ficou tão ocupado tentando encontrar uma forma de voltar para a vida de Mia que tinha ficado cego diante da oportunidade que estava bem na sua cara.

Ou seja, Mia era prima do dono da Vinícola Sullivan!

E, então, a música que tinha começado a tocar em sua cabeça quando viu Mia novamente era de repente uma orquestra tentando ganhar vida.

— Obrigado por fazer os arranjos, Carol. Vou ligar para Nicole para que ela saiba que estarei lá.

E ao mesmo tempo em que discava também pegou uma das guitarras que mantinha a bordo em seu avião.

Finalmente a inspiração tinha voltado e, mais uma vez, era por causa de Mia.

* * *

Seu acompanhante tinha um metro e oitenta e oito e cabelos loiros. Os músculos eram grandes e ele foi sexy ao cumprimentá-la com um beijo no rosto, do lado de fora do bar que ficava a dois quarteirões do escritório dela.

— Você está linda — elogiou ele, as palavras ecoavam o que ela via em seus olhos. Era quase exatamente o que Ford dissera naquela manhã. Só que, quando Ford disse, todas as células do corpo da Mia saltaram para a vida, como se nenhuma outra palavra tivesse significado algum. Contudo, o cumprimento do acompanhante não tinha causado nenhum impacto sobre ela. Eles apenas ficaram parados ali como se estivessem esperando as verdadeiras companhias chegarem.

Mia tentou afastar esses pensamentos, forçando-se a se concentrar no homem à sua frente, em vez de pensar no que a tinha deixado louca naquela manhã.

O acompanhante era incrivelmente lindo. E bem-sucedido na empresa em que trabalhava, dado o corte do terno e o relógio em seu pulso. Mia devia se jogar para cima dele.

Só que, em vez de sentir a pulsação acelerar ou a pele se aquecer, cada instinto dela queria ir para longe dele. Como se já fosse comprometida.

Não! No que ela estava pensando? Pior ainda, o que estava sentindo no fundo do seu coração?

Mia *não* era comprometida. Pelo contrário, estava perfeitamente livre para fazer o que quisesse e com quem quisesse. E não ia ser bem feito para Ford se ele soubesse que depois que o deixou naquele dia, ela tinha passado uma noite com outro homem? Ah, sim, seria perfeito para terminar aquele dia horrível, seria a única forma de ter certeza de que apagaria Ford e tudo o que ele a fazia sentir, apesar de saber que não devia sentir nada.

Quando ela olhou nos olhos do acompanhante, por um momento Mia não conseguiu se lembrar do nome dele. O branco em seu cérebro se ampliou por alguns momentos antes de finalmente se lembrar.

— James — disse ela por fim, demonstrando alívio óbvio.

Ele pareceu confuso com o estranho cumprimento antes de sorrir para ela outra vez e falar o nome dela no mesmo tom.

— Mia.

Ela riu, feliz porque o momento em que sentiu absolutamente nada por seu acompanhante tinha passado.

Quando James segurou o braço dela, Mia colocou a mão no cotovelo dele e deixou levar-se para dentro, em uma mesa vazia em um canto privado do bar. Aquele era um dos lugares a que ia regularmente com as amigas e era um porto seguro para primeiros encontros. Todas as atendentes e bartenders a conheciam tão bem que um só sinal já era suficiente para a livrarem de alguém com quem ela não estivesse se sentindo segura.

Se ao menos, pensou com um pequeno suspiro, ela tivesse tido alguma ajuda para se livrar de Ford hoje de manhã.

Argh! Por que ela ainda estava pensando nele?

Até aquela noite, Mia esperava ansiosamente por um encontro com James. Eles se encontraram no fim de semana anterior correndo no Parque Green Lake, e ela ficou inspirada a correr um pouco mais rápido que o usual para se equiparar à excelente forma dele. Ela planejava conhecer um pouco melhor aquela "boa forma" naquela noite. Parecia ser a coisa certa a fazer. Só que lá estava Mia, prestes a alegar uma dor de cabeça só para sair dali, e fazer o quê? Ficar emburrada por causa de Ford? Por causa da forma que ele a tinha enganado para vê-la novamente? Ou, pior ainda, por causa de todos os sentimentos estúpidos e traiçoeiros que cresceram dentro dela como se cinco anos nunca tivessem passado?

Não, droga, tinha que haver algo entre ela e James, pelo menos um pouco da faísca que ela sentiu no fim de semana, quando correram juntos. Pois, se não houvesse, se acontecesse de tudo ter passado por causa do reaparecimento indesejado de um roqueiro arrogante e irritante em sua vida, então ela teria ainda mais um motivo para ficar com raiva de Ford.

E como Mia poderia continuar indiferente a Ford e ter certeza de que ele significava menos que nada para ela dali até a eternidade se ela estava constantemente brava com ele?

— Então — disse ela a James com um sorriso brilhante que esperava não parecer tão forçado quanto realmente era —, deu umas boas corridas esta semana?

— Nenhuma tão boa quanto a nossa no domingo passado. — Os olhos dele se escureceram levemente quando tocou na mão dela e roçou o polegar em sua palma. — Pensei em você a semana toda, Mia. Parecia que o dia de hoje não chegava nunca.

Era a coisa exata a ser dita, a forma exata de tocá-la. Ou melhor, deveria ter sido. Mia deveria estar babando por ele ou deveria estar agradecendo às estrelas pela sorte de estarem correndo no mesmo lugar no fim de semana anterior.

Em vez disso, Mia imaginava por que a garçonete não chegava mais rápido à mesa deles para que pudesse segurar uma bebida em vez de tocar a mão de James.

— Também pensei em você — ela se obrigou a dizer, e era verdade, ela realmente tinha pensado em James durante a semana. Ela falou dele para as amigas e até mandou uma mensagem de texto para elas com uma foto roubada dele durante a corrida, antes que ele percebesse que ela estava atrás dele.

Só que, no momento em que bateu os olhos em Ford, na torre, todos os pensamentos sobre outros homens, incluindo James, partiram como cavalos de corrida no Kentucky Derby.

Forçando-se a ficar um pouco mais próxima, ela disse:

— Quero saber tudo sobre você.

— Que tal começarmos pelo básico e depois, mais tarde — sugeriu ele, fazendo uma pausa charmosa —, darei um pouco mais se você ainda quiser.

Falando sério, James era mesmo muito legal! Mas, ao mesmo tempo em que pensou nisso, quando a garçonete chegou para atender a mesa deles perguntando "O que posso trazer para vocês?", Mia aproveitou a oportunidade para desvencilhar sua mão da de James e aumentar um pouco a distância na mesa, que subitamente parecia pequena demais. Da próxima vez, Mia tinha que se lembrar de marcar o primeiro encontro no boliche ou em algum outro lugar que não permitisse tanta intimidade.

Eles fizeram o pedido e Mia rezou para que a bebida chegasse rapidamente, para que ela pudesse anular todos os loucos pensamentos sobre Ford que não a deixavam em paz.

— Eu já sei que você é lindo e doce — disse ela a James, embora odiasse a sensação de que estava dando a deixa para ele. — O que mais pode me dizer?

— Tenho trinta e cinco anos. Nunca me casei. Sou vice-presidente da Financeira Anderson.

Mia se esforçou para dar todas as respostas certas.

— Sempre achei que seria divertido brincar com o dinheiro das outras pessoas — confessou ela depois de dar um gole muito necessário (ou três) em seu Martini. — Essas são todas as informações básicas que você vai me dar hoje?

O sorriso dele deveria fazer o sangue dela ferver.

— Que tal mais uma bebida para nossa primeira rodada e depois é a sua vez? — Quando Mia concordou, esperando que seu olhar parecesse denotar ansiedade, James disse: — Também tenho uma enorme queda por mulheres inteligentes que administram o próprio negócio.

James olhava para Mia com um interesse que parecia extrapolar o simples desejo. Diferentemente de Ford, que tinha insistido no estilo homem das cavernas dizendo a manhã toda *eu quero você e só vou parar quando conseguir*. Quando ele a beijou, ela foi estúpida a ponto de sentir seu coração revirar-se por dentro, assim como seu corpo, mesmo sabendo que ele estava apenas brincando com ela como um gato descuidado com uma bola de lã, até ficar entediado com a brincadeira.

Mia nunca foi muito de beber, mas naquela noite ela já teria tomado mais uma dose com certeza.

— Cresci em Seattle. Adoro vender casas. E não surte quando ouvir isso, está bem? — James arqueou as sobrancelhas quando ela disse: — Tenho quatro irmãos mais velhos.

— Será que isso mostra que eu não surtei? — retrucou ele e em seguida a beijou.

O pânico invadiu Mia, que se esforçou para deixar os lábios dele tocarem os dela. O beijo de James era quente e macio. Ela aproximou-se mais e permitiu que o beijo se tornasse mais profundo.

E foi nesse momento que Mia finalmente teve que admitir sua completa e total derrota. Não havia razão para continuar com aquela farsa. Pois se não estava sentindo o beijo de James, ela estava totalmente condenada.

Levando a mão ao peito dele em vez de se segurar na camisa para trazê-lo mais para perto, como havia feito com Ford, Mia afastou James com firmeza.

— Você é ótimo, James — disse ela com delicadeza —, e não acredito que vou dizer isso, mas...

— Só estamos nos aquecendo, Mia. Deixe-me beijá-la novamente.

Meu Deus, aquele encontro com James deveria ter sido tão quente. Mas nada parecia estar certo. Os braços dele ao redor dela. Sua boca na dela. Nem mesmo a forma como ele olhava para ela, como se estivesse esperando que ela o deixasse entrar em sua cabeça e em seu coração, em vez de já saber todos os seus segredos mais profundos antes mesmo que ela dissesse uma única palavra.

Mia não precisou se esforçar nada para dizer: — Sinto muito, mas não posso. — E desvencilhou-se por completo dos braços dele. Não da forma que quase a matou quando se afastou dos braços de Ford naquela manhã depois de um beijo.

Especialmente quando um beijo de Ford nunca, jamais tinha sido suficiente...

Uma das músicas de Ford começou a tocar bem naquela hora. Por mais que ela tentasse, como é que ia conseguir se livrar das lembranças dele?

— É outra pessoa, não é?

A pergunta de James a trouxe de volta ao bar, fazendo com que notasse a forma como estava se afundando no banco de madeira, passando a ouvir também os sons de paquera e risos que tomavam conta do bar.

Mia tentou balançar a cabeça, tentou negar, porém antes que pudesse dizer qualquer coisa, James disse:

— Se algum dia esquecê-lo, ligue para mim.

Dava para ver o desapontamento nos olhos de James quando colocou uma nota de vinte na mesa, pegou o casaco e dirigiu-se para a porta. Meia dúzia de garotas solteiras o observaram sair e, quando elas olharam para trás e viram Mia sentada sozinha, dava para ler a clara mensagem nos olhos delas. *Como você conseguiu estragar isso?*

Mia pegou o telefone e mandou uma mensagem para suas duas melhores amigas: BEBIDAS DE EMERGÊNCIA. URGENTE. BAR DE SEMPRE.

Sete

Colbie Michaels e Brooke Jansen entraram no bar momentos depois e, quando viram Mia sentada à mesa do fundo, imediatamente perguntaram:

— O que houve?

Mia mal conseguiu impedir de deixar a cabeça cair entre as mãos quando elas sentaram-se ao seu lado.

— Recebi um telefonema ontem sobre um cliente anônimo que queria comprar uma casa de dez milhões que fica de frente para o lago. — Dava para ver pela expressão das amigas que elas acharam o fato tão estranho quanto ela, mas não a interromperam. — Na mesma hora eu soube que tinha alguma coisa errada na história. Quer dizer, quais razões um cara super-rico teria de permanecer anônimo para a corretora de imóveis?

Mia pegou a nova bebida que tinha pedido depois de James sair e tomou tudo em um gole só, embora já soubesse que não a ajudaria a se esquecer de Ford... Nem do fato de que ainda podia sentir os lábios dele nos seus.

— Quando cheguei na primeira casa hoje de manhã, Ford Vincent estava esperando por mim.

— Ai. Meu. Deus! — disse Brooke com os olhos arregalados. — Você está trabalhando para Ford Vincent?

— Ele é tão sexy — afirmou Colbie, se abanando. — Antes de conhecer o Noah, eu fantasiava que...

— Dormi com ele há cinco anos.

A forma como o queixo tanto de Brooke como o de Colbie caíram teria sido cômica se Mia não estivesse tão tensa.

— Você *dormiu* com *Ford Vincent*? — perguntou Colbie sussurrando, chocada.

— Ai. Meu. Deus! — foi tudo o que Brooke conseguiu dizer novamente. Mas então teve que perguntar: — Como foi?

Mia levou a bebida aos lábios antes de perceber com desânimo que já estava vazio. Colocou o copo na mesa com tanta força que provavelmente o rachou e por fim admitiu: — Maravilhoso.

Ah, droga, agora que ela tinha começado era melhor contar *tudo* a elas.

— Dormir com Ford foi o melhor sexo que dá para imaginar. Estar com ele foi tão bom que eu deveria levar horas para me recuperar de cada momento, mas, antes que eu pudesse, ele já estava em cima de mim para começar tudo outra vez, e, quando eu me dei conta, vi que uma semana já tinha se passado e eu não tinha feito quase nada além de transar com Ford o tempo todo.

— Eu sabia que ia ser assim com ele — declarou Colbie, mas a exaltação por prever com precisão as proezas sexuais de Ford durou pouco quando percebeu uma coisa: — Por que você não me disse nada?

Mia se sentiu péssima por isso. Óbvio que dormir com um dos maiores roqueiros do mundo era uma omissão colossal entre melhores amigas. Colbie e Mia eram inseparáveis desde a pré-escola. Colbie contou a Mia sobre todos os homens com quem tinha ficado antes de se apaixonar por Noah Bryant, no começo do ano, e Mia contou a Colbie sobre todos os homens com quem ficou também, exceto o mais importante.

Antes que Mia pudesse começar a explicar por que havia guardado para si esse fato, Brooke perguntou:

— E por que você *parou* de dormir com ele?

A garçonete trouxe naquele exato momento os pedidos de sempre. Precisando de mais um gole fortalecedor antes de responder, Mia colocou o novo copo na mesa com mais cuidado e começou:

— A princípio, eu não contei porque tudo aconteceu muito rápido. Nós nos conhecemos em um dos shows dele e parecia que ele era o cara por quem eu estava esperando a vida toda. Vocês tinham que ver a poesia que ele declamava entre as nossas transas, a forma como ele jurou que eu também era tudo o que ele queria. Ele tinha uma semana de folga entre um trabalho e outro, e eu liguei para o escritório e disse que precisava tirar uma das minhas semanas de férias acumuladas para que pudesse passar cada segundo daquela semana com Ford. Eu devia ter ligado para você, Colbie, porque daí você teria tido a chance de me tirar daquela loucura. — Mia balançou a cabeça. — Foi exatamente por isso que acho que não contei nada para você nem para ninguém da minha família, pois não queria que ninguém estragasse a fantasia que eu estava vivendo. Deus do céu, eu fui tão *estúpida*!

Colbie colocou a mão sobre a dela e apertou com carinho, indagando:

— O que aconteceu no fim da semana?

— Ele pediu para eu ir com ele, sabe, pela estrada. Eu o conhecia havia uma semana e Ford queria que eu desistisse de tudo para segui-lo em ônibus e aviões pelo mundo. E acontece que, apesar de eu adorar meu trabalho, amar minha família e vocês, e a vida que tinha em Seattle, fiquei tentada, mais tentada do que devia. Mas acho que fiz uma pausa longa demais e, quando comecei a pular dizendo *SIM*, como se fosse a mulher mais sortuda do mundo por ser desejada por ele, Ford se fechou. Completamente. Disse que se eu o amasse de verdade, não teria que pensar no assunto. Disse que não conseguia acreditar que se deixou enganar, acreditando que eu realmente o amava. E num piscar de olhos, ele foi embora.

— Será que não dava para ver que ele estava pedindo a você que mudasse sua vida toda por ele, e ele ia continuar fazendo exatamente o que queria? — protestou Brooke.

— Não, obviamente ele não viu isso. E, quando olhei em retrospecto para aquela semana, percebi que enquanto dividi tudo com ele, ele não dividiu comigo nada mais que seu corpo. Eu não soube nada sobre a família dele, seu passado, nem seus medos e sonhos. Só como ele se sentia em relação à música. E vocês querem saber o pior? Eu deveria ter me sentido como se tivesse desviado de uma bala perdida, mas nem consigo começar a explicar como eu senti a falta dele. Senti tanto que decidi cometer um erro enorme imediatamente largando tudo por ele. Decidi que ia conseguir dar um jeito de ter uma carreira na estrada, talvez não no ramo imobiliário, mas algo que pudesse fazer sempre entre um lugar e outro, e que eu ia telefonar para vocês e para minha família o tempo todo para garantir que não perderíamos o contato. Então decidi surpreendê-lo em um show em Miami.

Mia fechou os olhos por causa da dor que a atingia ao reviver aquela noite horrível.

— Os caras da equipe dele que me levaram ao camarim na primeira noite em Seattle não quiseram me deixar passar em Miami. Tentei dizer a mim mesma que era porque Ford estava magoado com o fato de que precisei de um tempo extra para tomar minha decisão, mas... — A voz de Mia começou a falhar. Droga, ela não ia chorar por causa dele de novo.

— Você não precisa reviver isso — disse Brooke, apertando a mão dela.

Mia sabia que era melhor se revivesse. Assim ela se lembraria não apenas por si mesma, mas pelas pessoas que mais amava, de que ficar longe de Ford era exatamente o que precisava fazer.

— Acho que jamais vou tirar da minha cabeça a imagem daquela garota no colo dele. Ela estava seminua e ele estava com as mãos...

— Talvez reviver tudo não fosse uma ideia tão boa assim, afinal de contas.

— Por alguns segundos fiquei paralisada na soleira da porta e a garota estava ocupada dando todos aqueles gemidos falsos de estrela de filme pornô, mas Ford olhou diretamente para mim. — Ela sentiu os pulmões se abalarem ao tentar respirar. — Peguei as baquetas que estavam sobre a mesa e atirei nele. E saí de lá com tudo.

— O cretino nem correu atrás de você? — perguntou Brooke.

— Não. — E foi assim que Mia ficou sabendo com certeza que a semana que passaram juntos tinha sido uma mentira. Assim como todas as palavras doces e sensuais nas quais ela foi boba o suficiente para acreditar.

— Eu odeio esse cara — resmungou Colbie. — Sinto ainda mais por todas as fantasias que tive com esse babaca e prometo que nunca mais vou ouvir música nenhuma dele novamente.

— Considerando que tocam toda hora no rádio e na TV e em todos os bares — Mia apontou para o alto-falante no teto, onde dava para ouvir Ford cantar mais um de seus grandes sucessos —, vai ser algo bem difícil de se fazer. Mas eu agradeço por ser solidária a mim.

— Bem — disse Brooke —, podemos até ouvir de vez em quando se não for possível evitar, mas não precisamos gostar delas. Com licença um segundo. — Ela foi até o barman e disse algo para ele. Alguns segundos depois, a música de Ford parou e a versão acústica de *One moment,* de Nick, começou a tocar.

Mia agradeceu a solidariedade da amiga, mesmo sabendo que seria difícil evitar a presença de Ford não apenas no rádio, mas na mídia também, que sempre teve um caso de amor com ele.

— Ele entrou em contato com você alguma vez? — perguntou Colbie.

— Não. — Ford não correu atrás de Mia em Miami, nem telefonou, mandou e-mail ou mensagem de texto suplicando por seu perdão. — E claro que eu nunca tentei entrar em contato com ele.

— Então ele espera cinco anos e arruma um jeito de certificar-se de que você apareceria na casa, por causa de uma possível compra, sem revelar quem ele realmente é. — O resmungo de Colbie fez seus lábios se retorcerem com mais força. — Que babaca! Agora eu o odeio duplamente.

Foi por isso que Mia mandou mensagem para suas duas melhores amigas naquela noite. Elas sempre a faziam sorrir, mesmo quando estava na pior. Mas o sorriso não durou muito, pois havia mais uma coisa que precisava confessar.

— Eu deixei que ele me beijasse. Hoje de manhã. Na casa que eu estava mostrando a ele.

As duas amigas olharam para Mia como se ela tivesse perdido o juízo antes de Brooke berrar:

— Você o deixou *beijá-la* hoje?

Pessoas se viraram para ver que confusão era aquela, e Mia percebeu seu rosto enrubescer ainda mais.

— O beijo era para provar como eu o havia esquecido completamente. Vocês podem odiá-lo em dobro — garantiu para as amigas —, mas eu sou duplamente idiota.

— A forma como ele armou para você hoje de manhã faz com que o ódio seja *bem* maior que o dobro — afirmou Colbie.

Mas, em vez de concordar, Brooke disse:

— Ele obviamente ainda está a fim de você.

Mia balançou a cabeça, negando.

— Nada é óbvio com Ford. Por fora, ele é o sonho sensual de toda garota, mas, por dentro... — Ela fez uma careta por detrás da bebida e deu um longo gole antes de terminar a frase. — Ele nunca me deixou descobrir o que havia por dentro. Toda vez que nos aproximávamos, ele recuava. Por um momento hoje, achei que talvez as coisas tivessem mudado, mas ele nem quis me dizer por que odeia tanto ser chamado de Rutherford. E, se ele não me diz uma coisa como essa, duvido que ele deixe escapar qualquer outra coisa da sua alma obscura.

Brooke pegou o telefone e disse:

— Podemos pesquisar no Google para descobrir.

Todas as mil vezes no passado em que Mia quis olhar na internet para saber alguma coisa sobre Ford, tudo o que tinha que fazer era lembrar a si mesma de como era patético ansiar por boatos da vida dele vindos de jornalistas e tweets.

— Não. — Mia pegou o telefone de Brooke e colocou de volta na bolsa da futura cunhada. — Imagine como seria se você tivesse que vasculhar o passado do Rafe no Google. Meu irmão se importa tanto com você que ele mesmo contou tudo sobre o passado dele, mesmo sendo para ele algo muito difícil de ser feito.

Brooke colocou a mão no braço de Mia e disse:

— Você tem razão, e sinto muito se pareceu que eu estava defendendo Ford quando disse que ele ainda está a fim de você. É que... — Brooke balançou a cabeça negativamente. — Não, deixa para lá.

— Sempre achei que das minhas melhores amigas eu consigo aguentar a verdade da mesma forma que posso dizer a elas — disse Mia suavemente. — O que você ia dizer?

A amiga suspirou como se soubesse que não tinha como se livrar do *deixa para lá* dessa vez.

— Nós todas conhecemos a aparência de Ford Vincent e dá para imaginar como deve ser ouvi-lo declamar poesia, especialmente se o sexo foi tão bom quanto você disse. Para ser honesta, não sei como seria difícil para alguém conseguir superar uma pessoa como ele.

O estômago de Mia revirou diante das palavras de Brooke. Ela sempre poderia mentir para si mesma. Mas para suas amigas? Era uma das razões pelas quais nunca mencionou sua semana com Ford. Porque ela não teria sido capaz de mentir sobre o que aquilo tinha causado a ela.

— Ele foi o único homem que eu amei. E não importa quantas vezes eu olhe para trás e lembre a mim mesma que eu era jovem e tola e acreditava que fantasias fossem possíveis e que era perfeitamente normal entregar-me por completo a ele e a sua vida extraordinária. — Mia suspirou e concluiu: — O que eu sentia por ele ainda era real, apesar de todos os outros absurdos.

— Sabe — disse Colbie —, talvez haja outra razão pela qual ele tenha conseguido romper suas barreiras hoje de manhã. De tudo o que nos disse, parece que você nunca teve chance de dizer a ele o que pensava, nem cinco anos atrás nem hoje, pois Ford certificou-se de pegá-la de surpresa. Pessoalmente, eu gostaria de ouvir você triturá-lo em mil pedacinhos.

Apesar de Mia já ter dito o que deveria ter sido seu adeus para Ford, ela não conseguiu não pensar que Colbie tinha certa razão.

Brooke lançou um olhar incisivo para Mia.

— O problema é: você acha que consegue cair de língua nele sem acabar dentro da boca dele de novo?

Era a mesma pergunta que Mia estava fazendo a si mesma. Ainda não tinha pensado em uma resposta honesta, então desviou o assunto, dizendo:

— O que meu irmão fez com você, Brooke? Nunca pensei que você diria para eu cair de boca em alguém.

A amiga enrubesceu, mas deu um sorriso maroto ao dizer:

— Você quer dizer o que *eu* fiz com *ele*?

No meio da frase da amiga, Mia tampou os ouvidos com as mãos.

— Vou fingir que você não disse isso. Mas a culpa é toda minha já que vivo me esquecendo de como é estranho pensar na vida sexual do meu irmão. Especialmente quando isso acontece com uma das minhas melhores amigas. — Ela fez uma encenação esfregando os olhos e abanando a cabeça algumas vezes para espantar a visão. Para bem longe da sua cabeça.

— Isso significa que *não* é estranho pensar na minha vida com Noah, já que ele não é seu parente? — provocou Colbie.

— Você está brincando? — retrucou Mia, feliz por perceber que estava de volta ao mundo das pessoas normais por alguns segundos. — Se você soubesse quantas vezes pensei no seu noivo nu...

As três riram, mas o tempo todo a pergunta não respondida de Brooke pairava no ar. Mia nunca foi mulher de vacilos. Ela não tinha tempo nem tendência a postergar decisões importantes. Não era agora que ia começar.

— Temos o casamento de Marcus e Nicole em Napa neste fim de semana — disse ela a Brooke, que iria com Rafe —, o que deve me dar certa distância racional da aparição súbita de Ford hoje. Domingo de manhã vou ligar para ele e finalmente dizer tudo o que está entalado em meu peito. — Ter um plano fez com que Mia se sentisse melhor, de volta ao controle de sua vida, da forma como tinha que ser. — Eu até vou deixá-lo dar qualquer desculpa que sentir que precisa dar e então vou perdoá-lo e esquecê-lo completamente. — Ela olhou bem nos olhos de cada uma das amigas antes de acrescentar: — E prometo que nenhum centímetro da minha língua vai entrar na boca dele quando isso acontecer.

— Um brinde a apenas colocarmos nossa língua na boca dos homens que a merecem! — disse Colbie, e ergueu o copo para brindar.

— A Mia, por ser uma das mulheres mais incríveis e fortes que já conheci — acrescentou Brooke ao erguer o copo.

Mia ergueu seu copo para pressioná-lo contra o de Colbie e o de Brooke.

— E a vocês duas, por serem as melhores amigas que uma mulher pode ter.

Oito

O dia passou voando enquanto Mia mostrava várias propriedades para um CEO cheio da grana que estava planejando se mudar de Nova York para Seattle. Só quando Mia entrou no avião que ia para Napa Valley naquela tarde foi que finalmente teve a chance de respirar com tranquilidade.

Ela sempre foi cheia de energia, a pobre mãe tinha que correr atrás de Mia por toda Seattle quando ela era uma garotinha, só para tentar vesti-la até a hora de dormir, mas hoje Mia teria que se esforçar em dobro para manter um sorriso no rosto. Pois, apesar de as meninas terem ido ao seu auxílio na noite anterior no bar, Mia ainda não tinha conseguido tirar Ford totalmente da cabeça e ficou revirando na cama a maior parte da noite. Pior ainda, uma das propriedades a que ela levou o CEO era a casa da torre que Ford tanto tinha gostado. Quando o CEO disse que achou a torre um "acréscimo terrível" ao que teria sido uma casa "decente", Mia ficou desanimada com o alívio que tomou conta dela, quase como se Ford fosse a única pessoa a poder comprar o imóvel. Onde, ela se perguntou repetidas vezes desde a manhã anterior, estava o seu lendário autocontrole?

Geralmente, Mia ficava mais que feliz em aceitar um copo de champanhe em um voo na primeira classe e começava a puxar conversa com qualquer homem de negócios solteiro e sensual que estivesse sentado ao lado dela no avião. Contudo, hoje ela não iria apenas recusar a bebida, como também estava prestando mais atenção à planilha que estava analisando em seu computador do que ao cara que havia acabado de sentar-se ao lado dela. O problema era que se ela fosse se permitir relaxar até mesmo por um segundo com um copo de vinho, ela temia que as lembranças do beijo superquente de Ford, que a deixou toda derretida, viessem à tona, deixando-a doente por ele a trinta mil pés.

Infelizmente, só o fato de tentar *não* pensar no beijo de Ford já era suficiente para distraí-la da tela do computador. Quando o cara ao lado achou que ela estava tentando manter contato visual, ele imediatamente perguntou:

— Sua viagem para Napa é para lazer ou trabalho?

Mia não conseguiu nem esboçar um sorriso de paquera ao responder simplesmente:

— Meu primo vai se casar. — E, em seguida, objetivamente voltou a atenção ao computador.

Que diabos estava acontecendo com ela? Primeiro, dispensou James no bar na noite anterior, e agora parecia ter perdido não apenas a habilidade de paquerar, mas também a vontade de fazê-lo. Ford já tinha roubado seu coração há tantos anos. Mia não ia desistir da alegria do flerte e do prazer de encontrar novas pessoas também.

Mia fechou o laptop e virou-se com tanta rapidez no assento que praticamente quase se sentou no colo do cara.

— O que eu quis dizer é que eu sou Mia e que essa é uma viagem de prazer. — Ela acenou para a comissária de bordo pedindo um daqueles copos de champanhe. — E você? Trabalho — Mia abaixou o tom de voz de propósito antes de indagar: — Ou prazer?

Instantaneamente perdoada pela forma como o dispensou há um minuto, ela descobriu que o nome dele era Scott, era representante comercial de uma empresa italiana de sapatos, tinha trinta e quatro anos e ela notara a presença dele na sala de espera do aeroporto e não conseguia acreditar na sorte de ter sentado ao seu lado. Ele era o cara perfeito.

No entanto, quando eles saíram do avião e ela entrou na limusine que a esperava do lado de fora do pequeno aeroporto de Napa Valley, Mia não estava se importando nem um pouco se veria Scott novamente ou não.

* * *

A limusine levou Mia direto para a casa do primo dela em Napa. Marcus Sullivan era dono da Vinícola Sullivan, uma empresa bem-sucedida que comercializava vinho no coração da terra do vinho. Ele e Nicole moravam lá quando sua futura noiva não estava na estrada em turnê pelo mundo devido à carreira musical. Mia ficou surpresa pela forma como Marcus havia mudado sua vida de forma colossal para que pudesse ficar com Nicole o máximo possível. Ele administrava uma empresa enorme e muito lucrativa, e Mia sabia que poderia facilmente ficar em Napa trezentos e sessenta e cinco dias por ano e focar na vinícola em vez de focar na mulher que amava.

Mia se perguntava o que tinha feito Marcus agir dessa forma. Será que Nicole dera a ele um ultimato como Ford tinha feito com ela, exigindo que a escolhesse em detrimento de todos em sua vida ou ela o deixaria, em nome do amor?

Não, Mia pensou, balançando a cabeça negativamente quando entrou no caminho de cascalho que dava para a porta da frente da casa de Marcus; *não dá para imaginar Nicole fazendo uma coisa dessas.* Pois quando se está apaixonado de verdade, como Marcus e Nicole estão, não se magoa a pessoa que se ama. Pelo contrário, o que Mia aprendeu observando o casamento dos próprios pais era que o amor verdadeiro significava sempre apoiar o companheiro da melhor forma possível, ao mesmo tempo em que o outro também fazia de tudo para apoiar você.

Era esse o tipo de homem por quem Mia estava esperando. Alguém que a colocasse em primeiro lugar da mesma forma que ela o colocaria também. Uma parceria verdadeira, e não um simples lampejo de calor que esfriaria diante da primeira gota de chuva.

Falando em grandes homens, quando Mia olhou para cima e viu seu irmão Ian parado à sua frente, ela jogou o saco com o vestido no chão e foi correndo para os braços dele.

— Você conseguiu vir!

O irmão mais velho morava em Londres e administrava uma empresa de investimentos, e, como suas últimas viagens para casa eram canceladas na última hora, Mia começou a sentir muita falta dele. Claro que amava os outros irmãos, Adam, Rafe e Dylan, contudo ela sempre teve um relacionamento especial com Ian.

Os braços de Ian eram fortes e firmes ao redor dela ao erguê-la do chão em um abraço.

— Senti sua falta, minha garotinha.

Ele era o único que podia chamá-la assim. Bem, seu pai a chamava de docinho. Mas esses eram os únicos apelidos que Mia tolerava, e só porque o pai e o irmão eram suas duas pessoas favoritas no planeta.

— Senti sua falta também — disse ela. — Tanto. Por favor, me diga que você vai voltar a morar em Seattle logo.

Normalmente, quando Mia dizia isso, Ian balançava a cabeça negativamente, como se não houvesse chance de retorno aos Estados Unidos. Mas, dessa vez, ele simplesmente sorriu e disse:

— Tenho umas coisas para resolver em Londres primeiro.

A alegria tomou conta de Mia, que imediatamente se esqueceu do mau humor. Mas assim que deu um grito de alegria e o abraçou com mais força ainda, encantada diante da ideia de ter o irmão mais velho por perto novamente, ele disse:

— Não fale nada para a mamãe e o papai ainda. Odiaria desapontá-los se meus planos mudarem.

Mia o pegou pelo colarinho e disse:

— É melhor você não me desapontar também.

Ele a beijou na testa e depois franziu o cenho, finalmente, ao perceber suas olheiras.

— Odeio não estar perto o suficiente para cuidar de você. Você está cansada. O que está acontecendo?

Por mais próximos que Mia e Ian fossem, de jeito nenhum ela contaria sobre Ford. Não se ela quisesse manter o irmão mais velho longe da cadeia, porque ele com certeza faria coisas terríveis com o roqueiro se descobrisse que Ford a tinha magoado de alguma forma.

Felizmente, naquele exato momento, uma criança saiu correndo pela porta da frente, e a mãe ria ao correr atrás dela. Mia inclinou-se e pegou Emma.

— Ei, fofinha, aonde você vai com tanta pressa?

Emma riu ao sentir-se subitamente mais leve, depois colocou as mãos nas bochechas de Mia e lhe deu um beijo molhado. *Ah*, Mia pensou ao abraçar a garotinha com carinho, *vai ser maravilhoso passar um fim de semana com minha família*. Especialmente quando chegou tão desequilibrada e agora já se sentia mil vezes melhor.

O rosto de Chloe se iluminou quando viu Mia.

— Você veio! — Quando elas se abraçaram, a bebê de Chloe foi esmagada entre as duas. — Estávamos esperando você para começar a festa!

Chloe tinha se casado com o primo de Mia, Chase, há alguns anos, depois que os dois se conheceram naquela mesma vinícola quando Chloe fugia de seu perigoso ex-marido. Chase ficou com ela o tempo todo para amá-la exatamente da forma como ela precisava, e Chloe tinha se apaixonado por ele com a mesma intensidade. Chase era um fotógrafo famoso, Chloe era uma tecelã de primeira, fazia colchas sensacionais, e, além de tudo isso, eles eram ótimos pais.

— Parece que a senhorita Emma não estava esperando — provocou Mia enquanto enrolava um dos cachos da menina em seu dedo.

Ian também não resistiu e acariciou o cabelo macio. Por mais imponente e intimidador que seu irmão quase bilionário pudesse parecer para estranhos, Mia sabia como ele era mole com crianças. Dado o fato de que ele tinha sido uma forte influência na vida dos quatro irmãos mais novos, Mia não achava que as pessoas ficariam muito surpresas com isso. Ser rico e poderoso não significava ser um babaca por completo.

Bem, exceto no caso de Ford, pois era *exatamente* isso que ele era.

Quando a bebê começou a se agitar nos braços de Mia para descer ao chão e retomar a correria, Chloe rapidamente sugeriu:

— Emma, você quer levar a senhorita Mia lá para dentro para que a gente possa começar nossa festa de garotas para a tia Nicole?

Os olhos da garotinha se iluminaram. Ela ficou em pé de novo, esticou a mão para pegar a de Mia.

— Dentro. — Ela sorriu, mostrando quatro dentes perfeitos. — Festa!

E conforme Mia deixou a pequena Emma levá-la pelo caminho, passando pela porta da frente com passos determinados em suas perninhas gorduchas de bebê, Mia soube que tudo ia acabar ficando bem.

Com toda a família a seu redor, como é que algo poderia dar errado naquele fim de semana?

Nove

A maioria das noivas provavelmente quer uma festa de despedida de solteira bem chamativa, e apesar de Nicole ser uma das maiores estrelas do pop mundial, e dinheiro e localização não serem um problema, a noiva de Marcus claramente não tinha interesse nenhum em uma festa chamativa e muito menos cheia de loucuras. Pelo contrário, tanto Nicole quanto Marcus pareciam concordar que o cardápio daquela noite seria *maturidade.*

Mia riu quando descobriu que Marcus ia fazer o churrasco de "despedida de solteiro" dele do outro lado da casa. Ela não conseguia pensar em outro casal que fosse organizar a própria festa de despedida de solteiro com todas as mulheres de um lado da casa e os homens, do outro. Mas, pela forma como Nicole já tinha desaparecido duas vezes nos primeiros trinta minutos, Mia suspeitava que aquele tipo de organização de festa tinha a ver com o fato de que a noiva e o noivo não conseguiam ficar muito tempo longe um do outro. Especialmente quando se tratava da véspera do dia mais importante da vida deles, quando estavam prestes a fazer votos eternos um para o outro.

Mia estava sentada ao lado da prima Sophie, que tinha outra pequena Sullivan em seu colo. Jackie ainda não falava, mas era óbvio que já tinha tido um grande dia, pois tudo o que ela queria fazer era ficar aninhada quando Mia ofereceu colo para ela. O irmão gêmeo de Jackie estava no churrasco dos meninos com o pai, Jake.

— Posso pegá-la se ela estiver muito pesada para você — Sophie ofereceu quando os olhos de Jackie se fecharam.

Contudo, Mia adorava o peso macio do bebê em seu colo. Ela ainda não estava preparada para ter filhos, e era por isso que ter tantos primos com filhos era tão divertido.

— Você fica com ela o tempo todo. Não ouse tirá-la de mim hoje — disse Mia ao trazer Jackie mais para perto para sentir o perfume do seu cabelo macio.

Recebendo uma folga das obrigações maternais, Sophie relaxou profundamente no sofá em que estavam sentadas e pegou uma taça de vinho. A vista dos vinhedos, à medida que o sol se punha, era de tirar o fôlego. Ela não se sentiu nada magoada pelo fato de a garrafa do melhor cabernet de Marcus não estar ao seu alcance.

— Nós nos divertimos tanto na casa do lago com todos vocês no verão passado — disse Sophie. — Jake quer ir até Seattle para mostrar o Obelisco Espacial às crianças. E como ele se recusa a aceitar o fato de que eles ainda são pequenos demais para se lembrar de qualquer coisa da viagem — continuou Sophie, rindo —, pode nos esperar batendo à sua porta a qualquer momento.

Quando Mia ficou sabendo que a prima bibliotecária, de fala macia, tinha ficado com o dono do pub irlandês todo tatuado, Jake McCann, e tinha engravidado na primeira e única noite em que passaram juntos, ela ficou bem chocada. Especialmente porque o apelido de Sophie era Boazinha, e garotas boazinhas geralmente não seduzem garotos malvados, tatuados. Mas, apesar de parecerem diferentes, era óbvio que eram feitos um para o outro.

Assim como fez com Nicole e Marcus, Mia tinha aprendido, ao observar os primos se apaixonarem no decorrer dos anos, que o amor nem sempre fazia sentido. Mas não precisava fazer. O amor só precisava fazer sentido para as duas pessoas que estavam apaixonadas, e ninguém mais.

— Definitivamente pode me convocar para ser sua guia turística quando vocês forem — enfatizou Mia. — Mas temo que minhas tarefas de guia não poderão incluir troca de fralda.

— Você se acostuma depois de um tempo.

Mia torceu o nariz.

— Certo. Fique repetindo isso para si mesma e talvez um dia você até acredite.

A esposa de seu primo Gabe, Megan, sentou-se no sofá de frente para elas e indagou:

— Em que ela vai acreditar?

— Que trocar essas belezinhas — falou Mia, apontando para o bumbum de Jackie — não é nojento.

— Para falar a verdade, não me lembro, faz tanto tempo que a Summer não usa mais fraldas. Engraçado — disse Megan, olhando para a barriga que a qualquer momento começaria a aparecer. — Achei que nunca mais viveria essa fase de treinamento de banheiro, porque não achava que fosse conhecer alguém como Gabe.

Na verdade, Mia pensou ali sentada com as meninas diante do pôr do sol de Napa Valley, havia amor demais na família Sullivan. Todos seus primos de São Francisco e seu irmão Rafe estavam ou casados ou noivos. Era fabuloso. Ela estava superfeliz por todos eles. E, talvez, só com um pouquinho de inveja pela forma como a vida deles estava se resolvendo com tanta perfeição.

Principalmente quando a dela estava uma bagunça.

Mia observava Chloe no gramado segurando a mão de Emma, enquanto a filha pulava na minicama elástica quando Valentina apareceu. Seu noivo, Smith, estava de mãos dadas com ela, e, antes de deixá-la ir, ele a abraçou e deu-lhe um beijo bem demorado. Quando Smith finalmente a deixou vir na direção das demais garotas, ele foi cuidar de Emma na cama elástica.

O primo de Mia, Smith, era um dos maiores astros de cinema do mundo, mas ele nunca dava uma de estrela com a família, e Mia sempre se esquecia de que só o fato de vê-lo já era suficiente para deixar a maioria das mulheres à beira de um ataque cardíaco. Ele e Valentina se conheceram quando a irmã de Valentina, Tatiana, estrelou o filme *Gravidade* com ele. Pelo que Mia ficou sabendo, Valentina tentou resistir a ele, mas, no final, ela não teve chance nenhuma de manter o coração a salvo. Considerando as loucuras com que Smith tinha que lidar em Hollywood, era ótimo Valentina ser uma pessoa tão pé no chão e estável, e não estar absolutamente interessada em holofotes.

Valentina estava com o celular no ouvido quando passou pela piscina em direção ao pátio em que todos estavam sentados. Depois de uma rápida conversa, Mia a ouviu dizer: — Que ótimo, T, vejo você mais tarde.

Valentina colocou o celular no bolso do elegante vestido e comentou: — Minha irmã vai chegar logo. Ela disse que a entrevista foi um pouco longa, mas está quase saindo do hotel.

Mia adorava Tatiana Landon. Ela tinha só vinte e poucos anos, mas era uma atriz em ascensão, principalmente depois de ter atuado com Smith. Mas, de alguma forma, em vez de se transformar em uma concha insípida debaixo dos poderosos holofotes de Hollywood, ela continuou sendo doce e não se afetou por tudo aquilo.

Valentina estava linda com um vestido de linho amarelo que acentuava suas curvas e era bem solto nas pernas.

— Que bom vê-la de novo, Mia — disse ela dando um beijo na bochecha da adormecida Jackie. — Sou a próxima a ficar com a bebê no colo — informou Valentina a todos ao pegar uma taça de vinho de um garçom que passava, sentando-se ao lado da esposa de Gabe. — Contanto que você deixe, Soph.

— Claro que deixo — afirmou Sophie com um sorriso. — Que mãe não ia querer seu filho no colo das tias mais legais do mundo, que não veem a hora de ficar com ele? E, falando em legal, aí vem a mulher por quem estamos celebrando hoje.

Nicole apareceu de dentro da casa e foi para o pátio. Parecendo a estrela do pop que era, o cabelo tinha luzes rosa e azuis, mas Mia ficou impressionada em ver como combinavam com ela.

— Será que eu caibo aí? — quis saber Nicole, remexendo o quadril para sentar-se no sofá entre Mia e Sophie. A face estava corada e os olhos brilhavam tanto que Mia facilmente adivinhou que ela tinha acabado de voltar de mais um de seus encontros com Marcus.

Havia mais mulheres rindo juntas perto da fonte, incluindo a mãe de Mia, a mãe de Nicole, Brooke, Lori, que era gêmea de Sophie, Vicki, que era noiva de Ryan, e Heather, que era noiva de Zach. Mia sabia que ia conseguir ficar um pouco com cada uma delas mais tarde, mas, por enquanto, o grupo em que estava tinha o tamanho perfeito para uma boa conversa.

Nicole acariciava um dos pezinhos de Jackie e sorria para as duas mulheres que estavam ali sentadas.

— Estou tão feliz por todas vocês estarem aqui. — Ela ficou com os olhos marejados ao dizer: — Adoro estar com todas as minhas mulheres favoritas no mesmo lugar. Que tal fazermos isso todo fim de semana?

— Com certeza teremos mais casamentos na família Sullivan — disse Mia —, então acho que vamos mesmo nos ver bastante.

— Há tanto amor nessa família — concordou Nicole e todas riram —, que quando quero escrever uma música sobre separação, tenho que assediar minha banda e meus dançarinos para saber sobre as confusões na vida deles.

— Você pode ligar para mim — soltou Mia antes de perceber o que dizia. Ela disse em tom de brincadeira, mas é claro que todos os olhos viraram-se para ela.

— Conte para a gente — encorajou Sophie.

Mia forçou um sorriso que não era verdadeiro de forma alguma.

— Ah, aquela velha história, se o cara é encrenca, tem que ser meu.

Felizmente, em vez de pedirem mais informações, Sophie concordou com a cabeça, dizendo:

— Sei bem do que você está falando — comentou ela, olhando para Mia. — Jake só sabia fazer joguinhos quando finalmente eu o seduzi. Nem me fale em encrenca.

— Felizmente — disse Mia —, ele foi esperto o suficiente para perceber que você foi a melhor coisa que lhe aconteceu.

Megan ergueu a taça em um brinde e disse:

— Aos nossos homens que nos apreciam.

Mia ajeitou Jackie levemente em seu braço esquerdo para que pudesse erguer o copo e brindar com todo mundo, e notou quc todas as mulheres expressavam o mesmo sorriso de felicidade. Querendo ignorar a estúpida sensação de inveja por todas terem encontrado o amor enquanto ela estava completamente longe disso, Mia deu um longo gole.

— Nunca vi o Marcus assim, Nicole — garantiu Sophie. — Ele sempre foi tão calmo e estável, mas hoje ele estava praticamente pulando para todos os lados, está tão animado por finalmente se casar com você.

A pele de Nicole ainda não tinha perdido o rubor do último encontro secreto com Marcus, e agora que elas estavam falando dele, suas bochechas ficaram ainda mais coradas.

— Também estou muito animada. Às vezes... — Ela parou e balançou a cabeça negativamente como se não conseguisse colocar os sentimentos em palavras. — Às vezes eu me pergunto como tive tanta sorte. Quer dizer, se não o tivesse conhecido na boate, e se Lori não tivesse coreografado meu vídeo e o convidado para assistir aos ensaios no dia seguinte, eu teria deixado passar a melhor coisa da minha vida.

— Se não fosse naquela boate, você e Marcus teriam se conhecido em outro lugar de qualquer forma — disse Valentina com delicadeza, o que surpreendeu Mia, pois ela pensava que Valentina fosse mais prática do que sonhadora. — Smith e eu sempre conversamos sobre como passamos um pelo outro por anos entre filmes e TV sem nunca termos nos encontrado, até que minha irmã recebeu a oferta para trabalhar em *Gravidade*. Mas acho que a razão principal de não termos nos conhecido até aquele momento era porque não era a hora certa, e nenhum de nós estaria pronto um para o outro.

— Ou vocês todas poderiam ter seguido meu exemplo e se jogado nuas para cima do cara que desejaram a vida toda até acabar ficando grávida de gêmeos — disse Sophie, sorrindo.

A risada do grupo era acompanhada por mais vinhos e lanchinhos que eram servidos. E cada uma foi naturalmente conversando com a pessoa ao lado, Nicole mudou de lugar para expressar seu lindo olhar na direção de Mia.

— É muito bom ver você. Queria que Marcus e eu tivéssemos mais tempo em Seattle depois do último show para passar mais tempo com você.

— E que show foi aquele! — elogiou Mia. — Você estava maravilhosa. E tem que ver como Marcus estava fofo na plateia. Ele tem tanto orgulho de você!

— O coitado já ouviu minhas músicas pelo menos umas cem vezes.

— E ele vai ouvir com alegria mais mil — garantiu Mia com certeza de suas palavras. — Mas posso fazer uma pergunta?

— Claro. Qualquer pergunta. Principalmente se você passar o bebê para mim primeiro.

— Não. Ainda preciso de mais carinho dela. Além disso, Valentina já disse que é a próxima a pegá-la.

— Mas sou eu quem vai casar — protestou Nicole. — Isso deveria me dar alguma prioridade.

— Boa tentativa — disse Mia, trazendo Jackie mais para perto. — Mas você vai ter que pegar a fila para curtir um amor de bebê.

Nada poderia deixar uma pessoa tão de bem com o mundo do que aquele peso quente e macio no colo, respirando tranquilamente ao dormir. Ao contrário das amigas, Mia sempre adorou ser babá quando era adolescente. Claro que às vezes eles eram bagunceiros, mas também eram tão fofos. Filhos também foi um assunto não discutido em sua semana com Ford. Sim, Mia tinha se apaixonado por ele, mas não havia nenhum alicerce naquilo. Não como ontem, quando Ford falou de filhos correndo pela casa que ela mostrou a ele.

Droga, ela estava de novo pensando nele?

— Então, o que você quer saber? — perguntou Nicole, trazendo Mia de volta.

— Como você e Marcus fazem as coisas dar certo? Em todas as esferas — quis saber Mia —, quer dizer, vocês fazem com que pareça tão fácil. E sei que é impossível ser fácil, com sua agenda de turnês e gravações e todas as exigências da vinícola.

— Não — concordou Nicole com um sorrisinho. — Definitivamente não é fácil. E não sei o quanto você sabe sobre nosso relacionamento, mas no começo as coisas eram bem confusas. Eu era tão inflexível que ele não conseguia lidar com o circo que era minha vida, e eu o chutei, mesmo sendo a última coisa que queria fazer, porque já estava completamente apaixonada por ele. Mas você conhece o Marcus. — O rosto de Nicole se tornou ainda mais meigo com seu olhar de puro amor. — Quando ele colocou na cabeça que ia lidar com o circo, começou a subitamente aparecer em todos os meus shows pelo país. Como eu podia resistir a tanto foco e determinação? Especialmente quando ele provou o quanto estava disposto a mudar sua vida por mim. Não vou mentir e dizer que fazer nossas agendas baterem é sempre um caminho tranquilo, mas eu aguento uns tropeços pela estrada se for para ficar com ele a qualquer hora. — Depois de dizer tudo aquilo, Nicole colocou uma uva na boca e então perguntou a Mia:

— Essa pergunta tem algo a ver com o cara que você diz que é *encrenca* e eu suponho que seja bem gostosão também?

— Não, só encrenca mesmo. Encrenca antiga — disse Mia com um aceno de deixa para lá. Mas, obviamente sentindo a tensão diante da mentira deslavada, Jackie fez uma careta dormindo e se mexeu nos braços de Mia. — Desculpe, lindinha — sussurrou Mia antes de voltar o olhar para Nicole. — Mas conheci um cara fofo no voo para cá.

Nicole arqueou a sobrancelha, obviamente não caindo na conversa mole que Mia estava tentando jogar para cima dela.

— Nem que leve o fim de semana todo, mas você vai me contar sobre esse gostosão secreto. Contudo, falando de gostosões bonitos, tenho ótimas notícias para vocês sobre um convidado que disse que virá ao meu casamento amanhã. Darei uma dica: ele é um dos roqueiros mais maravilhosos do planeta.

Mesmo tentando ser racional, pensando sobre as chances de o nome *dele* sair da boca de Nicole, Mia não conseguiu evitar o sentimento pesado que a invadia. A boca ficou seca e foi preciso todo o autocontrole do mundo para não se remexer e acabar acordando a bebê.

— Ford Vincent! — Nicole estava tão animada que não notou que todo o sangue do rosto de Mia desapareceu. — Sou uma enorme fã dele e sempre me sinto inebriada quando o ouço cantar, e ele é tão legal.

Ford fazia estrelas como Nicole se sentirem inebriadas. E era isso exatamente o que Mia estava sentido agora.

Estava mais para mal do estômago.

Claro que Ford e Nicole se conheciam. Eles eram do mesmo ramo, pelo amor de Deus. Agora que Mia tinha parado para pensar, os dois não tinham feito alguns shows juntos antes de Nicole conhecer Marcus?

— Ford vem aqui? — A voz de Mia pareceu superficial até mesmo para os próprios ouvidos. — Na vinícola? Para o seu casamento?

Uma pergunta idiota atrás da outra saía de sua boca, mas Mia não conseguia parar de fazê-las. E sentia que mal iria conseguir se segurar. Se não fosse o bebê em seu colo, ela já teria pulado do sofá para correr com a pequena Emma pelos vinhedos.

Nicole estava olhando de forma estranha quando Sophie finalmente entendeu que estavam falando o nome de Ford.

— Espere aí — disse ela, ecoando a pergunta de Mia para todos ouvirem. — Você está dizendo que o Ford Vincent virá ao seu casamento? Como eu não sabia disso?

— A princípio ele não podia por causa de um conflito na agenda — explicou Nicole. — Ele ligou no meu celular ontem à tarde do nada para perguntar se o convite ainda estava de pé.

— Ontem à tarde. Claro que ele teria ligado ontem à tarde — disse Mia, quase que para si mesma. Não tinha como aquilo ser uma coincidência. Ele não fora atrás dela em Miami há cinco anos, e agora não podia aceitar seu pedido de *dê o fora da minha vida*. Claro que tudo tinha que ser nos termos dele, e se não fosse ele a dizer adeus, então não contava.

Mais uma vez Nicole franziu a testa para Mia, mas a gêmea de Sophie, Lori, tinha se juntado ao grupo naquela hora. Ela era chamada de Mazinha, em oposição ao Boazinha de Sophie, e estava usando chapéu de caubói e as botas vermelhas mais lindas do mundo com um vestido vermelho curto tomara que caia. As mulheres do grupo eram bonitas, mas dentre todas elas, Lori se destacava. Quer estivesse dançando no palco ou se sujando com os porcos na fazenda em que morava com o marido, Grayson, as pessoas não conseguiam tirar os olhos dela.

— Você não vai acreditar quem vem ao casamento — disse Sophie à irmã gêmea. — Ford Vincent!

Mia ficou chocada quando Lori perdeu o fôlego. Ela realmente *ofegou*, dizendo:

— Não brinque comigo, Soph. — Lori se virou para Nicole com os olhos arregalados e indagou: — É sério? Ele vai *mesmo* vir?

Nicole assentiu e ia dizer algo quando Mia simplesmente não conseguiu mais se segurar:

— Não entendo o que ele tem de tão especial. Ele tem umas boas músicas, mas todas vocês têm homens maravilhosos.

— Você está brincando, certo? — perguntou Lori. — Eu amo meu marido de paixão, mas não estou *morta*.

— É verdade — murmurou Megan. — Ford é lindo demais.

Mia estava cada vez mais chocada, todas as mulheres, incluindo a equilibrada Valentina, concordavam que Ford era uma exceção à regra geral de não olhar para outros homens. Claro, a tensão passou para o bebê em seu colo, pois bem nessa hora Jackie acordou abruptamente, olhou nos olhos da mulher que não era sua mãe, e seu rosto se contorceu em uma pré-manha.

— Oh! Oh! — disse Sophie, rapidamente se levantando para pegar a pequena no colo. — Parece que alguém está com fome. O que significa que o irmão deve estar dando trabalho para os rapazes também. Volto já.

Sem o peso da alegria no colo, Mia sentiu-se nua na frente da família, com todas as suas estúpidas emoções expostas. E aquele era o último lugar em que queria estar.

Lori virou-se para Brooke, que vinha na direção do grupo, e perguntou:

— Você é fã do Ford Vincent, não é?

Brooke imediatamente fez cara de brava e disse:

— Não. Eu o *odeio*.

Os olhos de todas se arregalaram, e Mia percebeu que ela precisava tentar controlar os danos, e tinha que ser rápido.

— O que Brooke quis dizer é que ela odeia o fato de ele ser tão gostoso e ela só poder pensar no meu irmão.

Brooke lançou-lhe um olhar confuso antes de subitamente perceber que ela quase tinha entregado Mia ao grupo.

— Ele vem ao casamento este fim de semana — disse Mia a Brooke.

Ela tentou com todas as forças não demonstrar amargura em sua voz, mas, quando Brooke a pegou pelo braço, e disse: "Você pode me ajudar com o vestido lá dentro? Tem alguma coisa estranha com o zíper", Mia sabia que não tinha conseguido.

Sem dúvida que todas as mulheres estavam se perguntando o que havia de errado com as duas, mas tanto Mia quanto Brooke continuaram a agir como se não houvesse nada de diferente até entrarem na casa e fecharem a porta do escritório de Marcus.

— Como ele pode *pensar* em invadir o casamento de Nicole assim? Não estou nem aí se ele foi convidado, ele devia saber que não podia arruinar esse fim de semana para você! — Brooke, que sempre foi a alma mais doce e gentil que Mia conhecia, parecia um general preparado para ir para a guerra. — Eu mal posso esperar para fazer picadinho dele e depois entregá-lo para todos os seus irmãos e primos.

— Não, por favor, não faça isso. Se alguém descobrir o que houve entre nós, a coisa vai ganhar dimensão. E jamais vou me perdoar por tê-lo deixado arruinar o casamento de Marcus e Nicole.

Mas Brooke tinha razão. Aparecer em uma casa aberta era uma coisa, mas ir ao casamento de alguém da família era outra completamente diferente.

— Já estou cheia das surpresinhas dele. Assim que chegar aqui, nós dois vamos ter uma conversa adulta e séria em particular. E, quando terminarmos, vou garantir que tudo o que houve um dia entre nós esteja totalmente no passado.

Dez

Embora Ford estivesse desesperado para compensar o tempo perdido com Mia, ele não queria arruinar o grande dia de Nicole. Por isso, planejou entrar pouco antes de a cerimônia começar. Não que ele pensasse ser *tudo aquilo* ainda, mas já havia passado por situações similares para saber que as pessoas tinham uma tendência a enlouquecer perto de músicos, mesmo nos momentos mais inapropriados.

Ford não gostava muito de ternos, mas Nicole merecia que ele se arrumasse e vestisse uma gravata. Ford sabia que Mia pensaria que ele havia mudado sua programação para o fim de semana deliberadamente para que pudesse encontrá-la. Mas, ao mesmo tempo em que aquilo era um maravilhoso bônus cósmico, ele realmente havia esperado que pudesse mudar a agenda lotada por algumas horas para testemunhar a amiga fazer seus votos.

Na experiência de Ford, o amor era algo muito raro. E quando duas pessoas incrivelmente ocupadas e bem-sucedidas conseguiam fazer funcionar, ele achava que merecia ser comemorado de forma significativa.

Billy, seu guarda-costas, já esperava por ele no banco do passageiro do Tesla preto que haviam alugado para o dia. Assim que Ford entrou e sentou atrás da direção, Billy disse "Eu te amo" ao telefone e então o guardou no bolso.

— Belo terno e gravata, senhor.

Ford sorriu diante do elogio sarcástico.

— Espero impressionar uma senhorita hoje e pensei que fosse hora de usar armas mais poderosas. Como está Susan?

Billy raramente teve que usar de sua força como guarda-costas porque ele era tão grande e parecia tão assustador que as pessoas jamais ousariam tentar alguma coisa com Ford. Mas ser questionado sobre sua esposa suavizava seu aspecto de uma maneira que o deixava quase acessível.

— Ela está pronta para ter o bebê; agora estamos a apenas quatro semanas do nascimento.

Ford já havia escolhido um grande presente para o bebê de Susan e Billy. Um veículo mais seguro na estrada estaria esperando por eles no estacionamento do hospital logo após ela dar à luz.

Poucos minutos depois, Ford entrou pela porta dos fundos da Vinícola Sullivan. Nicole havia preparado o manobrista para sua chegada, que indicou a eles que entrassem imediatamente. Um rapaz em um terno azul falava em um fone de ouvido enquanto caminhava até o carro.

— Bem-vindo, sr. Vincent. A srta. Harding pediu que eu avisasse que a cerimônia irá começar em cinco minutos. Por favor, entre pela porta lateral.

Após dar uma generosa gorjeta para ambos os manobristas, Ford vestiu um grande chapéu preto e manteve a cabeça baixa apenas no caso de algum convidado ainda estar do lado de fora enquanto ele e Billy passavam pelo estacionamento de cascalho. Nicole e Marcus diriam seus votos em um grande galpão, pintado de vermelho e reformado com enormes janelas que davam para os hectares de vinhas.

Aquele era um tremendo lugar para se casar, Ford pensou, fazendo uma observação mental sobre a vinícola para o futuro que ele esperava ter com Mia.

Assim que abriu a porta lateral, as primeiras notas da marcha nupcial, vindas de um velho órgão que fora instalado no galpão, começaram a tocar. A metade dianteira do galpão havia sido montada para que parecesse uma velha igreja do interior, com bancos de madeira e um corredor no meio.

Apesar de os bancos estarem cheios, Ford levou menos de cinco segundos para encontrar Mia. Ela estava na primeira fileira, ao lado de pessoas que ele imaginou serem membros da família. Usava um vestido de seda rosa-escuro que parecia ter sido feito especialmente para ela, elegante e ao mesmo tempo sensual. Ela o usava da mesma maneira que vestia tudo, inclusive nada — com confiança inata e uma sensualidade que tornava impossível para Ford desviar o olhar.

Por sorte, Mia estava em pé, olhando para o corredor, esperando Nicole aparecer, o que significava que Ford poderia se apertar atrás dela com facilidade. Felizmente todo mundo estava olhando para a porta.

Embora fosse quase impossível desviar o olhar de Mia, Ford forçou-se a dar uma olhada no casamento de Nicole por alguns segundos. Ele já havia visto noivos com a aparência verde de preocupação no altar, mas, apesar da pequena impaciência no olhar do noivo para ter sua noiva em seus braços, Marcus Sullivan parecia ser o homem mais feliz do planeta.

Anos atrás, Ford não acreditaria que o amor fosse algo real, porém agora estava começando a perceber que o amor era mais poderoso que qualquer outra coisa. Mais importante que carreira, dinheiro ou orgulho.

Havia cinco rapazes em pé ao lado de Marcus, e todos tão parecidos com ele que Ford rapidamente concluiu que eram irmãos ou primos. Ele reconheceu Smith Sullivan, claro, não apenas pelos filmes, mas porque os dois já haviam se encontrado em algumas festas de Hollywood ao longo dos anos. Eles nunca haviam sentado e conversado, mas Ford sempre considerou Smith um cara legal e surpreendentemente normal apesar da enorme fama e sucesso.

Cinco mulheres estavam em pé, uma ao lado da outra, do outro lado da matriarca, e Ford ficou impressionado e teve que olhar mais uma vez. A matriarca era a mulher mais bonita de quase setenta anos que ele já tinha visto na vida. E Ford apostava que ela era parente bem próxima de Marcus e dos padrinhos. Ele sabia que a família de Mia era muito próxima, mas, pelo jeito, todas as outras ramificações da família também eram.

Marcus tinha realmente escolhido a mãe para casá-lo com Nicole?

Céus! Ford não conseguia imaginar sua mãe fazendo aquilo por ele. O círculo social dela jamais superaria algo tão não convencional. Mas ele também não imaginava um mundo no qual ele desejaria que sua mãe fizesse isso. Quando finalmente se casasse, Ford não tinha certeza se ela se lembraria de ir, não caso ela tivesse algum outro evento social importante ao qual comparecer. Além do mais, todos ficariam horrorizados por ele aparecer no próprio casamento vestindo couro e com as tatuagens à mostra.

Algo que Ford se perguntava era como seria fazer parte de uma família como a dos Sullivan.

Uma emoção que não conseguia descrever surgiu imediatamente e o sufocou por um momento. Como compositor, seu cérebro procurou pela palavra certa.

Não era inveja exatamente. Era mais como... anseio. Não apenas para que a mulher que ele ainda amava voltasse a amá-lo de novo, mas por uma família que se importasse com ele assim como os Sullivan se importavam uns com os outros.

Mia estava perto dele o suficiente para que pudesse facilmente ceder àquele anseio desesperado, deslizando os braços em volta de sua cintura e puxando-a para si. Como sempre, seu cheiro exótico o deixava à beira da loucura. Maldição! Ford prometera a si mesmo que não faria nada que pudesse arruinar o casamento de Nicole — e o estardalhaço que Mia faria se ele colocasse as mãos nela certamente causaria um alvoroço. No entanto, era difícil demais conseguir se controlar em um momento como aquele.

Mas ele sabia que não iria conseguir se controlar por muito tempo...

Um suspiro coletivo soou no galpão assim que Nicole apareceu nos braços de seu pai.

— Ah, meu Deus, ela está tão linda! — sussurrou Mia para si mesma.

E assim que a amiga se moveu lentamente pelo corredor coberto de pétalas com seu pai, Ford concordou com sinceridade. Nicole era naturalmente uma mulher muito bonita, mas naquele dia, ela estava radiante em um vestido de renda branco desenhado com elegância e uma coroa de pequenas rosas brancas e amarelas sobre o cabelo loiro com luzes rosa e azuis.

O homem grisalho atrás de Ford se moveu para ver melhor, o que fez com que o quadril de Ford batesse contra o deslumbrante traseiro de Mia.

Pego, ele pensou com um sorriso quando sentiu o corpo dela se aquecer na frente dele, antes de ficar rígido.

Nossa, Ford jamais se esqueceria de como era ter Mia em seus braços, paixão e doçura fazendo com que nada mais que ele tivesse experimentado chegasse perto daquele toque. Nem ganhar meia dúzia de prêmios Grammy em uma noite ou tocar para uma multidão de duzentas mil pessoas no Japão.

Felizmente, ninguém, a não ser Mia, parecia ter notado Ford ainda, e ele instintivamente puxou o chapéu mais para baixo quando se virou em direção à frente do galpão. Foi quando viu Marcus deixar o grupo da frente. Com passos largos, ele encontrou Nicole e seu pai no meio do corredor.

Depois de apertar a mão de Marcus, o pai de Nicole deu-lhe um beijo na testa. Os olhos dela estavam marejados enquanto abraçava o pai, mas, depois de Marcus colocar as mãos nas dela e puxá-la para um beijo apaixonado, ela não conseguia mais parar de sorrir.

Mesmo que os noivos tivessem acabado de quebrar um protocolo de casamento, os convidados foram à loucura com aplausos, sem mencionar os assobios dos padrinhos. Até mesmo Mia, apesar do choque óbvio de Ford estar atrás dela, não poderia parar de aplaudir e rir enquanto os noivos finalmente se separaram e quase correram juntos para frente do galpão para tornar as coisas oficiais.

Com o público ainda rindo enquanto todos se sentavam, Ford virou-se para sussurrar a Mia.

— Você está linda.

Com os olhos ainda na noiva e no noivo, ela se inclinou na direção dele e sussurrou de volta:

— E você é um canalha ordinário.

Somente por meio de pura força de vontade Ford conseguiu não rir alto. Porque apenas sentar-se ao lado de Mia Sullivan fazia com que ele se sentisse o homem mais feliz do mundo.

Onze

— Queridos amigos e familiares, estamos muito felizes por vocês estarem aqui conosco hoje para celebrar o amor de Marcus e Nicole.

Enquanto Mary se dirigia aos convidados, Mia tentava conter as lágrimas que já começavam a cair. O problema era que apenas observar Nicole caminhar até o altar já havia sido o suficiente para dar um nó na garganta de emoção, e Marcus foi tão impaciente a ponto de correr pelo corredor para roubar a noiva do pai... Bem, poderia haver exemplo mais bonito de quanto ele a amava?

Mia nunca havia sido chorona, não desde que aprendeu quando garotinha que, se quisesse que seus irmãos a deixassem participar de suas aventuras, seria melhor aguentar toda vez que caía e se machucava. Mas ela tinha decidido há muito tempo que em casamentos da família a regra de não chorar poderia ser quebrada. Eram sempre experiências muito emocionantes para Mia, e no momento em que a noiva entrava pela nave central e os votos eram ditos, Mia inevitavelmente perdia-se nas emoções.

Naquele dia não era o choro que ela queria refrear. Ela se recusava a baixar a guarda diante de Ford. Sentar-se ao lado dele com o emocional alterado era péssimo.

Mia tinha que aparentar ser um iceberg perto dele, ou deveria se lembrar de estar com raiva, mantendo as muralhas altas. Qualquer uma dessas reações teria feito sentido.

Qualquer coisa faria sentido naquele momento, menos estar sentada ao lado dele achando que aquilo era bom *demais*, *certo* demais.

Não. Ela precisava parar de focar em Ford. Aquele dia era de Marcus e Nicole. Se Mia não conseguisse conter o choro, *c'est la vie*. O importante era que as lágrimas não tinham nada a ver com o homem que teve a coragem de entrar furtivamente no galpão e se espremer ao lado dela em um banco já cheio. Inferno! Agora ela sentia que estava praticamente sentada no colo dele e recusava-se a admitir o quanto aquele pensamento era absolutamente sexy.

Foco, Mia!

Com precisão, ela direcionou seu olhar para o primo, sabendo que Marcus nunca pareceu tão feliz. Ela estava feliz demais por ele, especialmente considerando o quanto da própria vida Marcus havia deixado de lado quando tio Jack morreu e Marcus tomou as rédeas da família para ajudar a criar os sete irmãos mais novos. Todas as pessoas no galpão percebiam a maneira como ele olhava para a noiva, como se ela fosse absolutamente tudo para ele.

Era uma expressão que ela sempre via em seus primos e em seu irmão quando olhavam para as mulheres pelas quais haviam se apaixonado. Mas, pela primeira vez, será que ela não tinha visto aquele olhar recentemente de uma forma mais pessoal? Onde mesmo?

De súbito, ela se lembrou: foi *exatamente* a maneira como Ford a olhou quando a viu pela primeira vez entrando na torre naquela manhã!

Ah, meu Deus! Ela devia estar errada. Deve ter pensado isso por causa da bebedeira de sexta à noite com as meninas, ou era falta de sono devido à semana de trabalho estressante e de toda a emoção do casamento.

E, no entanto, antes que pudesse se conter, o choque de pensar que poderia ser verdade a fez olhar diretamente para Ford pela primeira vez desde que ele sentou-se ao lado dela.

Você realmente se sente assim em relação a mim?

Como se Ford fosse capaz de ler sua mente, os olhos negros encontraram os dela imediatamente. O calor e a emoção neles deixaram-na imóvel, pois ela poderia jurar que ele havia respondido a sua pergunta.

Sempre.

De alguma forma, Mia conseguiu desviar o olhar. Ela se forçou a manter a respiração lenta e uniforme até que as batidas de seu coração voltassem ao normal. Ela sempre teve esse problema com Ford. Quando ficava perto demais dele, seu cérebro ia de maneira caótica direto para um lugar maluco onde roqueiros que normalmente saltavam de cama em cama em uma única noite, na verdade, queriam estar apenas com uma mulher para o resto de sua vida.

Claro, Mia sabia que seus primos Smith e Ryan eram grandes estrelas que poderiam ter pulado de cama em cama para sempre se quisessem em vez de estarem felizes e comprometidos com mulheres maravilhosas. Mas, mesmo assim, o mundo dos filmes e dos esportes profissionais nunca pareceu estar em um nível tão pecaminoso quanto o mundo dos roqueiros. Na verdade, sem muito esforço, Mia poderia pensar em meia dúzia de revelações do rock and roll escritas por groupies que detalhavam como o sexo no mundo da música era descontrolado e nada exclusivo.

E não era de admirar que o roqueiro sentado ao seu lado praticamente exalava sexo, dada a forma devastadoramente sexy naquele terno preto e gravata, a barba que começava a crescer e um chapéu puxado para baixo sobre o cabelo negro e um pouco longo.

Quem não se jogaria em cima de Ford? Uma vez que os convidados percebessem que ele estava ali, Mia não ficaria surpresa se mulheres sensatas começassem a jogar seus sutiãs para ele.

Como se Ford soubesse que Mia estava catalogando cada elemento de seu fator sexual, ao olhar de soslaio ela pôde vê-lo rindo. Era óbvio que ele achava que estava ganhando aquela rodada entre eles.

Mas Mia já havia jurado que não o deixaria vencer mais nada que dissesse respeito a ela. Cheia de determinação renovada, ela usou a última gota de foco e concentrou-se no que tia Mary estava falando.

Em vez de falar para os convidados, Mary estendeu uma das mãos para Nicole.

— Assim que falei com você pela primeira vez, quando conheceu meu filho, eu sabia que você mudaria a vida dele da forma mais maravilhosa. — Em seguida, Mary pegou a mão de Marcus e os três se uniram enquanto ela dizia: — Ah, querido, eu... — Quando a fala ficou embargada, Mary riu suavemente em meio as lágrimas e disse: — Acho que chegou o momento de você e Nicole dizerem os votos.

Marcus e Nicole não haviam falado ainda, mas Mia já estava enxugando as lágrimas que escorriam pelo rosto. Ela podia sentir os olhos de Ford nela, mas não havia chance de refrear as emoções nem por mais um segundo, mesmo que ela soubesse que ele fosse se aproveitar daquela fraqueza mais tarde.

Marcus e Nicole se olharam, com as mãos entrelaçadas. Deveria haver mais de trezentos convidados olhando para eles, mas Mia teve a sensação de que o primo e sua noiva só estavam conscientes um do outro. Marcus levou a mão de Nicole à boca e a beijou antes que a noiva começasse a falar.

— Na noite em que nos conhecemos — começou Nicole com voz melódica que facilmente tomou conta do galpão devido a todos os anos no palco —, sua mãe me disse que você era o melhor homem que ela já tinha conhecido. E depois ela disse que eu estaria segura com você. — Nicole olhou para Mary e disse: — Obrigada por ter feito um trabalho tão lindo ao criar o homem com quem vou passar o restante da minha vida amando com toda minha alma e coração.

Mary sorriu enquanto enxugava as lágrimas que insistiam em rolar.

Nicole voltou o olhar para Marcus e disse com voz trêmula de amor e admiração:

— Todas as melhores músicas de amor no mundo nunca chegariam nem perto de expressar o quanto eu te amo. E todos os dias prometo tentar te amar ainda mais do que já amo.

Marcus entranhou a mão nos cachos soltos do cabelo de Nicole e a puxou para um beijo que quase incendiou o velho galpão. E graças a Deus ele fez isso, pois, assim, Mia teve pelo menos alguns segundos para controlar as lágrimas que caíam livremente. E ela não era a única, dados todos os soluços e suspiros das pessoas a sua volta.

Então, Ford estendeu a mão para limpar cuidadosamente uma de suas lágrimas. Sua mão se demorou no rosto de Mia por algum tempo, o suficiente para fazê-la sentir que a corrente entre eles ainda era muito forte, não importava o quanto ela desejasse o contrário.

Naquele momento, ela não teria sido capaz de tirar a mão dele, mas, pela primeira vez, ele não abusou da sorte. E, quando tirou a mão da sua pele, Mia sentiu a perda.

Ao olhar de volta para os noivos, Mia viu que eles estavam tão próximos que o vestido de Nicole estava todo enrolado nas pernas de Marcus.

— No momento em que coloquei meus olhos em você — disse Marcus com voz profunda —, eu sabia que você era a pessoa certa. E, a partir daquele momento, me apaixonei cada dia mais pela sua inteligência, pelo seu talento e, acima de tudo, pelo seu belíssimo coração. Eu nunca havia entendido realmente o significado de *para sempre* até encontrar você.

Naquela hora foi Nicole quem tocou o rosto de Marcus e o trouxe mais perto para outro beijo. Mia havia ido a pelo menos uma dúzia de casamentos durante seus vinte e tantos anos, casamentos que foram eventos felizes e divertidos, mas todos eram muito rígidos para que as regras fossem seguidas. Somente nos casamentos de seus primos que os livros de regras eram jogados pela janela. Amor era a única coisa que importava, e o *Sim, eu aceito* aconteceria a seu tempo.

Assim que Marcus e Nicole voltaram a olhar para a mãe para que ela pudesse declará-los marido e mulher, Marcus sorriu e disse:

— E obrigado de novo, mamãe, por dizer exatamente a coisa certa para Nicole naquela noite, quando ela estava imaginando se sairia da boate comigo.

E os convidados passaram novamente do riso às lagrimas quando, com uma voz cheia de amor e orgulho, Mary Sullivan finalmente declarou:

— Eu agora os declaro marido e mulher. E — disse ela com um grande sorriso — pode beijar a noiva. *De novo.*

Todos os convidados do casamento explodiram em aplausos quando Marcus e Nicole se beijaram mais uma vez. Assim que os noivos começaram a fazer o caminho de volta pela nave central, seguidos pelos padrinhos e madrinhas, Mia agarrou o terno preto de Ford e com um puxão o trouxe perto o suficiente para sussurrar:

— Precisamos conversar. Agora.

Doze

De bom grado, Ford deixou que Mia o puxasse pela porta lateral do galpão e o levasse a uma pequena construção anexa, atravessando um pátio de tijolos. O lugar estava escuro e cheirava a couro e madeira velha, mas havia uma claraboia no topo do telhado pela qual entrava a luz do sol.

A luz batia no cabelo brilhante de Mia.

— Você me pegou de surpresa na torre sexta-feira, mas agora que tive um tempo para refletir, decidi lhe falar o que penso. — Ela estreitou os olhos e disse: — E nem pense em sair daqui até que eu tenha falado tudo.

— Não há nenhum outro lugar onde eu queira estar — disse Ford honestamente. — E ninguém mais com quem gostaria de estar.

Ele percebeu o efeito que suas palavras tiveram sobre Mia antes de ela se afastar dele com uma das mãos sobre o coração, como se o gesto fosse o suficiente para não deixar os sentimentos dele entrarem.

— Esse é um dos maiores problemas que tenho com você. Você é muito bom com as palavras. Bom demais. Eu tinha vinte e três anos quando nos conhecemos. As tatuagens e a calça de couro teriam sido mais que meio caminho andado, mas como eu não poderia me apaixonar por cada palavra que saía da sua boca, fosse cantando ou apenas falando? Por muito tempo eu me culpei por ter sido tão estúpida e ingênua. Mas então percebi uma coisa... — Mia parecia aceitar com dificuldade quando disse: — Eu acredito que houve muitas mulheres que se apaixonaram por você da mesma maneira que eu.

— *Você* já tinha meio caminho andado comigo com aquele vestido prateado e justo e os olhos deslumbrantes — retrucou ele —, mas você foi a única que se apaixonou por mais do que apenas aparências, Mia. Você não é apenas linda, é inteligente também. Espirituosa. Motivada. Há muitas mulheres lindas por aí, mas nenhuma como você.

Mia suspirou com descrença.

— Você é uma enciclopédia musical ambulante, então sei que conhece aquela música da Joni Mitchell na qual ela canta sobre *mentirinhas*. Como acabei de dizer, você é mestre nisso, Ford. Mas só funciona se a mulher que estiver com você ainda quiser acreditar em rosas e beijos de um homem lindo como você. — Mia balançou a cabeça e concluiu: — Já passei dessa fase.

— Nada do que eu já disse a você era mentira. Nem antes e nem agora.

No entanto, ela já havia deixado claro que apenas palavras bonitas não iriam ajudá-lo, então ele as deixou de lado e disse:

— E também não é mentira o fato de que nenhum de nós dois teve essa conexão tão profunda e forte com mais ninguém.

— Confie no roqueiro para transformar *sexo gostoso em conexão profunda*.

— O sexo mais gostoso que já tive — concordou ele. — Mas quem está mentindo agora, Mia? Você sabe muito bem que houve muito mais do que isso.

— Só você poderia estar tão certo de que eu não me relacionei com nenhum outro homem.

— Se esse homem existisse, você teria se casado com ele.

Mia rebateu:

— Eu não me casei com você.

— Você não se casou comigo porque eu era um idiota. E se soubesse que haveria uma única chance de você dizer sim agora, eu a arrastaria para fora e pediria à mãe de Marcus para nos casar no meio do vinhedo com toda sua família aqui para participar.

Ele observou os lindos e carnudos lábios de Mia abrirem-se ligeiramente em choque.

— Pare! Pare de dizer coisas bonitas assim para mim.

Na outra manhã, Ford não conseguiu dizer tudo que precisava. Hoje, ele arriscaria tudo, até mesmo o orgulho.

— Você está certa sobre como foi errado eu aparecer como um cliente anônimo. Eu estava fazendo a mesma merda de sempre. Mas queria vir para o casamento de Nicole bem antes de saber que você era parente de Marcus.

Mia pareceu surpresa com as declarações dele e, quando não o cortou imediatamente, Ford esperou que ela estivesse pronta para acreditar que ele estava dizendo a verdade.

— Eu mudei, Mia. E espero ter aprendido o suficiente dessa vez para admitir quando estiver errado, quando tiver estragado tudo, e tentar não repetir os mesmos erros de cinco anos atrás.

Com certeza aquelas declarações não foram suficientes, pois Mia balançou a cabeça, deu um passo para trás e disse:

— Não posso fazer isso de novo, Ford. Simplesmente não posso.

— Diga-me por que não. Diga-me por que não pode acreditar que eu te amo. Diga-me por que não vai acreditar que nunca deixei de amar você. Diga-me por que você não ouve quando digo que estou arrependido do que fiz cinco anos atrás, tão arrependido que repeti milhares de vezes para mim mesmo que fui um idiota.

Ford não havia se apaixonado por Mia somente por ela ser bonita e fazê-lo sorrir. Ele se apaixonou pela sua força.

Força que ela agora usava para mantê-lo longe de sua vida.

— Miami foi... — Ela respirou profundamente. — Foi horrível. Entrar nos bastidores e ver aquela estranha tocando você foi como estar presa em um pesadelo do qual não conseguia acordar.

— Mia. — Ford começou a esticar a mão para tocá-la em uma tentativa de amenizar as lembranças daquele pesadelo, mas ela rapidamente levantou a mão para impedi-lo.

— Você disse que queria saber por que não, e não consigo fazer meu cérebro funcionar direito quando você me toca.

Guardando aquela declaração acidental para mais tarde, Ford disse:

— Eu realmente quero saber por quê. Não suporto ver você em pé aí, magoada, e saber que fui eu quem fez isso com você.

— Não se dê tanto crédito, roqueiro. Como eu disse, eu era jovem e estúpida e estava disposta a acreditar em fantasias que poderiam ser reais.

— Não toquei em mais ninguém naquela semana depois que deixei Seattle. E aquela garota, juro que não significou nada para mim.

— Uau, uma semana inteira sem uma groupie na sua cama! — disparou ela em um tom sarcástico. — Você acha que isso torna o que você fez melhor? Você acha que isso faz de você menos idiota?

— Não, eu não acho. Não mais. Naquela época eu era um garoto imaturo que se recusava a mudar de rumo e que ficou sem saída, tentando dizer a si mesmo que havia tomado a decisão certa por muito, muito tempo. — Ford suspirou. — Mas agora sei que nunca deveria ter deixado você com um ultimato de que era tudo ou nada.

— Então você realmente sabe o que fez.

— *Agora* eu sei — disse ele —, mas, naquela época, quando você não aproveitou a chance de sair em turnê comigo, eu tinha certeza de que você não me amava do jeito que eu amava você.

— Você me pediu para desistir de tudo na minha vida e me deu menos de quinze minutos para dizer sim, fazer as malas e subir no ônibus. — Os olhos dela mostravam a dor que ainda sentia. — Você agiu como se somente a sua vida importasse. Minha família, minha carreira, meus sonhos eram apenas notas de rodapé do show Ford Vincent e eu deveria me sentir sortuda por fazer parte daquilo.

— Tudo o que eu queria vinha para mim rápido, fácil e em uma bandeja de prata. Fama. Dinheiro. Reconhecimento. E então, do nada, lá estava você. Não digo que isso seja desculpa. Não há desculpa para o que fiz nem por quanto tempo tentei me convencer de que estava certo. Mas quero que você saiba que jamais pediria para você tomar uma decisão como aquela novamente.

— Tudo bem — disse Mia devagar. Era a primeira vez que realmente parecia aceitar um dos seus pedidos de desculpas. — Mas não foi somente ver a garota nua no seu colo que me machucou. Foi mais a maneira como você menosprezou minha carreira e minha vida em Seattle. *Você* me machucou de verdade, Ford.

— Como?

Ele sabia como, não sabia? Porque quando ela lhe deu abertura para mudar na casa da torre naquela manhã, ele não aproveitou. Quando Mia suspirou dessa vez, Ford sentiu que ela deixaria cair a maioria das muralhas. Não parecia mais tão irritada com ele, e o sarcasmo havia sumido também.

Mas a decepção permanecia.

Infelizmente, ele sabia por experiência própria por conta de sua relação com os pais que a decepção não estava acima da raiva. Era uma ferida muito mais profunda.

— Muitos dos meus primos se apaixonaram este ano — contou Mia. — Meu irmão Rafe também. Eu apenas assisti de fora. Mas o que via cada vez mais neles era a confiança que têm um no outro. Em tudo, especialmente nos que não eram fortes o suficiente para dividir com ninguém mais. Sei que éramos jovens, e não estou dizendo que você não estava com tudo em sua carreira e em sua vida pessoal acontecendo ao mesmo tempo, mas, mesmo dizendo que me amava, você nunca compartilhou mais de você comigo do que fazia com as suas fãs todas as noites no palco.

Ford sabia que tinha sido tão difícil para ela dizer tudo aquilo quanto para ele ouvir.

— Se você me der outra chance, Mia, prometo que não vou estragar tudo dessa vez.

— Eu... — Seus olhos estavam bem abertos e Mia parecia estar em conflito, mas então ele viu que seu olhar estava cheio de uma triste determinação. — Me desculpe, Ford. Acho ótimo que finalmente esclarecemos o passado. E quero que você saiba que eu o perdoo por tudo o que aconteceu cinco anos atrás, e até mesmo o jeito que me pegou de surpresa na casa da torre e novamente hoje na cerimônia. Mas chegou a hora de eu continuar com minha vida. — Ela fez uma pausa e olhou para ele diretamente nos olhos. — Sem você.

Treze

Mia já estava quase na porta quando Ford agarrou sua cintura para impedi-la de sair. O sangue pulsava em suas veias só de pensar em se abrir para ela. Seria mais fácil manter os sentimentos pela família escondidos.

Fácil... E vazio.

Cinco anos atrás, ela entregou tudo de si a ele — não somente o corpo, mas o coração e a alma. No entanto, ele morreu de medo de fazer o mesmo. Precisava encontrar uma maneira de combater aquele medo agora.

Ou a perderia.

— A razão de eu odiar Rutherford é porque meus pais me deram esse nome.

Ele sentiu o choque dela diante da declaração repentina e pela maneira como ele havia acabado de esclarecer o sentimento dele em relação à família em uma única frase. Aquele choque foi o que a segurou em seus braços por alguns segundos, de costas para ele.

— Rutherford é o filho que eles haviam planejado ter. Sangue azul. Privilegiado. Primeiro da classe em francês. Literatura inglesa. Polo.

Lacrosse. Rutherford deveria frequentar uma das oito melhores universidades dos Estados Unidos, formar-se com louvor e em seguida obter um diploma de Direito.

Ele nunca havia falado tanto assim sobre os pais. Os jornalistas haviam investigado feito loucos ao longo dos anos, mas Ford nunca deu a eles mais do que uma frase de efeito. Mas havia uma grande diferença entre contar a história para a *Rolling Stone* e finalmente compartilhar aquilo com a mulher que ele amava. Então, mesmo que cada palavra fosse sentida como pedra em sua garganta, com todos os seus instintos dizendo para parar e proteger-se como sempre, Ford sabia que aquela era a única chance de provar a Mia que poderia mudar por ela, e que agora ele conseguia dar a ela o que antes não tinha sido capaz.

— Eu me lembro de tudo que você falou sobre como é próxima da sua família e acabei de ver o que amor significa para os Sullivan. Significa *tudo*. E é obviamente o que Marcus e Nicole vão dar um ao outro. Absolutamente tudo, nada será contido, nem por orgulho nem por qualquer outro motivo. — Sua mão tremia sobre o abdome de Mia. Ele precisava dela agora para não cair e estava contente que ela não havia tentado se afastar ainda. — Rutherford nunca teve a mínima chance de encontrar o amor. Não com seus pais, nem com nenhuma outra pessoa. Eu tinha quase onze anos quando descobri que tudo o que aquela criança tinha era dinheiro, status e frieza. Foi quando me tornei Ford... E jurei que nunca, nunca mais me tornaria novamente aquela máquina que meus pais tentaram criar com babás, professores particulares e listas infinitas sobre o que era ou não apropriado.

Finalmente, Mia se virou, e ele não estava certo se ela tinha percebido que ainda estava em seus braços quando perguntou:

— Você realmente acredita que eles não se impressionam com você? Você é o maior astro de rock do mundo. E isso não aconteceu porque você faz parte da indústria. Aconteceu porque você é ótimo no que faz.

Ela estava tão linda e sincera na crença de que quaisquer pais ficariam orgulhosos dele que Ford ficou profundamente tentado a beijá-la. Mas agora que fizeram algum progresso, ele sabia que não poderia estragar tudo com um beijo indesejado.

— Minha carreira é irrelevante na melhor das hipóteses e uma vergonha total na pior delas. Os filhos dos amigos dos meus pais são corretores, donos de galeria e administram instituições de caridade.

— Mas você doa uma fortuna todo ano, provavelmente para muitas dessas instituições.

Ele arqueou uma sobrancelha ao ouvir a declaração de que ela sabia alguma coisa sobre sua vida.

— Eu teria que ser surda e cega para não ouvir ou ler as notícias, mas não consigo entender como seus pais não veem o fato de que têm um filho verdadeiramente extraordinário. — Ela revirou os olhos quando percebeu tardiamente o que havia falado. — Quero dizer, do ponto de vista da realização profissional, claro. Pois, mesmo quando odiava você, eu não conseguia odiar suas músicas.

Elogios eram muito comuns para Ford. Mas ouvir Mia chamá-lo de extraordinário significava mais que milhões de elogios das fãs.

— Meus pais têm aversão a todas as músicas que escrevi e toquei — afirmou ele com certeza absoluta. — O rock quebra todas as regras com as quais fui criado para seguir. Maldição, nem mesmo se eu trouxesse um oboé e um quarteto de cordas chamaria a atenção deles.

Mia retorceu o canto da boca ao dizer:

— E você ama quebrar essas regras, não é?

Ele sorriu para ela.

— Peguei a guitarra pela primeira vez para machucá-los da mesma forma que eles fizeram comigo. E a verdade é que, na primeira vez em que elevei o amplificador para onze e alcancei o acorde A e todas as paredes tremeram, desde o corredor até a sala de jantar onde eles estavam comemorando com amigos, essa ainda é uma das minhas lembranças favoritas. Eu não fazia ideia de que a música salvaria minha vida por finalmente me dar algo para amar. E, mesmo que tenha me salvado por tantos anos, percebi muito tarde que não é o suficiente.

— Você tem milhões de fãs. Todo mundo adora suas músicas. Como isso pode não ser suficiente?

— Porque a música não pode me dizer quando estou sendo um idiota obcecado. A música não pode iluminar meu dia com apenas um sorriso. A música não pode me amar de volta. E — ele fez uma pausa e acariciou a bochecha dela gentilmente — a música nunca será *você*.

Quando eram amantes, Ford tinha se surpreendido pela forma como Mia podia ser forte em um momento e suave e flexível em outros. Hoje, com as emoções à flor da pele por causa do casamento, ele sentia que poderia facilmente encorajá-la a não apenas um beijo, mas muito mais. Ford queria desesperadamente sentir a pele dela contra a dele, precisava tanto ouvir aqueles lindos e ofegantes sons que ela emitia quando se derretia em seus braços.

Porém, ele precisava de um futuro com ela e não somente de poucos momentos passageiros de prazer que, com certeza, terminariam com todas as muralhas sendo erguidas novamente.

— Quero começar de novo, Mia. — Ele levantou o queixo dela com o dedo para que ela olhasse em seus olhos. — Sem ultimatos desta vez. Sei que você vai precisar de um tempo para acreditar que posso ser o homem que você precisa que eu seja.

— Você fala sério, não é? — Ela parecia sinceramente chocada ao perceber que cada palavra que ele disse na sexta de manhã era verdade. — Você realmente *não* apareceu na casa da torre apenas para rir de mim, não é?

— Nunca tive mais certeza sobre alguém ou algo na minha vida, Mia. Quero você de volta.

— Por que você continua insistindo quando eu já disse não tantas vezes?

— Porque o que vejo nos seus olhos, e o que sinto no seu toque, me dizem algo completamente diferente.

Ela virou o rosto na palma da mão dele por um breve e belo momento antes de se soltar dele.

— Ouvi o que você disse sobre me dar um tempo para pensar, mas conheço você. Você é igual a um cachorro até conseguir o osso. E só posso imaginar o que você vai fazer para provar que tem razão quando estivermos lá fora na recepção. E como eu *não quero* que ninguém da minha família saiba que tivemos um curtíssimo caso, pois eu seria bombardeada com trilhões de perguntas que não quero responder, que tal fazermos um acordo?

— O que você tem em mente?

— Agora que sei que você estava falando sério sobre comprar uma casa em Seattle, concordarei em ser sua corretora novamente. Como bônus, esse é um motivo genuíno para termos nos conhecido antes deste casamento, pois não quero mentir para minha família sobre não o conhecer quando tenho certeza absoluta de que eles vão perceber que não é verdade.

— Eles não vão questionar o fato de você mencionar somente hoje que estamos trabalhando juntos?

— Direi que tínhamos um acordo de confidencialidade, considerando que você veio até mim como cliente anônimo. E que acabei de ter sua aprovação para falar publicamente sobre nosso acordo de negócios. — Mia cutucou o peito dele. — Mas se você não parar de me olhar assim em público, eles vão descobrir que há mais do que negócios entre nós.

Ford tinha acabado de dizer que não iria pressioná-la muito, que não daria ultimatos. Mas, era tão difícil não tocá-la novamente, não a beijar para provar exatamente como eram tão bons juntos.

— Como estou olhando para você?

— Como se eu fosse a Chapeuzinho Vermelho e você, o lobo mau.

— Bem — disse ele devagar —, quero realmente devorá-la.

Mia estava quase rindo quando balançou a cabeça para sua piada de mau gosto.

— Temos um acordo ou não?

Se não tivesse notado o brilho malicioso em seus olhos cada vez mais brilhantes e mais quentes durante os últimos minutos que desperdiçaram com palavras, Ford teria simplesmente concordado com a sugestão inicial. Mas ele sabia que nenhum deles estaria satisfeito.

— Um beijo, Mia. — Ele deixou que ela absorvesse suas palavras, e o calor que as acompanhava, antes de acrescentar: — Um beijo e serei seu pequeno segredo obscuro. Embora, uma vez que você aceite se casar comigo, provavelmente acabará tendo que contar a algumas pessoas.

— Viu só? Eu sabia que você faria isso. Em um minuto você dizia que não vai me pressionar e, em seguida, começa a falar sobre eu me casar com você.

— Você está certa. Sinto muito.

Ela pareceu completamente chocada.

— Sente?

— Sim, sinto — declarou ele. — Agora, sobre aquele beijo para selar o acordo.

A risada dela foi completamente inesperada e surpreendentemente bonita. Tudo o que ele queria para o resto da vida era encontrar maneiras de fazê-la feliz.

— Você e sua obsessão em conseguir um beijo meu. Está realmente abusando da sorte, roqueiro.

Mesmo dizendo aquilo, ele pôde ver a ansiedade nos olhos de Mia.

— Tudo bem. Você vai ganhar um beijo, mas... — Mia levantou um dedo para ter certeza de que ele consideraria sua condição. — Sem língua.

Ford a queria tanto que seu cérebro levou mais tempo do que o necessário para entender o que ela disse.

— Você acabou de dizer *sem língua*?

— Prometi a mim mesma que teríamos essa conversa franca hoje sem que a minha língua acabasse na sua boca.

Flertar daquele jeito com Mia era sexy demais. Especialmente porque a voz dela ia ficando mais rouca a cada palavra, mesmo quando informou que só concordava com um selinho.

— Que tal a minha língua acabar na sua?

— Não — asseverou ela, porém, seus lábios lutavam para não sorrir —, mas se você não está a fim de um beijo sem língua...

— Estou definitivamente pronto para o desafio — interrompeu ele —, dê-me qualquer desafio, Mia, e estarei à altura.

Os olhos dela ficaram ainda mais negros quando começou a entender que ele realmente estava falando sério. E assim que agarrou a gravata dele e puxou-o contra si para que pudesse controlar o beijo dessa vez, o refrão da famosa música de Leonard Cohen, *Hallelujah*, começou a tocar em sua cabeça.

* * *

Mia tentou mentir para si mesma durante cinco anos sobre o quanto Ford tinha significado para ela. Mas era praticamente impossível manter a mentira com ele bem ali, com a boca a apenas um fôlego de distância, os olhos negros de desejo enquanto esperava pressionar os lábios nos dele.

Ela ainda estava zonza não só por tê-lo tão perto durante a linda cerimônia, mas também por tudo o que haviam compartilhado naquele dia. Finalmente eles trataram do passado. As feridas não estavam nem perto de serem curadas, claro, só que agora que ela disse o que precisava, a cura poderia começar de verdade.

Tratar do passado de uma forma aberta e honesta foi tão importante quanto o choque de ouvir sobre seu nome e seus pais. E muito mais do que aquilo que ele tinha compartilhado com ela foram suas razões para compartilhar que a deixaram atordoada.

Ele queria começar de novo.

Mas será que eles poderiam?

Será que Mia seria capaz de acreditar que eles não terminariam como da primeira vez?

Aliás, independentemente de quais fossem as respostas, como ela poderia fazer qualquer coisa agora a não ser diminuir a distância entre eles para mais um beijo?

Sua boca estava tão quente e macia contra a dela que um suspiro de prazer escapou antes que pudesse detê-lo. Não havia nenhuma razão para que a maneira como os lábios de Ford roçavam os dela em um padrão fascinante de calor fosse tão excitante. Mas cada doce e pecaminoso toque fazia com que Mia caísse cada vez mais no feitiço sensual que somente Ford havia sido capaz de lançar sobre ela. E quando a boca de Ford deixou a dela para criar uma trilha de calor por toda a face, ela nem sequer considerou lutar contra o instinto de se inclinar para que ele pudesse beijar seu pescoço e ombros.

Uma de suas mãos ainda estava na gravata, segurando-o com força contra ela, mas a outra havia deslizado no cabelo negro por vontade própria. Arqueando-se diante da doce pressão da boca de Ford na sua pele, Mia ouviu o gemido de prazer de Ford assim que ele segurou o quadril dela e a trouxe para mais perto.

Os dentes dele em seu ombro nu fizeram seu corpo todo estremecer.

— *Ford...*

— Não estou quebrando a promessa — murmurou ele em sua pele antes de pressionar os lábios e causar uma ligeira dor de prazer; em seguida, passou os lábios e dentes, mas não a língua, por toda a extensão das costas de Mia até o ombro, mordendo-a novamente.

Ela tinha certeza de que cumprir a promessa de manter a língua fora do beijo também manteria os sentidos no lugar. Mas, ah, como estava errada.

Pois dentre todos os beijos que eles já haviam trocado, aquele estava rapidamente se tornando o mais quente de todos.

Quatorze

— Oi, sou Tatiana. Nós nos conhecemos rapidamente na festa de ontem à noite. — Tatiana Landon parecia um pouco nervosa quando disse: — Você é Ian, certo?

Ian Sullivan baixou a cabeça e viu um rosto tão bonito que seu peito doeu só de olhar para ela. Ian havia conhecido a irmã mais velha de Tatiana, Valentina, no casamento do seu primo Gabe, no lago Tahoe. Valentina e seu primo Smith tinham acabado de ficar noivos durante as férias, e Ian estava surpreso que o primo, astro de cinema, havia encontrado o amor verdadeiro em um mundo repleto de paparazzi e colunas de fofoca on-line. Na noite anterior, Ian enfim conheceu Tatiana quando ela chegou tarde na festa de despedida de solteiro de Nicole. Eles haviam sido apresentados rapidamente quando as meninas a puxaram para o lado delas na churrasqueira. Ian apertou muitas mãos na noite passada, mas o toque da mão dela havia ficado na dele por alguma razão que ele não queria entender.

Será que Tatiana achava de verdade que havia chances de ele não a reconhecer, quando o burburinho sobre o Oscar em torno de sua atuação com Smith Sullivan em *Gravidade* era tão grande que até uma pessoa como ele, que raramente conseguia sair de uma sala de conferência para ir ao cinema, não podia deixar de saber? Ou será que era somente a maneira fofa como a jovem estrela atuava diante de estranhos?

Ian pensou mais uma vez no quanto Tatiana era diferente da irmã Valentina. A noiva de Smith era alta e magra, com um ar exótico. A irmã mais nova de Valentina, por outro lado, era baixa e cheia de curvas, com um ar de inocência que faria qualquer homem querer saber o que era preciso para levá-la ao pecado. Até mesmo o vestido que Tatiana usava era discreto, como se estivesse tentando ter certeza de que não chamaria mais atenção que a noiva. Claro, como uma estrela de cinema, ela obviamente chamava a atenção, então Ian imaginava que deveria haver alguma outra razão para ela se vestir de modo tão conservador. Sem dúvida era um dos seus truques de atriz para tentar convencer as pessoas de que não tinha um ego enorme, assim estariam *mais* dispostas a dar a ela o que quisesse. Ele havia aprendido muitos desses truques da pior maneira: vivendo com a ex-mulher.

Ian fez questão de que nenhuma de suas especulações estivesse evidente quando disse:

— É um prazer vê-la novamente, Tatiana.

— Foi um casamento muito bonito, não foi?

O sonho em seus olhos dizia a Ian que Tatiana acreditava sinceramente em amor e para sempre. Ian também já acreditou naquilo uma vez, até que seu próprio casamento foi por água abaixo. Ele estava feliz pelo primo, pelo irmão Rafe, e esperava que todos os outros irmãos encontrassem ótimas pessoas pelas quais se apaixonar. Mas, para si mesmo, Ian não podia imaginar um mundo no qual ele estaria disposto a se casar novamente.

— Marcus e Nicole são ótimas pessoas.

Tatiana arqueou a sobrancelha.

— Acredito que você não seja muito fã do amor, certo?

Bem, não era aquilo que Ian havia esperado da linda estrela. Não chegou nem perto. Ele achou que Tatiana estaria tão ocupada em se posicionar diante da melhor luz que não perceberia nada sobre ninguém.

Intrigado, ele afirmou:

— Não tenho dúvidas de que os dois se amam.

— Então, se não é o amor que o incomoda, deve ser o casamento?

Ian não conseguia pensar na última vez que alguém tivesse dito algo sobre amor e casamento para ele. Seus colegas de trabalho e amigos nunca falavam sobre relacionamentos. E as mulheres com quem saía ocasionalmente não passavam de prazer sem compromisso.

Em vez de responder diretamente à pergunta invasiva, ele lhe fez uma pergunta da qual já imaginava a resposta:

— Quantos anos você tinha quando usou um vestido de noiva pela primeira vez?

O sorriso que Tatiana deu como resposta foi tão brilhante que ele poderia jurar que o sol tinha ido para trás das nuvens até aquele momento, mesmo que racionalmente soubesse que o céu da Califórnia estava azul e sem nuvens como sempre.

— Eu tinha provavelmente quatro ou cinco anos. Mamãe tinha o vestido de noiva mais incrível com renda, cetim e brilho. Mesmo que eu pudesse tê-lo estragado, ela sempre me deixava brincar com ele. — Seu sorriso aumentou ao dizer: — Ela ainda tinha sapatos de cetim, uma tiara e longas luvas de renda que iam do pulso até o cotovelo. Bem, o cotovelo dela, em mim chegavam até meus ombros. — Tatiana deu um pequeno suspiro de felicidade, como se aquela lembrança fosse preciosa para ela. — Era incrível usar o vestido de noiva dela; era como se eu estivesse em um conto de fadas, exceto pelo fato de que meu cachorro nunca se tornava um príncipe quando eu o beijava.

Ouvi-la contar sobre a infância tornava praticamente impossível lembrar-se de que era uma estrela de cinema com o mundo inteiro aos seus pés. Ainda assim, ela lhe havia feito uma pergunta direta sobre seus pensamentos sobre amor e casamento, e Ian ainda não tinha terminado de mostrar seu ponto de vista.

— Quantas vezes você acha que esses contos de fadas se tornam realidade?

Ela inclinou a cabeça e pensou por uns instantes.

— Eu espero — disse ela com uma voz suave — que se realizem o tempo todo.

Poucas pessoas haviam deixado Ian sem palavras, mas Tatiana Landon o fez em menos de cinco minutos. Ian poderia separar sua vida em vários momentos em que tudo havia desmoronado. O dia em que o pai contou à família que havia perdido o emprego. O dia em que Ian descobriu que tudo que a ex-mulher lhe havia dito era uma grande mentira.

E, estranhamente, aquele momento, em pé, no meio da vinícola do seu primo com uma jovem e belíssima estrela de cinema.

Ele teve a chance de assistir ao filme *Gravidade* e não havia se esquecido de jeito nenhum de como a cena de amor de Tatiana com o primo Smith havia esquentado a tela. Claro, os dois eram ótimos atores, mas, apesar do fato de claramente não haver algo entre Smith e Tatiana na vida real, aquilo ainda fazia com que Ian não acreditasse que Tatiana não era tão inocente quanto aparentava.

Nenhuma virgem poderia mostrar toda a sensualidade que ele, e milhões de telespectadores em todo mundo, havia testemunhado naquele filme.

Ela lhe deu outro sorriso, levemente retorcido, uma imperfeição que só a deixou mais bonita.

— Na verdade, eu não vim aqui para questioná-lo sobre seus sentimentos a respeito de amor e casamento. Gostaria de saber se você viu Mia. O fotógrafo precisa de todas as garotas Sullivan juntas e, como não sou uma Sullivan, me ofereci para encontrá-la.

Na verdade, Ian também procurava Mia. Mesmo sentado na outra extremidade do banco, havia percebido que algo não parecia muito certo com a irmã. Ele disse:

— Vou ajudá-la na busca.

Os dois seguiram para um bosque de carvalhos, onde os bartenders estavam fazendo um ótimo trabalho com o vinho de Marcus. Uma leve brisa sobre o vinhedo trouxe o perfume de Tatiana para Ian. Era fresco, doce e tão tentador que ele teve que se esforçar para conter a excitação pelo simples fato de estar perto dela.

— Mia disse que você veio de Londres para o casamento. Quando precisa voltar?

— Amanhã bem cedo.

— Também tenho somente hoje antes de voltar para as filmagens em Boston. Mas, da próxima vez que eu estiver em Londres, vai ser legal saber que há família lá. Bem, quase família, uma vez que tão logo Valentina e Smith façam seus próprios votos, você e eu seremos... — Tatiana franziu o lindo rosto e se virou para ele para perguntar: — O que exatamente nós seremos uma vez que eu sou irmã da Valentina e você, primo do Smith?

Era difícil pensar naquela linda mulher a seu lado como família. Tão difícil quanto era lembrar que ela era mais jovem que a irmã dele. Duas excelentes razões para Ian não pensar em tirar aquele vestido.

Mas, meu Deus, mesmo aqueles motivos extremamente racionais não conseguiam fazê-lo parar de pensar em quanto sua pele seria macia, e se ela teria um sabor tão bom quanto o perfume que exalava.

— Seremos primos por casamento.

Eles haviam chegado ao bosque de carvalhos, contudo nenhum dos dois podia ver Mia. Ian olhou por toda a colina coberta por videiras.

— Ela já esteve em casamentos como esse muitas vezes para saber que já está na hora de tirar as fotos — refletiu ele em voz alta. — Aonde ela pode ter ido?

Tatiana tocou seu braço para chamar sua atenção. Seus olhos se encontraram e uma inegável eletricidade correu entre eles. Com o sol brilhando sobre ela, dava para ver a pulsação em sua pele. Ian não se lembrava da última vez que desejou tanto uma mulher. Nem mesmo a mulher com quem estupidamente se casou.

Tirando a mão do seu braço, o calor do toque permaneceu quando ela perguntou:

— Você acha que ela pode estar com Ford Vincent?

— Ford Vincent está aqui?

— Ele entrou pela porta lateral pouco antes de a cerimônia começar e sentou-se perto de Mia. Marcus não mencionou que ele viria? — Quando Ian balançou a cabeça, Tatiana disse: — Nicole parecia bastante animada que Ford pôde organizar sua agenda para vir. Eu meio que imaginei que ele viria disfarçado daquela maneira, usando um chapéu, uma vez que as pessoas ficam estranhas perto de músicos.

— As pessoas também não ficam estranhas perto de atores?

— Elas ficam, mas mesmo as outras garotas noivas e casadas surtaram ao saber que Ford viria hoje. Ele é realmente popular. Ainda mais que Smith, eu acho.

Preocupar-se com sua irmã era a única coisa que poderia fazer Ian se esquecer da atração por Tatiana. Porque, maldição, Ian só podia imaginar o que o roqueiro *superpopular* poderia estar fazendo com

Mia. Ian sabia que a irmã não era exatamente inocente, mas apesar de Ian ter ensinado a ela artes marciais para se defender quando era adolescente, ele não poderia arriscar deixá-la sozinha com um rapaz que pensava ser um presente de Deus para as mulheres... E provavelmente agia como tal.

Onde, perguntou-se Ian, ele iria se fosse um roqueiro com a intenção de conseguir algo com uma linda garota que acabou de conhecer em um casamento? Especialmente se quisesse ficar sozinho com ela antes que o restante dos convidados descobrisse sua chegada e começasse a fazer um estardalhaço a sua volta.

Ian examinou a propriedade. Não levou muito tempo para perceber que a construção anexa ao lado do galpão seria o lugar perfeito para uma escapadinha pós-casamento improvisada.

— Ali.

Suas pernas longas diminuíram a distância do bosque de carvalhos até o galpão, e, apesar de Tatiana ser um pouco mais baixa e estar usando saltos, ela o acompanhou.

— Por que você acha que eles estão naquela pequena construção?

— Eu sou homem. Sei pensar como a escória.

Tatiana tocou seu braço de novo como se estivesse tentando segurá-lo.

— Espere. E se ela *estiver* com o Ford? Talvez não devêssemos nos intrometer entre eles assim. Quero dizer, se eu estivesse tentando ter algum tempo em particular com alguém, sei que ficaria chateada se minha irmã se intrometesse entre nós.

Não passou pela cabeça de Ian que Tatiana poderia ter razão, ou que Mia poderia ter *escolhido* brincar com o roqueiro. Ele puxou a porta com tanta força que ela bateu de volta contra a parede, para encontrar exatamente o que temia.

O canalha não tinha somente as mãos em Mia, mas a boca também estava na dela. Ian enlouqueceu de raiva e qualquer simpatia que poderia ter tido pelo roqueiro desapareceu.

— Tire sua boca imunda da minha irmã.

Quinze

Era óbvio que nem Mia nem o babaca que a estava abraçando ouviram a porta abrir, nem Tatiana ofegar de surpresa ao encontrá-los agarrados daquela maneira. A imagem horrível do homem passando a mão e babando por todo o corpo da sua irmãzinha ficou gravada na memória de Ian. Ele achou que nunca seria capaz de esquecer aquilo.

— Ian? Tatiana? — A pele de Mia estava vermelha, os olhos ainda permaneciam ligeiramente sem foco. Até que, de repente, ela percebeu como as coisas haviam se complicado.

Ele já estava na metade do caminho para agarrar o pescoço de Ford quando Mia se desvencilhou e segurou Ian. Com uma força surpreendente, ela arrastou o irmão para fora do depósito e para longe do rapaz cujo rosto Ian queria desfazer com seus punhos.

— Não acredito no que você acabou de fazer!

Mia parecia furiosa e envergonhada, mas Ian estava tão furioso que só conseguia pensar em gritar de volta:

— Não acredito que você estava lá dentro com aquele babaca! — Ele se afastou dela. — Você e eu teremos uma longa conversa sobre o que você estava fazendo lá mais tarde. Depois que eu o deixar em pedaços.

— Não! — Ela agarrou o paletó dele com ainda mais força até os dois ouvirem a costura começar a rasgar. — Posso lidar com ele sozinha.

— *Aquilo* era lidar com ele? — esbravejou o irmão. Era uma palavra dura que caiu entre eles como uma pedra. — Você *quis* que ele a beijasse?

Ela fez uma pausa um pouco longa antes de suspirar e dizer:

— Bem, na verdade, acho que sim.

— Droga, Mia, é o meu dever protegê-la. Você tem que me deixar...

— Se fizer mais alguma coisa para me envergonhar daquele jeito, jamais perdoarei você.

A irmã sempre foi esquentada, mas ele nunca a tinha visto chateada daquela maneira.

— Você sabe que eu nunca faria algo para machucá-la — Ian tentou explicar com um tom de voz mais calmo e moderado —, mas não posso deixar que ninguém faça isso também. E conheço caras como ele. São muito ricos, muito famosos e pensam que não precisam seguir regra nenhuma. Você tem que entender isso.

Agora que estavam atrás de uma enorme cerca de rosas, Mia foi soltando um pouco o paletó dele.

— Eu entendo. Você é o melhor irmão mais velho do mundo, mas o que aconteceu entre mim e Ford não é algo que quero que as pessoas saibam até que eu mesma descubra como realmente me sinto em relação a ele. E é por causa desse tipo de reação que você está tendo que não contei sobre ele cinco anos atrás.

A pressão sanguínea de Ian foi às alturas quando ele perguntou:

— Você não acabou de conhecê-lo hoje, aqui? O que é isso, Mia? Como pôde esconder isso de mim?

— Porque se você está reagindo dessa maneira agora que sou uma mulher de vinte e oito anos, que administra o próprio negócio de sucesso, como você acha que teria reagido cinco anos atrás se eu dissesse: "Adivinhe, irmão, estou namorando um astro do rock. Tenho a sua bênção?". Você teria me dado?

Ian teve que admitir:

— Eu teria acabado com ele.

— Pois é. E a questão é que você sempre me deixa cometer meus próprios erros nos negócios, mas nunca no amor. — Ela tocou o braço dele delicadamente e completou: — Sei que você não quer que eu me machuque, mas e se ficar apaixonada por alguém significar às vezes arriscar-se o suficiente para estragar todas as coisas pelo caminho?

Intelectualmente, Ian sabia que sua irmã era adulta. Mas havia uma grande diferença entre respeitar sua perspicácia nos negócios e aceitar que ela poderia entregar o coração a algum babaca sem que ele conseguisse protegê-la.

— Então, você está com ele há cinco anos sem contar para nenhum de nós?

— Não. Foi somente uma semana. Não o tinha visto mais até alguns dias atrás.

— E o que ele quer agora que está de volta? — Mia não sabia mentir para o irmão, e ele sabia o quanto tinha sido difícil para ela manter a relação com Ford em segredo por tanto tempo. — Além do óbvio? — Ele acrescentou frustrado.

— Um recomeço.

Ian queria respostas para dezenas de outras perguntas, contudo havia apenas uma que realmente importava.

— Você o ama?

A irmã suspirou novamente, e havia tanta dor naquele som e na expressão do seu rosto que Ian a abraçou.

— Uma vez pensei que amava, mas depois tive certeza de que não. — Mia riu contra o peito dele, mas não havia humor, somente frustração. Ela se afastou, olhando para ele, e disse: — Alguma vez você quis socar e beijar alguém ao mesmo tempo?

Ian fez uma careta.

— Por favor, não me lembre daquele beijo de novo se não quiser que meus punhos mudem completamente a forma do rosto dele.

— Isso quer dizer que você vai dar uma trégua hoje?

Dessa vez foi ele quem suspirou.

— Por hoje — concordou Ian, apesar de estar travando uma luta interna. — Mas amanhã é outra história.

Ela recostou o rosto no peito dele e se aconchegou da maneira que sempre fazia quando era bebê. Quando a mãe não conseguia fazer sua garotinha parar de chorar, tudo o que Claudia Sullivan precisava fazer era entregar Mia para Ian que ela se acalmava imediatamente.

Eles sempre foram tão próximos que Ian odiava supor que Mia esconderia alguma coisa caso pensasse que ele não conseguiria lidar com aquilo. Entretanto, ele jamais conseguiu falar com ela sobre seu casamento. Ambos tinham guardado segredos um do outro e, mesmo agora que ela havia contado o dela, ele ainda guardava o dele.

Diminuindo a frustração em não poder lidar com Ford como gostaria, Ian gentilmente retirou os cabelos dela da testa.

— Parece que estão prontos para tirar fotos com você agora.

Mia se afastou e passou a mão pelo vestido.

— Estou bem?

— Você está absolutamente linda, como sempre, minha garotinha.

— E você está devastadoramente lindo como sempre, meu irmão mais velho.

Enquanto os dois seguiam para o lugar onde as fotos estavam sendo tiradas, Mia disse:

— Eu me pergunto o que Tatiana está pensando depois do que viu.

Droga! Ele a havia deixado para trás com Ford. Mas quando se virou e olhou para o depósito, não viu nenhum dos dois por perto.

— Por que você e Tatiana estavam juntos? — Mia queria saber.

— Ela estava procurando você.

Ele achou que tinha sido cuidadoso ao falar sobre Tatiana sem absolutamente nenhuma mudança de voz, mas, quando Mia lançou a ele um olhar de lado cheio de curiosidade, Ian soube que tinha fracassado.

— Ela é linda, não é? E tão legal que sempre me esqueço de me impressionar com a grande atriz que ela é. Ei — disse ela quando ele não respondeu imediatamente —, não seria maravilhoso se Valentina se casasse com Smith e então você e Tatiana...

— Ela não faz meu tipo.

Mia acabou rindo com a mentira.

— Você está brincando? Ela é o tipo de *todo mundo*. Caramba, não me interesso nem um pouco por mulheres, mas não tem como não babar por ela todas as vezes que estamos juntas. — Ela acariciou a mão do irmão como se ele não devesse se culpar por já ser uma causa perdida. — Eu também quero vê-lo feliz, você sabe.

E, assim, deu-lhe um beijo na bochecha e o deixou para ir tirar as fotos.

* * *

— Alguma chance de você me contar o que acabou de acontecer aqui? — perguntou Ford.

Tatiana tinha a sensação de parecer tão chocada quanto Ford. Não porque ela havia ficado surpresa ao ver ele e Mia se beijando, mas porque *ela* queria ter puxado Ian Sullivan para algum outro cômodo secreto da propriedade para beijá-lo daquela maneira.

Tatiana nunca havia sentido aquela atração elétrica por ninguém antes. Seus olhos eram castanhos tão escuros que ela ficou perdida entre eles, mesmo quando sentiu como penetravam no fundo de sua alma. Atuar sempre vinha antes de se interessar por algum homem. Ela raramente namorava e, quando o fazia, em geral acabava preferindo estar sozinha com um roteiro ou passando um tempo com a irmã. Mas, pela primeira vez na vida, Tatiana entendia o tipo de desejo que levava as pessoas a fazerem loucuras, como querer voltar para o meio da multidão de convidados do casamento para encontrar Ian novamente para dar-lhe um beijo que explodiria a mente dos dois.

— O irmão de Mia a estava procurando.

— Não sei por que parecia que ele queria me matar. Estou surpreso de ele não voltar e arrancar meu coração pela garganta.

Tatiana sentiu que deveria ser honesta com ele.

— Na verdade, baseada na forma como agiu quando descobriu que vocês dois poderiam estar juntos, também estou meio surpresa.

— Eu sabia que logo teria que lidar com os irmãos dela, mas é um preço pequeno a pagar se ela me aceitar.

Uau, ele iria se oferecer por vontade própria a Ian, Adam, Dylan e Rafe, que eram altos, cheios de músculos e haviam crescido lutando uns com os outros? Tatiana suspirou ao ver como era doce perceber o quanto Mia obviamente significava para Ford.

— A propósito, eu sou Ford — apresentou-se ele e estendeu a mão para apertar a dela. — Assisti a alguns de seus últimos filmes. Ótimo trabalho!

Tatiana sorriu.

— Gosto do seu trabalho também.

Não havia sequer um grão de atração entre eles. Somente o vínculo imediato que ela às vezes sentia com outras pessoas que também eram muito conhecidas. A vida para pessoas com o tipo de carreira que eles tinham era ótima de várias formas, claro, mas podia ser bem difícil também quando coisas simples, como sair para tomar uma xícara de café, acabavam virando uma provação. Às vezes, Tatiana se sentia uma eremita trancada em casa porque era mais fácil do que passar maquiagem, trocar de roupa e arrumar o cabelo somente para comprar leite.

— Não acho que ele tenha alguma coisa contra você pessoalmente — disse ela, esperando que Ford entendesse. — Sinto que quer proteger a irmã contra *todos* os homens.

— Rapaz esperto. — Ford tirou o chapéu e deixou sobre uma prateleira de madeira áspera. — Você me acompanha no que pode ser minha última bebida caso Ian Sullivan consiga me pegar?

Rindo, Tatiana pegou o braço que ele estendeu a ela assim que saíram para a brilhante luz do sol.

— Eu o vi no palco. Você é bem rápido. Acho que conseguiria fugir dele se realmente precisasse.

— Que tal você distraí-lo para que eu tenha uma vantagem? Talvez agarrá-lo em um canto escuro e beijá-lo antes que ele perceba que fugi?

O intenso rubor que tomou conta de seu rosto instantaneamente talvez tenha mostrado o quanto ela gostou da ideia.

— Ah — disse ele com uma voz suave —, então é isso mesmo.

— Não — retrucou ela, balançando a cabeça. — Ian e eu nos conhecemos ontem à noite. E passamos apenas quinze minutos juntos hoje.

— Às vezes — disse Ford muito sério —, quinze minutos são suficientes para mudar sua vida inteira.

E antes que pudesse dizer qualquer coisa, um grande grupo de convidados finalmente percebeu que havia um astro do rock no meio deles, e Ford ficou rodeado de fãs.

Dezesseis

Na meia hora seguinte os fotógrafos tiraram muitas fotos, primeiro das meninas, depois de toda a família junta. Mia sabia o quanto Ian estava chateado com o que havia visto e, embora a chamasse de *minha garotinha*, ele tinha que saber que ela não era mais uma menina, não é mesmo?

Claro que não ajudava nada o fato de Ford ter aparecido debaixo de seu chapéu preto depois de Mia ter tirado as fotos com a família. A agitação dos convidados começou com murmúrios de surpresa, mas de repente aumentou tanto que Mia teve a impressão de que ela fazia partc da plateia de um de seus shows.

Nicole, graças a Deus, não parecia nem um pouco incomodada com a comoção e revirou os olhos brincando ao dizer:

— Músicos sempre têm que ser o centro das atenções...

E todos riram. Todos menos Ian, que parecia tão resistente que mal conseguia se conter para não dar uma surra em Ford.

Mia arregalou os olhos para ele entre as fotos como que dizendo "Você prometeu".

"Só por hoje", respondeu ele com o mesmo olhar.

Apesar de tudo, Mia estava bem satisfeita com a forma como conseguiu dar um sorriso relaxado. Somente Ian e Brooke sabiam como era difícil para ela conseguir fazer aquilo.

O segundo fotógrafo declarou a sessão de fotos de família encerrada, então Brooke a puxou de lado e perguntou:

— Como você está?

— Bem! — respondeu Mia em voz baixa, deixando claro que a conversa não importava para ninguém, principalmente seus irmãos, e continuou: — Estou satisfeita por ter falado tudo o que pensava para Ford.

De uma maneira que só uma verdadeira amiga pode fazer, Brooke arqueou as sobrancelhas e deu uma olhada no cabelo bagunçado de Mia, obviamente olhou também seus lábios bem beijados e sua pele corada e disse:

— Realmente parece que você falou *muito* com ele.

Mia insistiu:

— Não quebrei a minha promessa! Não teve beijo de língua.

— Bem, isso é bom, eu acho — ponderou Brooke com tom duvidoso.

— Foi bom — Mia teve que admitir. Tão bom que ela podia ainda sentir o toque dos lábios dele por todo o seu corpo. — Pelo menos até Ian flagrar a gente.

As sobrancelhas de Brooke se arquearam mais ainda e ela perguntou:

— Como Ford ainda está vivo?

Mia olhou na direção dele, que estava dando autógrafos, e uma onda de calor a invadiu quando seus olhares se encontraram e, não conseguindo desviar, ela murmurou:

— Pode ser que ele não fique por muito tempo.

Foi então que Rafe veio na direção delas, colocou o braço ao redor da noiva e comentou:

— Tem alguma coisa acontecendo com o Ian. Parece que ele vai explodir a qualquer momento. E quando é que o Ford Vincent vai chegar?

Mia nem precisou lançar um olhar de "Por favor, me salve" para a amiga, pois ela já foi logo beijando Rafe e falando:

— Acho que temos que nos sentar e esperar pelo jantar e pelo brinde.

Antes que Rafe pudesse falar algo a mais sobre Ian, Brooke começou a elogiar o casamento e a vinícola e terminou dizendo que estava faminta. Ela fez de tudo para distrair Rafe.

Mais uma vez, Mia pensou, endireitando os ombros para se preparar para sair inteira até o final daquele casamento, ela devia muito a Brooke.

Contudo, quando ela encontrou seu nome no cartão que marcava os lugares na mesa da família em frente à recepção, ela cogitou matar Nicole e Marcus, mesmo sendo o casamento deles.

Pois, *por sorte*, eles a colocaram bem ao lado de Ford.

* * *

Quando Ford percebeu onde iria se sentar para o jantar, ele desejou que o novo marido da Nicole não entendesse errado quando ele fosse dar um enorme beijo nos dois mais tarde.

Da sua cadeira, dava para ver Mia a poucos metros de distância, bebericando um copo de champanhe e deixando Ford imediatamente tomado por uma vontade de sentir as gotas da bebida em seus lábios. Mas ele sempre quis conhecer a família dela e, apesar de saber que pelo menos um dos seus irmãos não o aprovava, Ford queria aproveitar a oportunidade para conhecer o máximo possível Mia e os Sullivan.

Felizmente, ele tinha uma aliada em Tatiana, que também encontrou o cartão com seu nome na mesa dele. Infelizmente, um momento depois, Ian também estava sentado bem na frente de Ford.

Casamentos sempre eram cheios de surpresas. Normalmente, porém, essas surpresas vinham na forma de uma tia bêbada que mais tarde era encontrada com a cara no chão, roncando depois de ter contrabandeado uma garrafa de uísque com o garçom. Pense por quanto tempo as pessoas iriam falar sobre o assunto se o irmão da Mia desse a Ford o que ele merecia.

— Sou fã da sua música — declarou o homem que puxava a cadeira ao lado de Ian, estendendo a mão para Ford. — Sou Ryan Sullivan, e esta é minha noiva, Vicki.

— Prazer em conhecê-los — disse Ford antes de perceber por que o homem lhe parecia tão familiar. Ford estava tão concentrado em Mia na cerimônia que nem reconheceu o melhor arremessador da Liga Nacional de Beisebol como um dos padrinhos. — Fiquei embasbacado com seus arremessos na última temporada. — E assim que ele percebeu quem Vicki era, disse: — Também sou fã das suas esculturas.

Ela ficou obviamente satisfeita por ele conhecer seu trabalho e agradeceu.

Ford ficou impressionado em ver como eles se sentiam confortáveis um com o outro, como pareciam duas pessoas que mereciam ficar juntas. Será que eles já tinham estragado as coisas entre eles, ou será que tudo deu certo desde o primeiro dia em que saíram juntos?

— Vocês serão os próximos da família Sullivan a se casar?

— Talvez — disse Vicki, rindo. — A menos que Zach e Heather ou Smith e Valentina ou Brooke e Rafe se casem primeiro. Mas estamos acostumados a esperar. — Vicki falou sorrindo ao se inclinar nos braços de Ryan, e, olhando para ele, perguntou: — Não estamos?

— Me apaixonei por ela quando tinha quinze anos — explicou Ryan a Ford. — Aí ela se casou com outro cara. Quinze anos depois, finalmente a convenci de que tínhamos sido feitos um para o outro.

— Adoro a história de vocês. É tão romântica — comentou Tatiana.

Ford ainda estava digerindo o fato de que Ryan e Vicki ficaram separados três vezes mais que Mia e ele, e pareciam estar numa boa fase, quando os últimos dois lugares foram ocupados por outro casal.

— Uau! — falou a mulher quando percebeu que Ford estava sentado lá. — Oi.

Quando Ford sorriu de volta para ela e falou "Oi", o homem que a acompanhava agarrou sua elegante trança e a beijou rapidamente para lembrá-la de que ela pertencia a ele. O beijo foi rápido, mas ardente, e, quando eles se separaram, ela estava rindo e corada.

— Você é um homem das cavernas! — brincou ela com voz afetuosa, mas obviamente irritada, antes de virar-se para Ford e se apresentar: — Sou Heather e este é Zach.

Ford apertou a mão dos dois e falou:

— Ford. Prazer em conhecê-los.

Assim que a entrada foi servida, Mia finalmente se sentou ao lado dele, com um novo copo de champanhe na mão, e olhando para o Ian com um claro olhar de advertência. Quando Ford se virou para ela e sorriu, ele se perguntava o que ela tinha dito ao irmão para impedi-lo de pular na jugular dele.

E será que havia alguma chance de Mia ter feito isso porque resolveu dar outra chance ao relacionamento deles?

— Parece que Nicole e Marcus estão bancando os casamenteiros — comentou Zach ao olhar para Ian e Tatiana e depois para Mia e Ford. — Não seria demais se isso acontecesse?

Heather enfiou um pão na boca dele e disse:

— Coma isso e fique de boca cheia para não falar mais nada que nos deixe desconfortáveis.

— Certo — concordou Zach depois de dar uma mordida. — Mas depois que terminarmos de comer, precisamos pensar em outra coisa que eu possa fazer com a minha boca para me manter quieto. — Heather revirou os olhos e, pela maneira como enrubesceu, Ford percebeu que ela não estava nem um pouco avessa à sugestão.

— Na realidade, Ford e eu já nos conhecemos. Ele é um dos meus clientes — disse Mia ao grupo.

— Desde quando ele é um dos seus clientes? — quis saber Ian batendo com força o garfo no prato.

— Desde sexta.

Ian olhou para Ford e perguntou:

— Você vai comprar uma casa em Seattle?

Ford tinha 1,88 metro e fazia ginástica para se manter em forma para suas três horas de shows. Ainda assim, ele imaginou que Ian era maior que ele e mais pesado.

— Estou ansioso para sair dos hotéis e morar de vez em uma casa.

— De qualquer forma — disse Mia, olhando incisivamente para o irmão enquanto espetava uma alface no garfo —, mostrei para ele um terreno em frente ao lago, na sexta, onde foi construída uma casa perfeita. Tem até uma torre.

— Uma torre de pedra de verdade? — Vicki estava realmente intrigada.

Mia parecia tão bonita ao sorrir espontaneamente para Vicki.

— É linda demais, mas tenho outras propriedades para mostrar e aí ele pode considerar todas as opções.

Ford empurrou o prato e se virou para Mia. Naquele momento, ele só tinha apetite para uma coisa: *Ela*.

— Você disse que é o tipo de casa com jardim onde um bando de crianças ficaria feliz em brincar, certo?

— Certo.

— Então não preciso avaliar nenhuma das outras opções.

Apesar de estarem rodeados por familiares dela, parecia que estavam sozinhos na mesa naquele momento.

— Já sei exatamente o que quero.

Ford podia ver pelo olhar de Mia que ela sabia que ele não estava falando somente sobre a casa, mas o instante se perdeu quando risadas da mesa ao lado interromperam a magia e ela voltou a ser a mulher de negócios.

— Você está dizendo que vai fazer uma proposta para a casa da Alana?

— Sim.

Ela estava pegando o telefone quando ele colocou a mão sobre a dela e sugeriu:

— Segunda já está bem perto. Hoje quero que você curta a sua família.

Sua pulsação acelerou na hora em que ele tirou a mão relutantemente e se virou para todos na mesa e perguntou: — De onde vocês são?

— Aqui tem Sullivan de São Francisco, Seattle, Nova York e Maine — respondeu Ryan. — Nós nos vemos periodicamente em reuniões familiares e, claro, em casamentos.

— Vocês têm boas histórias para contar?

— Por onde você quer que eu comece? — indagou Zach com uma risada e acenou em direção a Mia. — Principalmente da senhorita rebelde aqui.

Mia arqueou uma das sobrancelhas na direção de Zach e alertou:

— Lembre-se de que também tenho algumas histórias sobre você, Speed Racer.

— Só estou dizendo que seria muito difícil esquecer aquela noite no lago quando você tinha seis anos e não falou para onde iria. —

Zach virou-se para Ford, dizendo: — Mia se escondeu na mata por horas só para nos assustar quando passássemos perto dela. Pensei que tio Max e tia Claudia iriam desmaiar quando a trouxemos de volta e ela estava com um sorrisinho no rosto. — Mas era óbvio que Zach estava mesmo impressionado com ela ao brindar: — À minha prima destemida e determinada.

E como todos levantaram seus copos para brindar a Mia, Ford finalmente notou que aquela era uma família que sempre se apoiava, não importando o que acontecesse. Porque mesmo naquele momento, quando Ian e Mia estavam em desacordo, Ford pôde ver que aquilo não diminuía nem um pouco o laço existente entre eles.

— O que aconteceu com aquele cara que estava no último casamento com você? — perguntou Ryan a Mia. — Bob? Ou ele se chamava Buddy?

Ford a observou cuidadosamente enquanto ela respondia: — Ele era só um amigo.

— Qual é? Você deve estar saindo com alguém. Você sempre está.

Ford tinha certeza de que Vicki chutou Ryan por debaixo da mesa. Com certeza, ela percebeu a tensão entre Mia e seu cliente, mesmo que o noivo não tivesse notado nada.

— Você sabe que ela não pode responder isso com o irmão mais velho sentado aqui — disse Tatiana antes que Mia pudesse responder, destacando-se como a pacificadora da mesa.

— É verdade — respondeu Zach. — Na realidade, você iria persegui-lo até o pôr do sol, não é mesmo, Ian? Isso é o que eu faria se um cara estivesse dando em cima de uma das minhas irmãs. Fiz isso com Jake quando soube que ele tinha engravidado Sophie. Mas nunca tive a chance de fazer isso com Grayson por namorar a Lori.

Os olhos de Ian estavam afiados como adagas e frios como gelo ao encarar Ford do outro lado da mesa, dizendo:

— Se eu conhecer um homem e descobrir que ele magoou minha irmã, vou fazer com que ele pague da maneira mais dolorosa possível.

Mia pigarreou e, quando todos se viraram na sua direção, ela sorriu para eles por cima da borda do copo, como se não tivesse nenhuma preocupação na vida.

— Na verdade, já que você perguntou, Ryan, eu tive um encontro na sexta à noite com um cara maravilhoso que conheci quando fui correr.

— Você saiu com alguém na sexta à noite? — Racionalmente Ford sabia que não tinha nenhum direito sobre ela, mas pensar que outra pessoa a tivesse tocado ou beijado deixava-o maluco. E ele perguntou: — Depois que você me mostrou a casa?

Mia assentiu, parecendo muito satisfeita consigo mesma ao responder:

— Sim. E no avião ao vir para cá conheci outra pessoa.

— Que droga, Mia!

A voz de Marcus surgiu no alto-falante interrompendo Ford antes que ele pudesse quebrar a promessa e revelar que eles eram mais que parceiros de negócios.

— Obrigado por estarem aqui conosco hoje para celebrar o melhor dia de nossa vida.

Ainda sem poder pensar direito, Ford não conseguia se concentrar no que Marcus e Nicole estavam dizendo aos convidados quando pegou o telefone e escreveu: VOCÊ DEIXOU ESSES CARAS TOCAREM EM VOCÊ?

A expressão de Mia continuou serena ao ler a mensagem, responder e colocar o celular de volta na bolsa.

NÃO É DA SUA CONTA SE ELES ME TOCARAM OU NÃO.

Ford estava prestes a responder a primeira coisa que veio a sua cabeça quando Billy bateu em seus ombros e disse:

— Sua guitarra está afinada e pronta para você.

— Obrigado, Billy.

Ford sabia que precisava se recompor e dar a Marcus e Nicole seu presente de casamento antes de entrar em seu avião particular e voar para Los Angeles para um show.

Finalmente, Mia entenderia para quem ele tinha escrito a música.

* * *

Mia tinha certeza de que podia encontrar uma maneira de resistir às palavras doces de Ford e aos seus beijos.

No entanto, não importava o quanto ela tinha se preparado para resistir a ele, Mia sabia que não conseguiria se segurar ao vê-lo cantar uma de suas canções. Não era somente pelo jeito sexy dele no palco, que mexia demais com ela, mas também pelo fato de que ele amava tanto cantar e tocar que, de alguma maneira, isso a perturbava profundamente.

Nicole falou para seus convidados:

— Deixaremos vocês se divertirem na pista de dança daqui a pouco, mas estou muito contente porque um dos meus amigos vai nos presentear com algo muito especial.

Ford estava inegavelmente lindo ao andar pelas mesas para pegar a guitarra.

— Nicole e Marcus, estou realmente muito feliz por vir aqui hoje e testemunhar o exemplo de amor que todos esperamos encontrar um dia. Escrevi esta canção na sexta, então peço desculpas se ainda está um pouco inacabada, mas saibam que a fiz com o coração. Ela se chama *Preciso do seu amor.*

Na sexta? Será que ele escreveu antes de se encontrarem na casa da torre? Ou ele escreveu *depois* de terem se encontrado novamente?

Mia sabia em primeira mão que Ford não precisava se esconder atrás de um palco ou microfone, e ela se arrepiou quando ele começou a tocar. Assim como tinha acontecido na primeira vez em que o ouviu cantar, desde os primeiros versos de sua nova música sobre encontrar o beijo, o toque, o sorriso que durariam para sempre, Mia não podia manter os olhos abertos enquanto a música tomava conta dela.

Preciso do seu amor
Você é tudo o que eu procurava
Quando nada mais me completava
Lá você estava
Tudo o que eu precisava
Quando te abraço bem forte
Perco o controle, você é meu norte
Não pare nunca, eu aviso
Não pare nunca, eu aviso
Não pare nunca de ser tudo o que eu preciso

Mia não escutou os suspiros das mulheres ao seu redor; francamente ela não estava prestando atenção em nada a não ser em Ford cantando a música que falava direto a seu coração. Como cada novo verso a afetava cada vez mais, Mia sabia que seria mais inteligente bloquear pelo menos um aspecto da apresentação, porém, ela não conseguia manter os olhos fechados. Ela precisava observar Ford enquanto ele despejava seu coração e sua alma na música.

Música que parecia ter sido escrita especialmente para ela.

E, meu Deus, ele não era apenas lindo quando cantava para Marcus e Nicole; ele não era apenas cativante; ele era um artista nato.

Aquele era Ford em sua essência.

Mia sempre soube disso, claro, mas agora, à medida que o observava criar magia com o talento que poucas pessoas possuíam, ela se perguntava como uma casa em Seattle poderia se encaixar na vida de um homem que pertencia ao palco. E como Ford podia pensar em desistir da estrada.

Pois, enquanto ela sabia que milhares de pessoas poderiam escutar as músicas dele nos fones de ouvido ou nas rádios, a verdade era que somente estar no mesmo espaço que Ford enquanto ele canta para você, quer seja em um vinhedo com trezentas pessoas ou em um estádio com cem mil pessoas, era um evento que mudava sua vida.

Quando os acordes finais soaram, as pessoas aplaudiram. Ford beijou Nicole e apertou a mão de Marcus. Mia pediu licença e escapuliu em direção aos vinhedos, para um lugar onde ninguém de sua família e nenhum dos convidados pudesse vê-la.

Ela precisava ficar sozinha sob o céu azul para se recompor do que a música de Ford e seus beijos tinham feito com ela.

Podia aceitar agora o fato de que ainda o queria, mesmo havendo desespero e intensidade em seu desejo. No entanto, Mia não queria ter que reconhecer nada mais. Certamente não queria admitir todas as emoções e sonhos que a música tinha suscitado nela.

E, ainda assim, mesmo tendo falado para si mesma que queria ficar sozinha por um tempo, Mia não estava surpresa nem descontente quando escutou passos atrás de si. Ela se virou e o viu, sabendo que correr ou afastar-se não era mais uma opção.

— Sua nova música é linda.

— Depois que vi você na sexta, a música se escreveu sozinha. — Ford pegou suas mãos, as levantou até os lábios e as beijou. O gesto a comoveu tanto quanto a música. — Preciso ir agora para Los Angeles, mas voltarei para Seattle amanhã de manhã.

Mia iria sentir saudades e percebeu isso ao vê-lo indo embora, sentindo uma dor aguda no peito. Ela viveu sem ele por cinco anos e, agora, em questão de horas, já estava apaixonada de novo.

Tão apaixonada que foi na direção dele ao mesmo tempo em que ele vinha na dela.

— Droga! Vivo dizendo que não a forçarei a nada, mas não posso partir sem dar um beijo de despedida em você.

— E eu não posso deixá-lo ir sem um beijo também — admitiu Mia.

Assim como sua música tinha sido ao mesmo tempo sentimental e voraz, da mesma maneira foi o beijo de despedida. As mãos dele agarraram seus cabelos e as dela agarraram seus ombros. A língua dele aprofundou-se ainda mais e a dela encontrou a dele mais violentamente. Os dentes dela mordiscaram seus lábios inferiores e Ford a puxou para mais perto para poder satisfazê-la.

E, mesmo com a tempestade que estava se formando entre eles no vinhedo, Mia sabia que seus corações não estavam batendo contra o peito de paixão, mas pelo turbilhão de emoções que os cercava.

Quando eles se soltaram, nenhum dos dois estava respirando calmamente.

— Divirta-se com sua família, Mia. Eles são ótimos. Você não sabe o quanto invejo o que vocês têm. — Ford a puxou novamente para mais um rápido beijo arrebatador e se foi.

Mia se apoiou em um muro de pedra para recuperar o fôlego; ela sabia que querer Ford, precisar dele, não era mais a questão.

A pergunta agora era: o que ela iria fazer com aqueles sentimentos?

Dezessete

Mia estava abrindo a porta da frente da Imobiliária Sullivan na segunda de manhã quando Ford saiu de um carro preto parado na calçada. Ele estava com a barba por fazer e aparentava não ter dormido muito mais que ela no fim de semana. E, mesmo assim, Mia não se lembrava de tê-lo visto tão lindo.

E não conseguia se lembrar da última vez em que tinha sentido um frio na barriga daquele jeito, mesmo sabendo que ela o veria naquela manhã para poderem fazer uma oferta pela casa da torre.

— Bom dia.

Os olhos pretos estavam cheios de apreço ao encará-la da cabeça aos pés para dizer: — Chegou a hora.

Mia estava agradecida por serem as únicas duas pessoas no escritório aquele dia, assim ela não teria que apresentá-lo e fingir que tudo estava normal entre ela e seu cliente. Principalmente quando nada no relacionamento dela com Ford parecia normal e quando ela tinha tomado uma decisão nas últimas horas desde que o viu no casamento.

Ford a seguiu até o escritório e, assim que a porta se fechou atrás dele com um leve estalido, Mia disse:

— Sei que temos negócios para tratar hoje, mas, antes de começar, quero lhe dizer que tomei uma decisão em relação a nós dois.

Tinha feito tanto sentido no meio da noite quando ela tinha passado tudo mais de uma vez na cabeça. Não havia dúvida de que eles chegaram a uma encruzilhada no dia do casamento. A única pergunta era qual caminho seguir. Na noite anterior, Mia tinha certeza de ter entendido a melhor maneira de lidar com a atração que sentiam sem cometer o erro de se apaixonar de novo.

— Acho que devemos dormir juntos.

— Eu não descansei muito desde sexta — disse ele. — Então tenho certeza de que é uma alucinação você estar dizendo que devemos dormir juntos.

Por mais que a decisão tivesse feito sentido no meio da noite, agora que ele estava na frente dela, Mia tinha que lembrar por que estava fazendo aquilo. Lutar contra a atração seria inútil. Não somente isso, mas, para uma mulher sensual como ela, era extremamente anormal não querer o prazer que ela sabia que Ford podia proporcionar.

Um relacionamento aberto com ele era a única coisa que fazia sentido.

— Não vejo nenhuma razão para não nos divertirmos, transar casualmente quando você estiver na cidade e eu estiver livre por uma ou duas noites.

— Quantas razões você quer? — perguntou Ford. — Porque tenho certeza de que posso preencher todo o seu dia de trabalho com elas.

Droga, por que ele não podia agir como qualquer outro cara e só transar?

— Espere um minuto — disse ela, deixando a raiva se igualar à dele. — Você pode lidar com um beijo toda vez que estamos juntos, mas agora que ofereço algo muito melhor que somente um beijo, você está dizendo que não, que você não quer transar comigo?

— É claro que quero transar com você, Mia. E, se eu achasse que só assim tocaria seu coração, pode ter certeza de que você estaria nua embaixo de mim agora. — Cada centímetro de sua pele ficou quente e úmido com a imagem dela embaixo dele como havia acabado de descrever, mesmo quando ainda estava resmungando: — Quantas vezes tenho que dizer que quero mais de você do que seu corpo?

— Então a menos que eu esteja preparada para declarar o meu amor a você e prometer que será para sempre, você não poderá me tocar de novo? — retrucou Mia em vez de responder à pergunta: — É isso que você está tentando me dizer?

— Não — disse ele ao se aproximar para agarrá-la e continuar: — Isso não está nem perto do que estou tentando dizer a você.

Em uma fração de segundos, a boca de Ford estava colada na dela para dar o beijo pelo qual Mia estava esperando desde o casamento. No vinhedo em Napa, os beijos foram gentis, respeitosos, enquanto ele percorria sua pele. Mas não havia nada de gentil na maneira como eles se devoravam agora, os dentes dela mordiscavam o lábio inferior dele, a língua dele enrolava-se na dela em uma dança de pura luxúria. As mãos dele cobriam cada centímetro de Mia que pudesse alcançar, dos seios aos quadris, as dela seguravam os cabelos negros de Ford para que a boca dele ficasse onde ela queria.

Suspiros, gemidos, prazer, dor. Mia saboreava cada segundo daqueles sentimentos de novo. Mesmo enquanto ambos continuavam a se entregar ao calor ardente e à necessidade desesperada, em algum lugar no fundo do cérebro dela havia uma bandeira de advertência tremulando, tentando dizer que aquilo era uma má ideia.

Sim, Mia sabia que o que eles estavam fazendo era uma má ideia, ela sabia que não podia dar tudo aquilo a Ford, que não devia entregar nenhuma parte de si para ele, uma vez que ele já a havia magoado tanto antes. Mas, naquele momento, a sensatez dava espaço a um prazer pecaminoso enquanto arqueava na direção das mãos para segurar seus seios pela blusa de seda.

O toque estridente do telefone do seu assistente que estava a uma parede de distância a atingiu como um balde de água fria.

Beijar Ford não era uma péssima ideia somente pelo fato de ele ter o poder de magoá-la de uma maneira que ninguém podia fazer, mas também porque eles estavam no escritório dela, e seus funcionários começariam a chegar a qualquer momento.

Ela estava tentando ser pega em flagrante com ele?

Seu coração batia forte quando se afastou dele e ficou em pé sozinha, e suas pernas estavam trêmulas como gelatina.

— Agimos como se dormir juntos de novo pareça algo grandioso, muito importante. Pelo que sei, a melhor coisa que podemos fazer é parar por aqui, assim poderemos seguir com nossas vidas.

— Quando eu tiver você de volta, Mia, *nunca* mais irei deixá-la. Não vou desistir de você. Não vou perder você para um cara que conheceu correndo ou no avião, alguém que não merece você.

Desesperadamente lutando contra a parte dela que queria pertencer a Ford e acreditar que seria possível ter um futuro com ele, Mia disse:

—Você diz que quer mais que meu corpo, mas aí você fala de mim como se eu fosse um brinquedo que você possui e tem ciúmes.

— Droga, você está certa. — Mia o observou correr a mão áspera pelos cabelos negros enquanto andava pelo seu escritório como um leão enjaulado. — Estou falando tudo errado. Fazendo tudo errado.

Seria loucura uma parte dela querer ir até ele e confortá-lo?

Sim, aquele Ford louco e inspirador era exatamente o motivo pelo qual ela havia sugerido que eles tivessem apenas um relacionamento casual, pois assim poderiam focar nos corpos e no prazer, e coisas como apoio e conforto e emoções que poderiam ser reveladas e destruídas, não estariam em jogo.

* * *

— Cinco anos atrás, apesar de eu ser um punk imaturo que não sabia diferenciar o certo do errado, fui esperto o suficiente para amar você. Como eu não seria? — Ford fez uma pausa para ter certeza de que não falaria nada errado de novo. — Mas depois que nos separamos, passei muito tempo fingindo poder ser um homem sozinho numa ilha. Como se eu não pensasse em você em cada segundo que estivemos separados.

— Ford...

— Deixe-me tentar fazer pelo menos uma coisa certa. — Ele andou para o outro lado do escritório para pegar as mãos dela e disse: — Depois de ver a maneira como Marcus e Nicole são um com o outro, finalmente entendi. Algo importante que ignoramos na nossa semana juntos. Algo entre sexo e amor que mantém tudo junto. — Ford olhou para baixo, onde seus dedos tinham naturalmente se entrelaçado, e depois para os lindos olhos de Mia. — Cada segundo desde que a vi de novo fui consumido de desejo por você. Mas sexo não é o suficiente, Mia. Não foi suficiente na primeira vez e não será desta vez também.

— Mas, então...

— Amigos. — Ele sabia a verdade e pôde ver pelo olhar em seu rosto que a ideia repercutia nela também. — Preciso ser seu amigo desta vez. E espero que você consiga com o tempo confiar em mim o suficiente para poder ser minha amiga também.

Ele tinha escrito mais de uma dúzia de músicas românticas, contudo, nunca tinha entendido realmente o quanto era complicado até que se apaixonou por Mia. Ou como era incrível quando, de alguma maneira, duas pessoas com sonhos e mágoas, esperanças e medos, se esforçavam muito e tinham muita sorte, talvez pudessem fazer dar certo.

Ao mesmo tempo, repetidamente durante as últimas horas, ele lembrou a si mesmo que *complicado* não significava *impossível.* Olhe para Ryan e sua noiva, Vicki, que fizeram as coisas dar certo depois de quinze anos separados. E é claro que havia Marcus e Nicole, que não deixaram a vinícola e a carreira musical separá-los.

— Já disse no fim de semana que o perdoo, Ford, e falo sério, mas...

Antes que Mia pudesse falar mais alguma coisa, ambos escutaram vozes no escritório.

Ainda assim, em vez de largar a mão dele na mesma hora, ela sentiu que seu polegar acariciava levemente seus dedos antes de soltá-los e andar até a sua mesa para sentar-se atrás do computador. Isso deu esperança a Ford, pois Mia não foi impassível diante do que ele tinha acabado de dizer sobre querer ser amigo dela. O melhor que ela já teve.

— Durante o fim de semana — disse ela ao colocar os óculos grossos com armação preta que só serviam para realçar ainda mais sua beleza —, houve um grande interesse pela casa da torre. Como não estou surpresa com isso e sei que a Alana e o ex-marido gostariam de resolver as coisas o mais rápido possível, devemos finalizar os detalhes da sua proposta, assim poderemos enviar tudo hoje. — Mia apertou o botão do telefone e falou: — Bom dia, Orlando. Gostaria de apresentar-lhe o meu mais novo cliente. E, por favor, traga a papelada da casa da torre com você.

Apesar da postura profissional, dava para sentir o calor e o desejo fervilhando pelo ar com a ideia de os dois intensificarem a amizade antes de irem para a cama.

— Meus funcionários estão acostumados a lidar com clientes famosos e ricos. Mas, assim como no casamento do Marcus e da Nicole, suspeito que eles possam ficar um pouco perplexos com você.

— Sempre fico feliz ao encontrar fãs. Eles são a razão de eu estar onde estou.

— Não! — Ford ficou surpreso ao escutá-la dizer com voz firme. — Seu talento é a razão pela qual você está onde está. Como eu mesma disse — acrescentou Mia com um sorriso —, mesmo aqueles que não suportam você, como eu, ainda gostam de suas músicas.

Orlando entrou pela porta de vidro carregando uma pasta grande e disse: — Aqui estão os arquivos de que você precisa, Mia. Assinalei vários. — Quando ele percebeu que Ford estava em pé ao seu lado, a pasta caiu de suas mãos, espalhando os papéis ao redor de seus sapatos. — Meu Deus, você é Ford Vincent! Sou seu maior fã. Você é um gênio! Não acredito que você está em pé na minha frente.

Ford pegou a mão do jovem e a apertou dizendo:

— É um prazer conhecê-lo, Orlando.

Mia gentilmente colocou as mãos nos ombros do assistente e falou: — Obrigada por trazer os papéis.

Orlando se virou atordoado e perguntou: — Papéis? — Alguns segundos depois, a pele pálida enrubesceu totalmente. — Os papéis. Sinto muito. — Orlando já estava de joelhos tentando pegá-los, mas suas mãos tremiam tanto que ele conseguiu bagunçar mais ainda.

— Na verdade, Orlando, acho que podemos continuar daqui — interrompeu Mia. — Mas tenho certeza de que o sr. Vincent gostaria de um café puro com muito açúcar, obrigada.

Adorando o fato de que ela ainda se lembrava de como ele gostava do café, Ford se ajoelhou para ajudar Mia com os papéis.

— Ele trabalha comigo há um ano e nunca o vi assim. — Mia parecia perplexa com a reação do seu assistente. — Você nunca se cansa disso?

Ford mal conseguia se conter, querendo esticar as mãos para arrumar uma mecha do cabelo de Mia, mesmo sabendo que todos os funcionários estariam, certamente, olhando para eles pelo vidro.

— Quando você é uma criança sonhadora, não tem maturidade suficiente para pensar em outra coisa que não seja glória. Se eu soubesse disso há cinco anos, Mia, talvez não tivesse estragado as coisas da maneira como fiz.

Seu olhar se fechou no dele por um momento antes de ela balançar a cabeça abruptamente.

— Sei que nossa conversa foi interrompida, mas vamos focar na casa agora, certo? — Mia rapidamente juntou o restante dos papéis e foi para trás de sua mesa para reorganizá-los. — Gostaria de dizer que a casa está acima do preço, mas...

— Você moraria nela?

— Você já me perguntou o que eu achava da casa e, se você se lembra, eu disse que é uma das minhas casas favoritas em Seattle.

— Sei que você acha que seria ótimo para crianças e uma família. Mas e para você?

— Você está comprando a casa para você, Ford, não para mim.

Mia era teimosa, mas ele também. E ele não compraria uma casa que ela não amasse tanto quanto ele. Algumas pessoas poderiam chamá-lo de louco por colocar tanto em jogo por uma mulher. Porém, Ford sabia agora que seria uma loucura maior não fazer isso.

— Se você estivesse procurando uma casa em Seattle, você a compraria?

— Achei que fôssemos manter um relacionamento profissional até acabarmos sua proposta.

— Preciso saber sua resposta, Mia.

— Sim, eu a compraria — murmurou ela.

Ford sorriu.

— Ótimo. Então, diga a Alana e ao ex-marido que pagarei o que eles estão pedindo hoje.

Mia levantou a mão para tentar fazer com que ele se acalmasse e disse:

— Mesmo que pague à vista, você não precisa pagar agora mesmo.

— Quero me mudar agora mesmo. Quero que eles saibam que vou transferir o dinheiro para a conta deles na hora do almoço. E vou comprar tudo o que está na casa também.

Mia balançou a cabeça pois considerava uma decisão obviamente impulsiva, mas pegou o telefone e ligou para os donos, falando em videoconferência:

— Tenho uma oferta pela casa de vocês, e tenho certeza que irão gostar.

* * *

Noventa minutos depois, a papelada foi assinada por ambas as partes, e Ford ligou para o banco e transferiu o dinheiro. Mia tinha feito muita transação imobiliária grande nos últimos seis anos, mas aquela foi a mais rápida de todas. Mesmo para uma mulher que amava velocidade e excitação, tanto quanto seu primo Zach, que era piloto de carro de corrida, Mia sentia que tinha sido derrubada por um terremoto, o que mostrava o quanto a determinação de Ford era forte quando ele se concentrava em algo.

E enquanto Orlando levava Ford para fora do escritório para conhecer os outros funcionários e o observava jogando charme para os demais pela porta de vidro, ela admitiu, novamente, como era difícil resistir a ele. Em especial quando ele estava determinado e focado em ter algo.

Ou alguém.

Com a voz e a risada dele ecoando pelo escritório, saber que o homem mais sexy do planeta estava perto dela fazia com que Mia precisasse de um balde cheio de determinação e foco para se concentrar em responder aos e-mails e às mensagens de voz que tinham prioridade.

Um pouco depois, quando viu que Ford estava voltando na direção dela, seu coração começou a acelerar e as palavras no e-mail que ela estava digitando sobre a escritura de uma propriedade ficaram embaçadas na tela do computador.

— Sua equipe é ótima — elogiou ele com um sorriso ao entrar no seu escritório. — E eles adoram você.

Ela clicou em Enviar no e-mail, fechou o computador e disse:

— Também adoro o pessoal todo. — Ela se levantou, pegou a bolsa e disse: — Parabéns novamente pela casa maravilhosa. Vamos tomar um champanhe para comemorar?

Ford ficou surpreso e com certeza eletrizado com a sugestão, e ela falou para Orlando que estaria fora do escritório por algumas horas. Ainda assim, sabia que passar algumas horas sozinha com Ford era uma má ideia. Na realidade, uma *péssima* ideia, Mia tentou justificar, dizendo a si mesma que não podia tratá-lo de maneira diferente da que tratava os outros clientes que gastavam milhões de dólares para comprar uma casa.

Quando Ford abriu a porta do carro e ela sentou-se no banco de couro macio, Mia não pode negar que as mentiras que estava falando para si mesma sobre ele estavam ficando cada vez mais patéticas com o passar das horas.

Não gosto dele.

Ford tinha sido meigo com seus funcionários, maravilhoso com sua família no casamento... E se ela não estivesse tão ocupada brigando consigo mesma para que ele não a magoasse novamente, já estaria completamente apaixonada por ele.

Essa comemoração será estritamente profissional.

Considerando que suas reuniões de negócios nunca incluíram beijos ardentes antes, e ela tinha cem por cento de certeza de que aquela comemoração incluiria, Mia iria mudar a definição de *negócios* ou teria que aceitar que passar o dia com Ford seria muito mais que só uma transação imobiliária.

Nossa conexão é somente sexual, não importa que ele diga o contrário.

Ah, como ela gostaria que fosse verdade! No entanto, nunca existiu um momento com Ford, tanto no passado quanto agora, em que seu coração não estivesse em jogo.

Dezoito

— Todo mundo comenta que chove muito em Seattle — disse Ford enquanto Mia colocava a cesta de piquenique em cima do cobertor grosso que eles tinham trazido para fora da casa nova e ele abria o champanhe. — Mas toda vez que estou aqui o sol brilha e o céu está azul.

— Agora que você é um morador, acho que posso contar nosso segredo. — Ela se inclinou e sussurrou: — Nosso clima é na realidade maravilhoso quase o ano todo. Mas não diga a ninguém, está bem?

Claro que Ford se aproveitou da proximidade para abraçá-la e lhe dar outro beijo antes de concordar: — Combinado.

O beijo foi rápido dessa vez, mas tão incrivelmente meigo que Mia deixou escapar um suspiro de desapontamento quando Ford se afastou para abrir a garrafa de champanhe.

Ela sabia que eles tinham que continuar a discussão que começaram no escritório, mas queria se sentir mais segura antes que isso acontecesse, então, em vez de continuar, ela disse: — Esta sempre foi uma das minhas áreas favoritas da cidade. Na verdade, minha escola era bem perto daqui. Meus pobres professores. Sempre fui bagunceira, minhas marias-chiquinhas voavam pela sala e eu falava o tempo todo durante a aula.

— Algo me diz que você sempre se safava das broncas.

— Eu amava aprender — comentou ela. — Mas também queria estar lá fora correndo e brincando. Olhando para trás, percebo que minha mãe foi incrível, pois me obrigava a fazer a lição de casa, tornando tudo muito mais interessante. Assim que eu acabava minha lição de matemática ou ciências, ela me empurrava no balanço antes de voltarmos para nos sentar com um livro. Um dia espero ser boa assim com meus filhos. — Somente quando ela parou para respirar foi que percebeu que estava novamente fazendo algo que não devia: dividindo com Ford tudo, enquanto ele ficava sentado, escutando.

— Vi você brincando com as crianças no casamento. Eles ficam felizes só por estarem com você. Você vai ser maravilhosa com seus filhos.

— Tive bons professores.

— Sinto muito por não ter tido a chance de conhecer seus pais no casamento.

— Meus pais são maravilhosos, embora às vezes eu desejasse que fossem mais inocentes, como os pais dos meus amigos. Porque se você os tivesse conhecido, eles provavelmente adivinhariam que existe algo entre nós, e aí eles iriam me fazer várias perguntas. — Mia não estava preparada para as perguntas que a família faria, principalmente por detestar mentir para eles, e omitir esses cinco anos já a fazia se sentir perigosamente perto de contar uma grande mentira.

— Por falar em perguntas, meu irmão Ian tentou falar com você?

— Ele me ligou à meia-noite ontem.

Mia gostaria que Ian pudesse confiar nela quando disse que podia tomar conta de si mesma. Provavelmente, ele precisava de um lembrete. Ela pegou a bolsa e o telefone e disse: — Não acredito que ele acha que pode se intrometer na minha...

Ford colocou as mãos na dela para impedir que ligasse para o irmão e começasse uma discussão.

— Ele ama você, por isso entendo por que ele é tão protetor. Eu também não ia querer que ninguém magoasse você. Talvez devesse dar um desconto a ele.

Mia suspirou e relutantemente colocou o telefone de volta na bolsa.

— Pelo menos me conte o que ele falou para você.

— Digamos que... Ele ordenou que eu me comportasse direito.

— Ou o quê? Ele vai entrar no primeiro avião de Londres para Seattle só para te dar uma surra?

— Ou ele vai ligar para seus irmãos para saber informações sobre nós e aí todos podem cuidar da surra.

Ela suspirou irritada e disse:

— Se eu quiser que eles saibam o que está acontecendo, falo pessoalmente.

— Espero que fale, Mia. — Sua linda boca se abriu um pouco para acrescentar: — Apesar de ser muito arriscado passar algumas horas com seus irmãos para qualquer um que você apresente para sua família.

Subitamente, ela pôde visualizar claramente a cena. Ela chegando com Ford em casa e apresentando-o como seu namorado, embora nunca tivesse levado nenhum namorado antes, nenhuma vez em vinte e oito anos. O pai seria muito protetor, mas justo com Ford, a mãe provavelmente se apaixonaria no primeiro sorriso que ele desse, e os irmãos precisariam ser convencidos de que alguém poderia ser bom o suficiente para a irmãzinha deles.

— Sempre tive inveja das crianças do internato que tinham irmãos — confessou Ford, repetindo o que havia falado no casamento.

— Fui mandado para um internato quando tinha cinco anos. Provavelmente, meus pais me mandariam mais cedo, mas nenhum internato de elite pegaria um aluno antes disso.

Apesar de estar agradecida por ele compartilhar algo do seu passado com ela, o olhar triste em seu rosto fez com que Mia quisesse cobri-lo de beijos, fazendo-o se esquecer completamente daquilo.

— Deve ter sido difícil para você ter que sair de casa tão cedo.

— Foi melhor do que ficar em casa com babás. Na escola eu tinha amigos para brincar. Ir para casa nos feriados era a pior parte. Meus pais eram estranhos comigo.

Mia *amava* os feriados em família. Dezenas de dias de ação de graças, natais e páscoas ao longo dos anos foram repletos de risadas e diversão.

Obviamente, seus sentimentos estavam nítidos em seu rosto, pois Ford disse:

— Não tenha pena de mim. Pode até ser que meus pais nunca se importaram comigo, porém eles nunca me machucaram física nem verbalmente. E ninguém nunca me disse não também. Havia muito dinheiro e influência por trás do meu sobrenome. Nunca passei fome nem me machuquei.

Mia sabia tudo sobre orgulho e até onde as pessoas iriam para protegê-lo. Afinal de contas, quando realmente precisou de apoio dos amigos e da família cinco anos atrás, quando ela e Ford terminaram tudo, ela os afastou. Que Deus proíba que eles saibam que ela falhou ou que tomou uma decisão errada.

— Quando terminamos... — De repente ela precisou que ele soubesse: — Disse a mim mesma essas coisas. Que eu não estava com fome. Não estava machucada. Tinha um apartamento maravilhoso e uma carreira também. E não suportaria a ideia de meus amigos ou minha família terem pena de mim. Ou pior, acharem que eu estava fazendo um escarcéu por nada. Então, fiquei quieta. Mas a verdade é que eu *precisava* deles. E, quando finalmente contei tudo para minha melhor amiga depois de ver você na sexta, em vez de me sentir uma boba, eu me senti amada. E mesmo sabendo que meus amigos e minha família vão sempre me amar, não importa o que aconteça, ainda trouxe o orgulho comigo ao casamento do meu primo e estava com medo de que as pessoas descobrissem sobre nós.

Ford pegou a bolsa dela e entregou o telefone para ela dizendo com um sorriso:

— Tome, pode ligar para eles e contar sobre nós.

Mia pegou o telefone, rindo.

— Se eu achar que faz sentido contar a todos sobre nós, prometo passar uma tarde inteira ligando para cada um deles para contar a novidade.

Talvez tivesse sido uma coisa louca para dizer, mas, de repente, as chances de um futuro com Ford já não pareciam *completamente* fora da realidade. Afinal de contas, ele tinha acabado de comprar aquela casa em Seattle e estava começando a contar coisas importantes da sua vida.

Mia sabia que era fácil para ele se concentrar mais nela do que nele. E por mais raiva que tivesse alimentado durante os últimos cinco anos, agora que ela tinha passado alguns dias com ele não podia negar que estava gostando dele de novo. Mas, há cinco anos, toda vez que perguntava sobre o passado dele, Ford a jogava na cama e fazia amor com ela até que se esquecesse da pergunta. E tinha uma grande diferença entre implorar para ele falar sobre o passado e ele falar espontaneamente, não tinha?

Ou era seu orgulho falando de novo? Porque se estivesse pensando em ter um relacionamento com Ford, Mia não podia trancar seu coração numa jaula.

Ela jogou o celular na bolsa, olhou nos olhos dele e disse:

— Acho que não terminamos a nossa conversa sobre você e sua família, terminamos?

Ford ficou em silêncio por um bom tempo antes de falar.

— Aquela semana com você aqui em Seattle foi o mais próximo que estive de alguém. Estava muito acostumado a estar sozinho, a trilhar meu próprio caminho, e os outros que se danassem. E lá estava você. Não somente deslumbrante, a criatura mais sensual em quem eu já tinha tocado, e você se abriu toda e me deixou entrar. Isso me assustou muito, Mia.

Ela conseguiu entender tudo o que ele tinha dito, até mesmo quando admitiu que teve medo.

— Por que o fato de eu gostar de você o assusta?

— Por muito tempo, eu disse a mim mesmo que não precisava de mais ninguém, que não me importava se alguém nunca amasse meu verdadeiro eu, que era suficiente ter os fãs gritando *eu te amo* da plateia por amarem a minha música em vez do homem atrás da guitarra e do microfone. Mas aí, desde o primeiro momento que você invadiu minha vida, era tão fácil, muito fácil, precisar de você e querer você o tempo todo. Sentia que não podia respirar sem você, não conseguia mais me ver vivendo o resto da minha vida como um homem em uma ilha. E ainda era pior porque eu sabia que você era muito independente e amava muito seus amigos, sua família e sua carreira para dizer sim a um ultimato.

— Você está dizendo que já tinha ido embora antes mesmo de me perguntar se eu largaria tudo por você?

— Não sabia como ficar.

Mia precisava saber:

— E agora você acha que sabe?

Ford soltou um longo suspiro e disse:

— Com certeza, espero que sim. Porque se eu magoar você de novo, não serão seus irmãos que me cortarão em pedaços. Eu mesmo o farei.

Ninguém poderia chamar Ford de frágil. Mas, pela primeira vez, Mia viu a vulnerabilidade que ele se esforçava tanto para esconder de todos. Incluindo dela, até agora.

— Quando o vi na sexta — disse ela, cuidadosamente —, supus que você não tinha pensado em mim nesses cinco anos. Mas, mesmo sabendo que estava errada, você tem que entender que realmente tentei não pensar em você. Pelo menos até os últimos dias. Quer dizer, obviamente não consigo resistir a você quando nos beijamos, mas...

— Amigos — lembrou ele. — Quero que sejamos amigos primeiro. — E, para provar o que dizia, Ford pegou o champanhe e encheu os dois copos. Entregando um a ela, ele disse: — A uma linda amizade.

Ford tinha prometido que não iria pressioná-la, e, enquanto uma parte dela se sentia aliviada por ele cumprir a promessa antes que eles brindassem, a outra parte não pôde resistir e perguntou: — Você sempre beija suas amigas na boca?

— Normalmente, não — garantiu ele com um riso forçado, pois entendia de onde vinha a pergunta. — Mas como estou em um processo de mudança, por que não colocar beijo na boca entre as regras da amizade?

Os lábios de Mia estavam formigando, embora ele a tivesse beijado há poucos minutos. Droga, seu corpo inteiro estava formigando só por estar perto dele.

Mia sugeriu:

— Já que existe uma diferença muito grande entre beijar e transar, talvez eu devesse fazer uma lista do que podemos fazer e eu digo até onde você pode chegar.

Seus olhos rapidamente escureceram-se de desejo.

— Meu Deus, você me seduz, Mia. — Mas em vez de tocá-la da maneira que Mia queria que ele a tocasse, Ford disse: — Mesmo se você fizer uma lista que sabe muito bem que me deixará louco, seremos amigos primeiro antes de eu fazer amor com você novamente. É uma promessa que estou fazendo a nós dois e não irei quebrá-la.

Mia conhecia muitos homens ricos e poderosos. Os que eram seus parentes eram ótimos, porém os outros normalmente pegavam o que queriam sem se preocupar com o que as outras pessoas precisavam ou queriam. Ford poderia tê-la na cama àquela altura. Mas, em vez disso, parecia muito comprometido em ter algo a mais que algumas transas.

Quem poderia pensar que aquilo seria possível?

Ela com certeza não.

Por mais que o tal plano de amizade sem sexo fizesse absoluto sentido, Mia não ia se importar de quebrar regras com as quais nem colaborou para formular. Sendo assim, não conseguia parar de provocá-lo.

— Realmente acredito que talvez você esteja certo sobre a amizade ser o que estava faltando no nosso relacionamento antes, mas...

— Por que tenho a impressão de que o seu *mas* vai me levar ao limite da razão?

Mia sorriu, adorando que ele já a conhecia tão bem, apesar de estarem no começo da caminhada da amizade.

— *Mas* não vejo por que ter alguns orgasmos de vez em quando quebraria a regra de não nos envolvermos sexualmente até sermos amigos.

— Nunca saberei a maneira certa de amar você se também não souber ser seu amigo, Mia. — Seu olhar foi penetrante ao perguntar: — Se um orgasmo fizesse com que eu soubesse, eu morreria para dar um a você bem agora. Diga-me, fazer você ter um orgasmo agora vai nos tornar melhores amigos?

Mia engoliu em seco. Toda vez que tentava levar as coisas de maneira mais leve, ele fazia questão de deixar bem claro que estava levando a sério o fato de querer estar com ela.

— Não, não vai — respondeu ela honestamente.

Ford disse de maneira suave: — Eu achava que não. Você sabe o que irá?

Era uma ótima pergunta, mas ela não tinha pensado nisso antes. E, mesmo que tivesse, Mia não tinha certeza de que seu cérebro estava concentrado nessa história de amizade. Não quando seu coração sempre tinha sido responsável por em quem ela confiava e quem ela amava.

Tão difícil que Mia tinha prometido a si mesma que não deixaria seu coração levá-la para o caminho errado novamente com Ford; ela não podia lutar contra o desejo incontrolável de pegar sua mão e deitar embaixo do cobertor para olhar o céu azul.

Eles ficaram em silêncio por um bom tempo, de mãos dadas, enquanto observavam as nuvens brancas mudarem de forma lentamente. Os pássaros voavam de um lado para outro entre os pinheiros.

Finalmente Mia disse:

— Acho que pode ser um começo.

E, quando Ford se virou para ela e sorriu, os últimos pedaços de gelo ao redor do coração de Mia derreteram, e ela soube que aquilo era mesmo um começo.

Dezenove

A terça-feira chegou rapidamente e parecia ser um dia corrido para Mia, com tantas visitas a casas que não deu tempo para tomar café da manhã nem para almoçar. Não deu nem mesmo para tomar um cafezinho decente, Mia lamentou, pensando na máquina de *espresso* do escritório de que ela tanto gostava, para fazer o cérebro funcionar logo cedo, como se fosse um motor.

E esse motor acelerava para a vida toda vez que ela pensava em Ford, vacilando quando lembrava a si mesma para não repetir os erros do passado e se apaixonar rápida e loucamente por ele de novo. Eles só tinham trocado alguns beijos em cima do cobertor no jardim, mas tinha sido o suficiente para abalar seus sentidos, fazendo com que ela acabasse aceitando um cliente de última hora para uma visita improvisada só para se afastar dele e poder pensar.

Mia tentou ser racional sobre tudo o que ele fez, tudo o que disse desde que reapareceu na sua vida na sexta de manhã, mas pensar racionalmente sobre qualquer coisa relacionada a Ford nunca foi seu forte. Era mais fácil pensar que achava que ele só queria mesmo seduzi-la gratuitamente. De verdade, apesar de querer loucamente ficar com ele, Mia entenderia se Ford também só quisesse isso.

Mas saber que queria ser amigo dela primeiro?

Era a maneira certeira de ir direto ao meu coração, roqueiro.

E, apesar de pensar nele o tempo todo desde que se separaram no dia anterior, Mia não estava preparada para entrar na imobiliária Sullivan e encontrá-lo sentado na recepção com as pernas longas esticadas, conversando com a recepcionista.

— Aí está você — disse Ford, levantando seu corpo maravilhoso lentamente e a encarando com tanta paixão ardente que ela achou que seu cabelo corria o risco de pegar fogo. — Você tem um minuto?

Mia não sabia se ria ou chorava com a surpresa. Por que ele não telefonou para dizer que precisava encontrá-la? Ela não somente vendeu uma casa cara para ele, mas também eram....

Ela suspirou. Isso era o que eles estavam tentando compreender, não era? Eles eram ex-amantes? Amigos?

Ou algo mais?

— Claro. Vá ao meu escritório. Estarei lá em um segundo e poderemos conversar sobre o que você precisa.

Ford a analisou por um minuto e perguntou:

— E se eu fizer um café para você antes de ir para lá?

Ela quase gemeu sentindo alívio só de pensar em cafeína.

— Por favor. A máquina está na copa. Orlando vai lhe mostrar onde fica.

Assim que ele se dirigiu para a parte principal do escritório como se fosse o dono do lugar, Betsy disse:

— Desculpe, eu queria mandar uma mensagem para avisá-la que ele estava aqui, mas ele insistiu para esperarmos até você terminar as suas visitas. Acho... — A recepcionista parou de falar abruptamente como se não quisesse parecer intrometida.

— Gostaria muito de saber o que você acha — disse Mia para a funcionária de que ela gostava muito e confiava para lidar com ligações e com clientes em potencial.

— Acho que ele não queria ir a nenhum lugar. Porque apesar de algumas pessoas entrarem para pedir um autógrafo quando percebiam quem ele era, tive a sensação de que ele se sentia à vontade aqui.

— Há quanto tempo ele está esperando?

— Há uma hora.

— Ele ficou sentado aqui por uma hora?

— Honestamente, a hora voou. Falamos dos meus filhos e netos e ele tinha várias perguntas sobre as escolas locais e a liga júnior de beisebol, e as aulas de ginástica. Ele tem filhos?

— Não — respondeu Mia, e pensando no que ele lhe disse enquanto andavam pela casa que ele acabou de comprar, ela acrescentou: — Ainda não.

Pelas paredes de vidro do escritório, ela podia ver que Ford estava rindo com os funcionários-tietes. Orlando estava conseguindo se controlar melhor, mas os outros estavam muito empolgados. Obviamente Ford não fazia bem para a produtividade dos seus funcionários. Mas talvez isso não fosse um problema, pois sua presença deixava os muito felizes.

Claro, Mia tinha duas estrelas bem próximas, contudo nunca tinha visto alguém que não fosse da sua família lidar tão bem com a fama. Enquanto os outros músicos com quem ela trabalhou para encontrar uma propriedade faziam questão de que ela não se esquecesse por um minuto sequer de com quem estava lidando, Ford parecia querer se esforçar ao máximo para fazer exatamente o contrário.

— Obrigada por fazer companhia a ele, Betsy.

— Foi um prazer — respondeu Betsy corando e continuou: — Ele é um colírio para os olhos, não é?

— Sim — concordou Mia, rindo do comentário. — Com certeza ele é!

* * *

Ford estava com o café fumegante na mesa quando Mia entrou no escritório.

Ela pegou o café, com um suspiro que significava *Graças a Deus*, e imediatamente tomou um gole.

— Droga! Nunca pensei que teria ciúme de uma xícara de café. Mas não tenho certeza de ter visto você me olhar assim antes.

Felizmente, Mia já podia sentir o efeito do abençoado café triplo que ele tinha feito para ela e o encarou com a sobrancelha arqueada, perguntando:

— Você não esperou uma hora com a Betsy para me fazer elogios, não é?

— Não — confirmou ele. — Vim porque ver você é a melhor parte do meu dia.

Mesmo excitada pelas palavras doces, ela disse: — E?

— Você sabe que estou sendo sincero. Ver você faz tudo parecer mil vezes melhor, mesmo sabendo que não posso tocá-la, pois todos os seus funcionários estão olhando para nós. — Ford sorriu para ela, que estava encantada com o que ele havia acabado de admitir. — Mas já que você mencionou, gostaria que me ajudasse com algo.

— Tem algum problema com a casa?

— Não, a casa é ótima. Estava filmando uma campanha para o Projeto de Música Experimental, hoje de manhã, para o show de

Seattle deste sábado e o gerente estava falando de todas as crianças que vêm à sessão de música do museu e não querem ir para casa no fim do dia, pois ficam presas. Eu era igual e sei que se tivesse um lugar assim onde pudesse conviver com toda a história da música, a inspiração do prédio do Projeto de Música Experimental teria ajudado. — Quando ele olhou de novo para ela, seus olhos estavam vivos, cheios de entusiasmo. — Quero abrir um lugar assim para crianças em Seattle, aonde elas possam ir e tocar músicas com outras crianças. Um conservatório de rock. Traríamos músicos locais e famosos que me devem alguns favores.

— Parece maravilhoso, Ford! — O entusiasmo dele era contagiante.

— Vai ser maravilhoso mesmo, mas preciso que você encontre o lugar perfeito.

— Já estou dois passos à sua frente. — Assim que ele começou a falar sobre a ideia, Mia folheou alguns espaços comerciais disponíveis perto do museu. Ela rapidamente olhou no computador e imprimiu os dois primeiros locais escolhidos. — O que você acha destes aqui?

Ford examinou as informações e assentiu: — Quanto tempo demora para chegar lá? Alguma chance de você estar livre agora?

Mia soltou um assobio.

— Uau, você realmente está falando sério, não está?

— Gostaria de anunciar este projeto no show de sábado, se possível.

Claro que Mia não estava livre. Mas, de alguma maneira, Ford tentava fazer com que ela quebrasse as regras habituais sem esforço nenhum.

— Orlando — ela chamou o assistente no intercomunicador. — Você poderia assumir duas visitas de hoje à tarde?

Ele com certeza estava pronto para encarar mais responsabilidades, e quando cumprimentou Ford e depois alegremente saiu para achar casas para os clientes, Mia percebeu que precisaria procurar um outro assistente em breve e deixá-lo fazer parte do ranking de corretores em período integral.

— Tenho certeza de que uma estrela como você deveria perder tempo em banheiras cheias de champanhe e tietes, e não criando refúgios musicais para crianças — asseverou ela antes de entrar no táxi em frente ao escritório. — Você continua me surpreendendo.

— Já fui bem tolo antes.

— Nós dois fomos. — Mesmo sabendo que ambos tinham amadurecido nos últimos cinco anos e ela o havia perdoado pela maneira como a abandonou, ainda existiam alguns pontos doloridos.

Sentada ao lado dele no banco de trás do táxi, Mia sentia o magnetismo entre as suas mãos. A teimosia falava para manter a mão no colo, mesmo sabendo como era bom deslizar os dedos nos dele.

— Devo dizer uma coisa para você — disse Ford quando Mia abriu a porta do táxi em frente ao museu, que ficava a um quarteirão das propriedades. — Haverá uma pequena equipe de filmagem conosco hoje à tarde.

— Uma equipe de filmagem? Você falou para a imprensa que olharíamos essas propriedades?

— Não. — Ele parecia um pouco desconfortável. — Há um documentário sendo feito sobre minha música. Natasha estava no museu filmando hoje de manhã quando tivemos a ideia do conservatório. — No momento que ele terminou de explicar, já tinha pegado o telefone do bolso. — Esqueça que mencionei isso. Vou dizer para ela não vir hoje.

Praguejando, Mia colocou a mão em cima da dele para impedi-lo de cancelar a filmagem.

— Nunca conheci ninguém que pressiona tanto quanto você — suspirou Mia, trabalhando a frustração de ter as câmeras voltadas para si. — Mas tenho certeza de que ela está certa, e você tem que filmar isso. Você está fazendo algo grandioso e importante. — Já que tinha concordado em ser sua corretora, isso significava que ela seria filmada com ele, sem levar em consideração o que aconteceria com eles dali para frente. — Posso lidar com a equipe de filmagem.

Seus dedos mal encostaram na maçaneta de novo quando Ford falou:

— Tem mais uma coisa que eu provavelmente deveria mencionar.

É claro que tinha, Mia pensou ao olhar para trás por cima dos ombros para ele:

— O que é agora?

— Natasha já sabe quem você é. — Antes que ela perguntasse como, ele explicou: — Estávamos olhando clipes antigos, e ela encontrou alguns conosco na noite em que nos conhecemos. Eu não tinha falado sobre você, não tinha falado nada da minha vida pessoal. Mas ela viu você e *soube.* — O motorista do táxi estava totalmente fascinado com a conversa, mas nem Mia nem Ford estavam dando a mínima. — Ela me perguntou como pude ser tão estúpido de largá-la quando você claramente significava tudo para mim.

A cabeça de Mia estava rodando.

— Foi por isso que você voltou. — Suas palavras eram quase um sussurro.

— Ela me ajudou a tomar a decisão final, mas fui eu que finalmente assumi o fato de que queria ter voltado todos os dias por cinco anos. Sinto muito ter demorado tanto para deixar meu orgulho de lado. Estou mais arrependido do que você imagina. — Ford franziu o cenho e declarou: — O orgulho teria arruinado tudo se eu não tivesse me dado conta.

Ele estava certo sobre o orgulho, sobre como podia arruinar vidas. Mia sabia que deveria pensar muito sobre o seu próprio orgulho no que dizia respeito a Ford. Pois uma coisa era ser cuidadosa para não cometer o mesmo erro pela segunda vez, e outra completamente diferente era ser teimosa apenas para ganhar. Em especial se vencer significasse não ficar com ele.

Infelizmente, agora o taxista começava a olhar para Ford com mais atenção, e a última coisa que ela queria era que uma conversa pessoal com um dos maiores astros do rock fosse parar em um site de fofoca mais tarde. Seria muito fácil para o taxista pegar o celular e gravar o restante da conversa. Relembrando, Mia tinha certeza de que eles não disseram seus nomes nem o que faziam da vida. Àquela altura seria especulação dele que havia uma celebridade sentada no banco de trás do táxi.

Apontando para o motorista, ela agradeceu: — Obrigada pela corrida. — Virando-se para Ford, disse: — Vamos, Jeffrey. Estamos atrasados para o documentário que estão filmando sobre o seu problema secreto com a acne.

Ford gargalhava ao bater a porta atrás dele: — Jeffrey? Acne?

Ela deu um tapinha no seu lindo rosto.

— Não se preocupe, você vai superar isso um dia. Se as meninas forem espertas, elas esperarão por você.

Ele ainda estava rindo quando Mia foi cumprimentar a mulher inteligente que estava entre dois homens com câmeras grandes.

— Você deve ser Natasha. Sou Mia. Soube que você é a responsável por trazer você sabe quem de volta à minha vida.

— E?

Mia olhou para Ford, e um grupo de turistas que saía do museu o reconheceu e o rodeou, então ela disse: — O júri ainda está decidindo.

Ela sempre admirou como Ford era fantástico com os fãs, mas dessa vez Mia queria que ele não fosse tão afetuoso assim enquanto elas competiam para conseguir um autógrafo. Algumas mulheres estavam perto demais e, quando uma delas perguntou se ele assinaria os peitos dela, Mia cerrou os punhos.

Naquela semana, eles estiveram juntos somente na casa da torre, na vinícola do primo de Mia em Napa e no seu escritório. Como ela podia ter se esquecido de que as mulheres se atiravam nele aonde quer que ele fosse? Ou que groupies fariam qualquer coisa para tentar levar Ford para a cama?

Mia nunca foi uma mulher insegura, mas quem não se sentiria ameaçada em uma situação como aquela? Não importa se ela havia esquecido o passado ou não.

— Estive pelo mundo com Ford por meses — disse Natasha. — Mas sabe qual foi a primeira coisa que me impressionou nele?

Mia mal podia tirar os olhos da fã que estava praticamente fazendo topless. — O quê? Como ele é talentoso?

Natasha balançou a cabeça.

— Que ele nunca saiu com uma fã nem trouxe nenhuma para o ônibus.

Agora ela tinha toda a sua atenção.

— Nunca?

— Não. Nenhuma vez. Quando percebi que ele não estava nem um pouco interessado nas meninas que se atiravam nele, soube com certeza que ele era um bom moço. E — acrescentou Natasha depois de uma ponderada pausa — foi quando também soube que seu coração já devia pertencer a alguém.

— Você não está fazendo só um documentário sobre ele por que é isso que você faz, não é? — Mia estudou a ruiva com novos olhos. — Você também é amiga dele.

— É fácil gostar dele. Natasha concordou.

E de amar, Mia se pegou pensando antes que pudesse evitar.

Vinte

Ford estava eufórico, algo que só o palco e Mia faziam com ele. Demorou poucas horas para eles concordarem que o grande depósito a meia quadra do museu era a melhor opção para o conservatório. Ford tinha perguntado a Mia qual seria um preço justo pelo imóvel e quando ele pediu a ela que fizesse uma oferta verbal rapidamente ao proprietário, foi aceita de imediato.

Com certeza, tudo estava acontecendo rápido demais, mas eram coisas importantes. Uma casa de frente para o lago em Seattle. Um local perfeito no centro para um conservatório para crianças que podiam usar a música para sair de uma vida medíocre e melhorar.

Enquanto observava Mia lidar com toda a pilha de contratos que ele acabara de assinar pela propriedade comercial, ele concluiu que tinha a mulher mais linda do mundo de volta na sua vida.

Já que seus funcionários tinham encerrado o expediente do dia, em vez de ir para o escritório, Mia sugeriu que eles imprimissem e passassem um fax do seu apartamento. Pediram comida chinesa e comeram nas embalagens enquanto ela mostrou para ele a interminável quantidade de papéis — pelo menos o dobro para a propriedade comercial que para a casa que ele comprou no dia anterior.

Mia se mantinha muito profissional enquanto verificavam tudo, e, quando ela revia os detalhes finais dos contratos, Ford se levantou para estudar as fotos que cobriam quase todas as paredes da sua casa. As janelas eram grandes e o pé-direito era alto, mas tinha tanta cor, vida e personalidade que mesmo com a sala de estar e jantar sendo grande não dava a impressão de ser um lugar frio e limitado. A casa que ele acabou de comprar era maravilhosa, mas ele sabia que, se Mia fosse morar com ele, ela seria a pessoa encarregada de dar vida ao lugar.

Há cinco anos, quando o número de fãs começou a multiplicar do lado de fora do seu quarto de hotel, eles decidiram que seria mais fácil se desaparecessem por uma noite na casa dela. Apesar de seu apartamento anterior ser menor, Ford amou o lugar. Mia com certeza tinha o dom para criar lares aconchegantes e talvez, por ser o primeiro que ele conheceu, foi uma surpresa a quantidade de fotos de amigos e familiares.

Talvez, admitia agora, aquilo tenha feito ele se sentir mais solitário e tivesse sido a razão por ele ter fugido da maneira como fez no fim daquela semana.

Ele pegou um porta-retrato pequeno que tinha a foto dela com os irmãos quando eram crianças. Ela estava no ombro do irmão mais velho e somente uma maria-chiquinha estava no lugar, o que indicava que eles tinham brincado muito antes de tirar a foto. Ele olhou para ela por cima da foto. Mesmo com o cabelo brilhante e perfeito, Ford ainda podia reconhecer facilmente a menina feliz e despreocupada que Mia tinha sido na maravilhosa e refinada mulher que ela é agora.

Ele colocou o porta-retrato no lugar e pegou outro em que ela estava com os pais e foi tirada no dia da formatura do ensino médio.

Eles estavam muito orgulhosos da filha e, em vez de parecer que Mia queria fugir do abraço, ela estava com o corpo apoiado em ambos como se não houvesse outro lugar onde gostaria de estar.

Era quase meia-noite quando ela anunciou:

— Toda a documentação está a caminho agora. Parabéns! — Ela apertou a mão dele, e ele usou isso para puxá-la mais para perto.

Mas o obrigado sensual que ia dizer secou ao perceber como ela estava rígida ao encostar nele. Claramente, agora foi possível entender que o modo executiva que ela usou a noite toda não era somente para não deixar passar nenhum detalhe da transação da propriedade.

Ford roçou o polegar no seu lábio inferior: — Está tudo bem?

Mia hesitou um momento antes de dizer: — Deveria perguntar isso a você. Afinal de contas, você é o homem que gastou menos tempo para pensar em comprar uma propriedade comercial enorme do que a maioria das pessoas leva para escolher o jantar. — Embora ele não tivesse deixado escapar o fato de ela não ter respondido sua pergunta, sua boca estava tão tentadoramente perto que ele perdeu o fio da meada e só conseguia pensar em como era bom abraçá-la e em quanto queria beijá-la.

Sua boca estava quase tocando a dela quando ele olhou cuidadosamente para seus lindos olhos, que estavam muito desconfiados. E, apesar de o sangue estar bombeando perigosamente nas veias, Ford ainda não podia deixar de notar que Mia estava muito mais nervosa naquele momento do que de manhã no escritório.

— Algo está errado. — Ele não estava perguntando dessa vez. — Preciso que você me fale no que está pensando, Mia?

— Você sabe que é o único homem na história da humanidade que perguntou para uma mulher o que ela está pensando, não sabe?

Ford concordou: — Provavelmente sou o único que realmente quis dizer isso também. Veja bem — explicou, tentando adivinhar qual problema poderia ser —, sei que tomei essa decisão sozinho de sermos amigos antes de transarmos. E sei que você não gosta que os outros deem limites a você, assim como também não gosto. É esse o problema?

— Você está certo, nunca gostei que os outros tomassem decisões sobre o que é melhor para mim. Mas — disse ela, balançando a cabeça —, esse não é o problema. — Mia virou o rosto para que ele não visse a sua vulnerabilidade. — Todos esses anos que ficamos separados, eu estava muito transparente, forte e certa de que não precisava de você e que não correria o risco de me apaixonar novamente por você. Mas, hoje, quando observei você falar com a Natasha e as câmeras sobre crianças que precisam da magia da música em suas vidas, fiquei muito orgulhosa de você por colocar energia e dinheiro em um conservatório que vai fazer muita diferença. — Ela suspirou. — E foi aí que percebi que estava cheia de tudo isso.

Ford ficou admirado quando ela admitiu que estava se apaixonando por ele novamente. Lógico que ele podia sentir nos seus beijos, podia ver no seu sorriso, mas aquilo era muito mais do que ela tinha dito em palavras até agora. Ao mesmo tempo, ele detestava saber que isso a preocupava.

Mia acrescentou com voz suave:

— Mesmo agora, apesar de dizer a mim mesma várias vezes que eu deveria ser mais esperta, que você poderia dividir a cama com qualquer fã que vimos hoje em frente ao museu se você quisesse, quero muito mais do que o beijo de boa-noite que tenho certeza de que você está planejando me dar para poder manter o voto de amizade.

Ela estava certa sobre o beijo de boa-noite, mas ele morreria ao abandoná-la de novo naquela noite e precisava que ela soubesse:

— Não quero as fãs, Mia. Você é a única que quero. A única que sempre quis.

— Então prove para mim — pediu ela com uma voz rouca que o eletrizava. Ford se apoderou da sua boca antes que ela pudesse terminar a frase, e o gosto doce dela foi o que bastou para perder o frágil autocontrole. Um minuto depois ele a recostou na parede e a levantou de modo que suas pernas estavam em volta dos quadris dele. Ford precisava ficar o mais perto dela possível. E, quando pressionou a ereção coberta pelo jeans no corpo dela e Mia suspirou de prazer, ele aproveitou para sugar a língua dela em sua boca.

Ele tinha planejado dar um beijo de boa-noite docemente sedutor e não ter aquele ataque pecaminoso em cada centímetro de sua boca, mas quando tentou recuar, viu-se fazendo o contrário. Ford entrelaçou a mão em seus longos cabelos e bruscamente puxou sua cabeça para trás, assim ele podia atacar a pele suave do seu pescoço com os lábios, língua e dentes.

Mas ele não era o único que estava perdendo a cabeça, pois Mia colocou as mãos embaixo da camisa dele, e arranhou seu peito. Quando Ford passou a língua em seu ponto mais sensível, bem entre o pescoço e o ombro, Mia teve que se segurar para se manter firme contra o corpo dele ao estremecer diante do enorme prazer.

Dez segundos. Era tudo de que ele precisava para tirar as roupas e transar com ela. Ela estaria tão quente, tão excitada e tão pronta para tudo o que ele poderia lhe proporcionar que todos os seus pensamentos o faziam ficar estático de modo que tudo que conseguia escutar era o pulsar forte do sangue em seus ouvidos.

Que droga, pare! Ele não perderia a chance de tê-la para sempre em troca de alguns minutos perfeitos rolando nu com ela pelo chão.

Praguejando tão alto que reverberava do chão ao teto no condomínio dela, Ford tirou a boca do pescoço dela e colocou Mia no chão.

Ela respirava ofegante ao encará-lo, a pele rosada e maravilhosa, os olhos brilhantes de excitação ao sussurrar:

— Não sabia que um beijo de boa-noite poderia ser assim.

Ford sabia que devia se afastar dela, mas quando Mia se aproximou para tocar o rosto dele, ele soube que ficaria se ela pedisse. Todas as promessas que fez, todas as boas intenções desmoronariam diante da necessidade de estar com Mia naquele momento, naquela noite, para sentir o gosto do prazer que acabaram de sentir multiplicar-se por mil.

— *Vá.*

Os olhos dela estavam negros de desejo, e Ford sabia quanto tinha lhe custado dizer aquela única palavra, pois para ele também tinha sido muito custoso. De alguma maneira, ele conseguiu dar um passo para trás, depois outro e depois outro, até chegar à porta atrás dele.

Vinte e um

No momento em que Ford entrou inesperadamente no escritório de Mia na quarta de manhã, um burburinho de excitação começou a se formar entre os funcionários novamente. Ele era apenas um ser humano, mas, em todo lugar onde aparecia, uma energia crepitante o seguia. E por isso era quase impossível esconder-se com Ford em um lugar público. Não importava o disfarce que ele usasse, nem quanto o lugar estivesse deserto, as fãs podiam sentir a sua presença.

E era óbvio pela forma eufórica como seus funcionários ficaram quando ele cumprimentou um a um pelo nome que ninguém tinha se acostumado a estar ao lado de Ford ainda.

Será que um dia eles se acostumariam? Isto é, se Mia e Ford conseguissem fazer o relacionamento dar certo? Essa era a verdadeira pergunta que a deixou acordada quase a noite toda para tentar descobrir.

— Bom dia, linda!

Ford segurava um copo de café para viagem, mas foi o cheiro de quem acabou de sair do banho que a atingiu primeiro. Isso e o fato de estar mais lindo a cada dia que passava. A idade, Mia sabia com absoluta certeza, faria apenas com que ele se tornasse ainda mais desejável.

— Você aqui de novo? Você vem aqui com tanta frequência que acho que vou colocá-lo na folha de pagamento, o que você acha?

Ela tinha que provocá-lo ainda mais porque era *muito* bom vê-lo. Bem melhor do que deveria ser, considerando-se que fazia menos de doze horas que ele tinha dado o beijo de boa-noite mais quente do mundo. Um beijo que a deixou tão cambaleante quanto os sentimentos que nutria cada vez mais por ele.

— Espero que café com leite e avelã ainda seja seu favorito.

O coração acelerou e as pernas ficaram trêmulas quando Mia pegou a xícara da mão dele.

— É, sim, obrigada.

Ela não podia evitar que sua voz saísse ofegante, não quando cada parte do seu corpo desejava o dele. Sabendo que ela derrubaria o café pelando nos dois se não o apoiasse em algo, ela o colocou sobre a mesa cuidadosamente.

— Tenho que ir para Oregon em alguns minutos. O ônibus está bloqueando o trânsito, mas eu não podia ir sem ver você primeiro.

— Fico feliz que tenha vindo.

E Mia realmente estava. Ela não tinha certeza se o céu estava ensolarado antes da chegada dele, mas agora que ele estava ali sentia como se estivesse em uma praia no Caribe, se bronzeando, em vez de estar no noroeste pacífico com o céu nublado e frio.

Ah, ela queria tanto tocá-lo que suas mãos estavam trêmulas de vontade. Porém, sabia que seus funcionários estariam observando pela parede de vidro do escritório... e mesmo um leve toque serviria para admitir que ela estava com Ford.

Os olhos de Ford estavam negros e com o mesmo desejo impaciente dela, mas, surpreendentemente, ele não a pressionou. E, conforme prometido, não houve ultimato dessa vez.

Seria mais fácil, muito mais fácil, se houvesse. Pois, se ele a agarrasse e a beijasse na frente dos funcionários, como Mia poderia fazer algo que não fosse se entregar? E não teria que tomar uma decisão muito difícil que era estar ou não com ele. Simplesmente aconteceria por ela não ter forças para lutar contra o sentimento.

Seus lábios se curvaram um pouco como se ele pudesse ler sua mente:

— Quero muito beijá-la, Mia, isso está acabando comigo.

Ford engoliu em seco e ela também ao se maravilhar com a visão de como até seu pescoço era lindo e sensual. Meu Deus, como queria poder arrancar as roupas dele para que pudesse relembrar de cada milímetro do seu corpo maravilhoso...

— Mas prometi que esperaria, por nós dois. Pelo nosso futuro — lembrou ele em voz baixa.

— E se eu não quiser mais esperar? Você quis que fôssemos amigos primeiro, e somos. Você sabe que somos, mesmo que tenham se passado poucos dias desde que você voltou para minha vida.

— Não quero apenas ser seu amigo, Mia. Quero ser o melhor amigo que você já teve. Mas ainda não cheguei lá, não é mesmo?

Sim, ela já o tinha perdoado. E não podia negar que se sentia cada vez mais próxima dele a cada hora que passavam juntos. Ela pensava nele o tempo todo. Mas será que poderia confiar nele mesmo com seus medos mais profundos? E será que poderia acreditar que ele sempre estaria por perto, não importasse o que acontecesse?

Quando não deu a resposta que Ford esperava, a dor que ele mal conseguiu esconder em seus olhos fez seu peito ficar apertado.

Mia gostaria de dar a resposta que ele queria, se isso fizesse a dor desaparecer. Então, ele colocou a mão no bolso da jaqueta e tirou um envelope branco.

O desapontamento por não estar nos braços dele, por não ter a boca de Ford na sua, era tão forte que dava para sentir ao pegar o envelope e abri-lo. Um ingresso para o show apareceu primeiro seguido de um passe plastificado para os bastidores.

— Sei que você tem muita coisa para fazer hoje, mas se por acaso...

Ford nunca foi um homem hesitante, tanto na cama como fora dela. Contudo, Mia sentia como ele estava inseguro quando ela pegou o ingresso e o passe para os bastidores.

— Se eu puder — disse ela devagar —, irei, mas tenho uma visita hoje no fim da tarde e ir até o estádio depois, e chegar a tempo para o show, talvez seja impossível.

— Tudo bem — garantiu ele de uma maneira que demonstrava não estar. — Sabia que tinha pouca chance de você ir. Você pode dar para alguém que consiga chegar a tempo para o show.

Finalmente Mia segurou a mão de Ford, sem levar em consideração o que seus funcionários pensariam sobre eles, porque precisava que ele soubesse. — Eu adoraria ir, Ford. Muito mesmo. Se puder, com certeza irei.

Mia nunca mentiu sobre nada, a não ser ao admitir o que sentia por ele. E agora que Ford a olhava nos olhos para ver se era verdade, ela fez questão que ele soubesse que era.

— Faz muito tempo desde que vi você tocar em um estádio. — Os dois gostavam da música do Air Supply, *Making love out of nothing at all.* — Adoraria ir ao seu show no sábado em Seattle, se você conseguir arrumar um ingresso para mim.

— Você ainda tem o vestido prateado?

Mia lançou um sorriso malicioso e respondeu:

— Se você tivesse me pedido ontem à noite, eu poderia tê-lo vestido para você.

Ford gemeu:

— Preciso ir antes de perder a cabeça por olhar para você sabendo que não posso tocá-la. — Mas, em vez de sair, ele caminhou até ela e seus ombros largos impediram que os outros vissem sua imagem. A mão grande estava quente, e as pontas dos dedos, calejados por causa das cordas do violão, acariciavam seu rosto, e o polegar, seu queixo.

— Vamos comer uma pizza e assistir a um filme na minha casa na quinta à noite?

Mia havia passado praticamente o tempo todo com ele ou pensando nele desde que Ford voltou a Seattle. Ela deveria colocar um espaço maior entre eles, ter um tempo para tentar pensar com mais clareza. Mas saber que não iria vê-lo naquela noite já era uma lacuna muito grande.

Até agora, eles estiveram juntos por causa de uma casa, ou de um casamento, ou de uma reunião de negócios. E cinco anos atrás, com certeza não houve nenhum encontro. Só momentos infinitos de sexo selvagem, que não deixaram o relacionamento deles forte o suficiente.

— Você está finalmente me convidando para sair?

— Quero fazer com você tudo o que não soube fazer na primeira vez, Mia. Então, sim, estou convidando você para sair. De verdade dessa vez, com direito a pizza e um filme.

Era evidente que Ford queria mostrar que podiam ter um relacionamento fora dos estádios, das turnês e da fama dele. Se Mia ainda estivesse determinada a mantê-lo a distância, ela deveria dizer não.

Em vez disso, ela disse:

— Conheço um lugar perfeito para comprar pizza no caminho da sua casa.

Ele respondeu com um enorme sorriso:

— Pego você amanhã às sete?

— Combinado. — O simples toque da sua mão no rosto dela fez com que Mia se derretesse toda por ele. — Ótimo show, Ford.

Eles permaneceram daquele jeito por um longo tempo antes de ele finalmente acariciá-la pela última vez. Ao observá-lo entrar no ônibus, Mia sabia que seria igual à letra da música do Air Supply que agora não saia da sua cabeça.

Ford sempre soube onde tocá-la e seu coração ficou perdido por cinco anos, procurando por um ritmo que só ele sabia tocar.

* * *

Seis horas depois, Mia finalmente desistiu de se concentrar no trabalho. O ingresso do show e o passe que Ford lhe dera estavam queimando no bolso do jeans o dia todo, e ela continuava colocando a mão no rosto onde seu toque a tinha comovido profundamente naquela manhã.

— Desculpem — disse ela para a equipe quando todos sentaram-se para a reunião semanal para verificar os novos anúncios. — Preciso cuidar de algo muito importante. *De alguém* muito importante. Orlando, você pode assumir a reunião e a visita mais tarde, por favor?

O assistente olhou para ela como se soubesse o que, e *quem*, a estava distraindo.

— Sem problemas, Mia.

— Obrigada. Até amanhã.

Mia mal se lembrou de pegar a bolsa no escritório antes de correr para o carro. A viagem do centro de Seattle para Eugene em Oregon levaria quatro horas e meia, desde que ela não pegasse nenhum congestionamento pela frente. O show começava às oito horas, mas, se o grupo que abriria o show demorasse uma hora para se apresentar,

Ford entraria no palco por volta das nove. Eram quatro horas agora, então, se tudo desse certo, ela chegaria lá um pouco antes de ele entrar no palco.

Mia notou como o trânsito estava bom ao deixar o centro de Seattle, as ruas mais vazias do que normalmente estariam para um meio de semana a uma hora do *rush*. Sentindo-se mais leve e esperançosa que antes, ela ligou o rádio e uma das músicas de Ford começou a tocar; Mia abriu as janelas, o teto solar e aumentou o volume para todos escutarem. Outra motorista fez sinal de positivo, e ela soltou uma gargalhada enquanto o vento soprava seu cabelo.

Talvez, Mia se pegou pensando, aquilo fosse um sinal de que finalmente tudo daria certo.

* * *

Quatro horas depois, Mia estava bem perto de se levantar e gritar obscenidades à equipe que trabalhava na estrada por limpar com a maior lentidão o derramamento de um produto por um caminhão na saída de Portland.

Ela tinha tanta certeza de que chegaria a tempo do show que quase ligou para Ford pedindo para procurá-la no meio da multidão. Principalmente porque dava para perceber o quanto ele queria que ela fosse ao show, mesmo tentando ser indiferente ao dar o ingresso e o passe.

Claro que, quando tudo parecia estar dando certo para eles, ela deu de cara com um mar de carros e caminhões.

Por que Mia não havia tirado o dia de folga e subido no ônibus com Ford de manhã? Sim, ela amava o que fazia, e os clientes eram importantes para ela, mas ele também era, e Mia estava começando a aceitar esse fato.

E, no entanto, ela fez a mesma escolha de manhã que havia feito há cinco anos.

Pior ainda, enquanto ela estava parada no meio do enorme congestionamento, suas dúvidas voltaram a aparecer. E principalmente um flashback da última vez em que ela tentou surpreendê-lo em um de seus shows.

Miami.

Ela o havia perdoado por seus erros, e ele fez o mesmo. Mas isso não queria dizer que o medo em relação ao que estavam começando não pairasse no ar, dizendo para ela ter cuidado, avisando-a para ser muito cautelosa.

Será que aquele congestionamento era um sinal? Será que Mia deveria prestar atenção e fazer o retorno e voltar para Seattle? Quando ela chegasse a Eugene, no estádio, será que encontraria uma surpresa desagradável como a que encontrou em Miami?

Por fim, o trânsito começou a andar, primeiro lentamente e depois cada vez mais rápido, pois cada um seguia seu destino... e Mia tinha que tomar uma decisão.

Apenas quando ela pisou fundo, acelerando na faixa da esquerda, foi que soube que não precisava decidir nada.

Acreditava que ele tinha dito a verdade quando afirmou que ela era a única mulher que ele queria e, mesmo que ela só escutasse a última música do show, todo o transtorno para chegar teria valido a pena.

* * *

Eram onze e meia quando Mia chegou no estacionamento lotado do estádio e o público estava saindo para pegar o carro. Ela havia ligado para o celular de Ford várias vezes na última meia hora, mas ele não atendeu, então calculou que ele ainda estivesse no palco.

Droga! Mia não podia ter perdido o show. Ela dirigiu o mais próximo da entrada do estádio possível, parou o carro em lugar proibido e começou a correr, sem se incomodar em ligar novamente. A melhor maneira de encontrá-lo agora era a pé.

— A senhora não pode parar o carro ali!

Mas ela não tinha tempo de se preocupar com o carro, não quando achava que era uma questão de vida ou morte encontrar Ford antes que o ônibus saísse do estádio.

Mia correu pelo portão da frente, que estava aberto agora que as pessoas saíam. Olhando ao redor descontroladamente, ela encontrou uma mulher que trabalhava na segurança e perguntou: — Preciso chegar aos bastidores agora. Você pode me ajudar?

A mulher pegou o passe plastificado que Mia estava segurando e leu ACESSO VIP, mas alguma coisa dizia que foi o olhar de desespero que a fez assentir e dizer: — Claro. Siga-me.

Mia e a segurança abriram caminho pela multidão que saía do show e parecia aumentar a cada segundo que passava. Apesar de estar em pânico por sentir saudades de Ford, Mia também estava feliz por ele. Ford devia ter feito um show realmente maravilhoso, uma vez que as pessoas pareciam muito contentes ao ir para casa.

Finalmente, elas empurraram uma porta de metal e Mia quase chorou quando reconheceu o segurança dele e gritou: — Billy!

Apesar de supor que fazer um olhar sério e ameaçador era parte do código de segurança, Billy abriu um sorriso enorme quando a viu. Ele falou pelo ponto eletrônico na orelha esquerda e um minuto depois Ford apareceu correndo na porta dupla vermelha.

Ele ainda estava pingando de suor e parecia incrivelmente lindo ao falar seu nome. Não acreditava que ela estava lá e, como se atraídos pela gravidade, eles foram ficando cada vez mais próximos. Mas somente quando Mia estava bem perto dele a ponto de conseguir tocá-la, Ford parou.

Ela hesitou por alguns momentos horríveis ao olhar para seus olhos negros. Por que ele não a tocava? Por que não a tinha beijado ainda?

Subitamente, Mia percebeu o motivo. Assim como em seu escritório pela manhã, ele não tinha certeza se ela queria que todos soubessem que estavam juntos. Ford estava esperando que ela tomasse a decisão de tornar o relacionamento deles público. Doze horas atrás, ela tinha tomado uma decisão.

E agora tomava outra.

A decisão certa.

Em uma fração de segundos, Mia se jogou em seus braços e o beijou sem reservas.

Vinte e dois

Houve vários momentos maravilhosos na vida de Ford. Ter seu primeiro show esgotado. Ganhar o primeiro Grammy. Ter as suas letras de música colocadas permanentemente no Hall da Fama do Rock and Roll.

Mas com certeza abraçar Mia, de longe, foi o melhor de todos.

Seus lábios eram macios, a língua e os dentes, famintos ao beijá-lo apaixonadamente. As maravilhosas pernas enlaçadas em sua cintura e seus braços ao redor do pescoço de Ford enquanto demonstrava como ela estava feliz de estar ali naquela noite.

Apesar de desejar que Mia estivesse no show, Ford estava tão inspirado por estar com ela naqueles últimos dias que tinha certeza de ter feito um grande show. E talvez tenha sido até bom ela não ter chegado mais cedo, pois, se ele soubesse, com certeza acabaria antes para ficar uns minutos a mais com ela.

Mesmo sabendo que teria que colocá-la no chão logo, o suave gemido de prazer quando ele entrelaçou a mão nos seus cabelos sedosos e a beijou mais profundamente fez com que quisesse fazer loucuras com ela, e quase o fez esquecer de que estavam se beijando em frente à sua equipe.

— Dirigi o mais rápido que pude — disse Mia quando Ford finalmente conseguiu desgrudar os lábios dos dela e continuou: —, mas perdi o seu show.

Ele mordiscou seu lábio inferior e respondeu: — Senti sua falta o dia todo.

Eles estavam tão perto que entre a camiseta encharcada e a blusa de seda dela dava para sentir seu coração bater contra o dele.

— Deveria ter subido no ônibus com você hoje de manhã.

Claro que era isso que Ford queria, mas foi cuidadoso para não sugerir que o show era mais importante que o seu agitado dia de trabalho.

— Você está aqui, agora. — E aquilo era tudo que importava, estar com a mulher que amava mais do que ele imaginava ser possível amar alguém. — Estava a caminho do ônibus. Volte de ônibus comigo, Mia. A menos que você esteja morrendo de vontade de fazer algo em Eugene hoje à noite primeiro.

— Só você. Só quero você, Ford.

Aos poucos ele a colocou no chão. Quando seus pés finalmente tocaram o solo, ele segurou a mão dela e estavam a caminho do ônibus quando Mia parou de repente e disse: — Meu carro. Eu me esqueci completamente dele.

Ford também se esqueceu daquele detalhe na pressa de ficar sozinho com ela. — Onde está seu carro?

— Parei na frente do estádio. Está estacionado em um local proibido. Só conseguia pensar em chegar aqui antes de você deixar o estádio. Posso imaginar que devem ter guinchado o carro a essa altura.

Ford a beijou novamente, um toque rápido nos lábios, mas cheio de poder por render-se à magia que sempre existiu entre eles.

— Billy, você pode arrumar alguém para levar o carro da Mia de volta para Seattle? — pediu Ford.

— Claro, chefe!

Mia entregou as chaves. — Obrigada, Billy. — Ela descreveu a marca, o modelo e deu o número da placa do carro, caso ele precisasse verificar com uma empresa de guincho. — Eu agradeço.

— Sem problemas, senhorita Sullivan.

* * *

Ao entrar no ônibus, Mia afirmou: — Uau! Seu antigo ônibus era bom, mas este é demais! — ela passou a mão pelo brilhante corrimão de ferro da escada e continuou: — Por favor, não me diga que as paredes são banhadas a ouro ou que as bordas dos pneus são cravejadas de diamantes.

Ford lançou-lhe um sorriso malicioso ao empurrá-la para dentro e fechar a porta. — Se você gostou dessa parte, espere até ver o banheiro.

Mia nunca fez o tipo virgem apreensiva. Ela não corava, não ria, nem se intimidava. E, mesmo assim, apesar de eles se conhecerem intimamente, ficar sozinha com Ford no ônibus enquanto ele estava de pé ao seu lado com a camiseta molhada marcando cada músculo rígido do seu peito e abdome fez seu coração disparar e a respiração acelerar.

Depois que ele ligou para o motorista para avisar que podiam partir, Mia decidiu que precisava reassumir o controle. Afinal de contas, ela abandonou o trabalho no meio do dia, foi atrás dele até Oregon, depois pulou em cima dele no meio dos bastidores lotado. Agora que ela finalmente estava ali e eles tinham horas de estrada pela frente até Seattle, de maneira nenhuma ela o deixaria mantê-la a distância a noite toda.

Ela segurou sua mão, pois amava a maneira como ele sempre a puxava para mais perto dele. — Você ainda tem o mesmo ritual pós-show?

Dava para ver a expressão de desejo e a tentativa de controlá-lo estampadas no seu rosto. — Sim.

— Ótimo! — Mia sorriu para ele certa de que não estavam tão longe de finalmente ficarem nus juntos de novo. Que bom! — Vamos tomar banho, Ford.

Ele gemeu ao mover a mão que estava nas suas costas para imobilizá-la contra os músculos definidos e deslizou a outra em seu cabelo para beijá-la. Todo o controle que Mia queria ter, a tentativa de levá-lo para onde desesperadamente desejava, acabou quando ela ficou maravilhada ao sentir a língua quente e exigente. Ficar com ele daquele jeito fazia o chão se mover, mas quando ele se afastou, ela percebeu que o chão realmente estava se movendo num ritmo constante sob os pneus do ônibus.

Ford passou a língua pelo lábio inferior dela e sussurrou: — Você me provoca. Muito. — Suavemente sugando seus lábios, ele acrescentou. — Demais.

Mia escorregou a mão por dentro da camiseta dele para sentir os músculos bem definidos e disse: — Deixe-me provocá-lo hoje, Ford. — E fez o mesmo com a boca dele, amando a maneira como as mãos dele a seguravam com mais força. Ela suspirou nos lábios dele: — Você pode me provocar também.

— Um banho. — Ford começou a abrir os botões da blusa de seda. — Isso é tudo que faremos hoje, Mia. — A luxúria lutava contra a determinação na sua voz enquanto ele observava a borda do sutiã rendado. — Sabonete. — Sua voz era quase inaudível. Por um momento, ele parecia perdido, como se estivesse procurando o que mais é necessário no banho até que finalmente disse: — Xampu.

Ela o lembrou com voz rouca:

— E pele nua. Não vejo a hora de ficar nua com vo...

O resto de suas palavras sensuais foi interrompido quando Ford acariciou com a ponta dos dedos o ponto exato onde os seios nus se encontravam com a renda.

Lindo. Tão lindo.

Mia tinha a sensação de que ele a estava observando como se nunca tivesse visto uma mulher nua antes. Como se ela fosse a primeira. Toda dele. Ford era um astro do rock que podia ter qualquer mulher no mundo e, racionalmente, ela sabia que estava bem longe de ser a primeira. Como ele também não era o primeiro dela. Mas nunca se sentiu assim com nenhum outro homem. E ele repetiu:

— Você é tão linda. — Mia não precisava dizer a si mesma que nunca tinha se sentido assim com mais ninguém.

Não quando sabia a verdade a cada beijo que ele dava, a cada carícia.

Ela se surpreendeu ao perceber que a mão dele tremia um pouco ao percorrer a pele e a renda de um lado ao outro dos seus seios. Mia achava que quando fossem ficar nus um para o outro, seria uma corrida frenética para arrancar as roupas e se agarrarem.

Novamente Ford a surpreendia com respeito quando ela esperava luxúria, e com suavidade quando havia só pecado, como ela havia se esforçado muito para dizer a si mesma todos aqueles anos.

Mia não percebeu que estava prendendo a respiração até que Ford finalmente se mexeu para abrir os últimos botões da sua blusa. Ele empurrou o tecido do ombro com gentileza e a blusa caiu rapidamente no chão atrás dela.

Ford pegou um punhado do seu cabelo, puxou a cabeça dela para trás para que pudesse colocar a boca, quente e necessitada, na curva de seu pescoço. Os seios, cobertos apenas pelo sutiã agora, ficaram mais excitados quando ela os apertou contra o peito coberto pela camiseta. E quando Ford começou a beijar seu pescoço, seus ombros, descendo até os seios, ela teve que agarrar a camiseta dele para manter-se firme. Respire. Mia precisava se lembrar de como era respirar. Inspirar. Expirar. Inspirar. Expirar. E com os lábios e a barba por fazer arranhando sua pele, ela quase conseguiu.

Isto é, até ser atingida pela língua quente dele sob seu sutiã e ele encontrar seu mamilo.

— *Ford. Sim. Por favor. Mais.*

Uma súplica atrás da outra saía dos seus lábios e Mia arqueou a boca, pois precisava que ele a possuísse ainda mais, que deslizasse a língua perfeita por todo seu corpo. Ford escutou seus pedidos, quando encontrou o outro seio e fez o mesmo.

E então ele foi caindo de joelhos, com a boca quente e desesperada enquanto a beijava no abdome, mergulhando a língua no umbigo antes de mordiscar a pele macia do corpo dela.

Ford disse contra sua pele enquanto suspirava de prazer:

— A noite toda. Poderia passar a noite toda saboreando cada centímetro seu.

Sim, Mia amou a ideia de ele a provocar com a boca e as mãos a noite toda. Mas não naquele dia, não quando ela estava enlouquecendo com a necessidade de ficar corpo a corpo com ele.

— Quero fazer isso com você também — disse ela, mas Ford estava com muita roupa, então Mia pegou a camiseta e começou a tirá-la.

Ele ainda estava de joelhos na frente dela, ela podia admirar os ombros largos, a pele bronzeada com várias tatuagens. Ela reconhecia algumas, lembrava a alegria de tê-las traçado com a ponta dos dedos enquanto estavam deitados nas camas dos hotéis, e seus dedos estavam prestes a fazer o mesmo naquele momento.

Antes que pudesse fazer mais do que roçar os dedos por seus músculos quentes, Ford pegou as mãos dela e as colocou sobre as dele e suplicou, beijando-as:

— Se você continuar me tocando, não chegaremos até o banheiro, Mia.

— Por mim, tudo bem.

Ela sussurrou enquanto ele segurava suas mãos perto do coração e ela pôde senti-lo batendo. Quase tão rápido quanto o dela.

Ford balançou a cabeça e disse: — Não. — E repetiu: — Não.

Como se a repetição pudesse de alguma maneira convencer os dois de que um banho seria suficiente.

— Tudo bem não é bom o suficiente. — Seus olhos estavam negros com desejo e emoção. — Não quero somente um *tudo bem* com você. Não quero *bom* ou *bom o suficiente* com você. Quero *tudo.* Quero muito mais que isso.

Mia pôde ver como ele desenvolvia o autocontrole quando disse de súbito:

— Acho que nunca contei a você que tinha quatorze anos quando perdi a virgindade.

— Você era muito jovem — murmurou ela, se perguntando onde ele queria chegar com aquela informação que aparentemente vinha do nada.

— Pelos padrões de hoje, nem tanto. Mas naquela época, sim, eu era muito jovem. Havia uma escola de meninas do outro lado do rio em Boston e era uma questão de honra voltar e dizer aos meninos que tínhamos conseguido.

— E eles acreditaram em você?

— Eles acreditavam quando você trazia a calcinha como prova no bolso.

— Os adolescentes são a escória.

— De formas que você nem consegue imaginar. — Ford balançou a cabeça e disse: — O negócio é, eu não sabia nada sobre amizade ou amor naquela época. Não queria nada daquelas garotas a não ser pegar as calcinhas e ser a pessoa que tiraria a vi...

Mia levantou a mão e disse: — Já imaginei a cena, obrigada. — Mia sabia que ela não tinha motivo para ficar com ciúme das meninas, mas a razão não estava em jogo quando pensava nele.

— Toda mulher com quem fiquei dos quatorze em diante era exatamente a mesma coisa. Nenhuma significou nada para mim. Nenhuma até você. E quando percebi que não poderia ser o namorado em vez de ser somente um caso, foi mais fácil deixar o sexo assumir o controle com você e enterrar tudo o que poderíamos ter tido. Mas os riscos são muito altos agora, Mia. Você me deu uma segunda chance, e não vou estragar tudo que estamos começando a construir.

Ela soube naquele momento que Ford não queria apenas seu coração. Ele queria sua alma também. E era tentador dizer para ele que ambos já lhe pertenciam. Pois assim ele não precisaria mais se conter nem manter os votos de se controlar até que eles construíssem algo realmente sólido.

Mas ela ainda podia escutar a pergunta feita por ele no escritório naquela manhã: — Quero ser o melhor amigo que você já teve. Mas não sou ainda, sou?

Ela ainda podia escutar o eco do seu silêncio.

Mia havia dirigido até Eugene para vê-lo não somente porque sentiu saudades dele o dia todo, mas também porque não parou de pensar em Ford um só segundo e ela não poderia ficar mais uma noite sem ele porque ele estava atrás de respostas. Respostas que não viriam somente com uma transa e ela sabia isso.

Ela falou:

— Prometo que não vou forçá-lo a fazer amor comigo hoje à noite, mas preciso de mais que beijos.

Em vez de responder com palavras, Ford desabotoou o jeans. O calor da sua respiração na calcinha de renda fez com que Mia tremesse toda, especialmente quando ele a despiu. Ela tremia diante de tanta necessidade e somente a força das mãos dele em seus quadris enquanto beijava sua pele a mantinha em pé.

Mia sempre foi uma mulher forte, mas toda vez que Ford a tocava, mesmo que fosse um leve toque nos lábios, ela se derretia toda. Uma vez Mia se odiou por essa fraqueza. Mas hoje ele mudava aquela realidade, transformando-a na fantasia mais doce com que poderia sonhar, e ela finalmente entendeu que não era fraqueza.

Não, não era fraqueza. Pois quando ela e Ford gozaram ao mesmo tempo, foi a maior, a mais ousada força que ela conhecia. Uma que somente homens e mulheres corajosos poderiam suportar.

Eles não foram fortes cinco anos atrás. Mas e agora?

Cada vez mais, Mia estava começando a pensar se seriam...

O roçar de seus dentes na parte inferior do abdome fez com que ela suspirasse enquanto Ford arrancava sua calcinha, mas parou na base do quadril. Ela o escutou respirar fundo, então sua respiração ficou trêmula antes de gemer e beijar sua pele nua.

Um som baixo surgiu na sua garganta e ecoou pelas paredes do ônibus quando ele suavemente deu um beijo no meio das suas pernas. Era tão bom que ela já estava desmoronando.

— *Ford?*

Sua língua era mágica, porém ele quase não a movia. Os músculos dos ombros estavam flexionados embaixo das mãos dela, que o apertavam e tudo que levaria para extrapolar os limites era que a língua dele se agitasse em sua pele.

Mas em vez de rasgar sua calcinha e saboreá-la mais, o que Ford fez foi ficar em pé e pegá-la no colo.

— Por que você parou?

— Algo mudou desde hoje de manhã?

Ela nunca havia visto seus olhos tão negros. Tão intensos. Tão famintos. Desesperados para que ela dissesse o que ele queria escutar.

Mia sabia o que a resposta certa lhe daria: *ele por inteiro*, mas ela não podia mentir para ele.

— Você se tornou importante para mim, Ford. Muito, muito importante. Isso eu sei.

O desapontamento apareceu rapidamente nos olhos de Ford antes que ele pudesse se recompor.

— Vamos entrar no chuveiro e tomar um banho rápido, então vou colocar você na cama, abraçá-la e escutar tudo sobre o que eu perdi entre hoje de manhã e agora.

— Também quero escutar sobre o seu — disse-lhe ela. E era verdade, Mia precisava disso assim como precisava do seu corpo e havia precisado das partes secretas do seu coração mais do que de um maravilhoso orgasmo quando eles estavam juntos há cinco anos. Mas agora, droga, ela queria *tudo* isso junto. Ainda mais quando tinha acabado de chegar a um orgasmo tão doce que dava para praticamente sentir o açúcar em sua língua. — Eu quero isso também. Sua boca, suas mãos em mim, as minhas em você, sem precisar parar por nenhuma razão.

— Em breve — garantiu Ford, a frase soou cheia de esperança, sentimento que ela sentia também, e não somente porque estava desesperada para ficarem juntos. — Mas, por hoje, usar minha mão para ensaboar sua pele nua terá que bastar.

Vinte e três

Não era esperado que roqueiros tivessem autocontrole. Foram treinados pelo mundo para se comportar de forma imprudente e descontrolada, como desejassem. Ford não era o pior deles, mas nunca foi anjo também.

Como ele iria entrar no chuveiro com Mia sem fazer amor com ela?

Como iria passar as mãos em todas suas curvas exuberantes e parar?

E como ele iria ouvir os pequenos sons ofegantes que ela emitia conforme fosse ficando cada vez mais excitada sem permitir que ele mesmo a levasse ao clímax?

Mesmo não tendo uma única resposta para as perguntas desesperadoras, não havia nada que pudesse impedi-lo de levá-la ao chuveiro.

Os dois ainda estavam parcialmente vestidos quando Ford abriu a torneira e a água morna caiu sobre os dois. Ele amava tê-la em seus braços, mas precisava soltá-la pelo menos por tempo suficiente para tirar seu sutiã e sua calcinha. Sim, ele sabia que seria muito mais sábio mantê-la ao menos parcialmente vestida, mas com certeza morreria se não a visse nua nos próximos trinta segundos.

Ford se inclinou para beijá-la novamente assim que alcançou o fecho de metal atrás do sutiã, tentando de modo desajeitado abri-lo, quando percebeu que Mia ria.

— Não é aí, roqueiro. — Seus olhos brilhavam de excitação e humor quando ela pegou as mãos dele e trouxe para o pequeno fecho na frente. — É aqui.

Dava para sentir a batida do coração dela em suas mãos quando ela o guiou ao fecho e Ford repetiu: — É aqui. — Mas não era sobre o sutiã que estava falando. E pela maneira como os olhos dela ficaram negros e seu sorriso desapareceu, ele sabia que ela também sentia. Uma ligação que nenhum dos dois jamais teve, ou teria, com qualquer outra pessoa.

Ford inspirou uma vez, e mais uma, para tentar pensar de forma racional. Mas era inútil, porque ele jamais se recuperaria do instante em que abriu o fecho e os seios incríveis de Mia saltaram para suas mãos.

Ele não conseguia falar nem pensar nem fazer nenhuma outra coisa além de admirar a linda pele branca, seus mamilos tinham um rosa-escuro que faziam sua boca salivar. Espalmando seus dois seios, ele gentilmente alisou os mamilos rígidos. As mãos dele tremiam, e Mia tremia também ao olhar com admiração as mãos grandes e bronzeadas dele.

— De novo. — A respiração dela era irregular, e a frase quase inaudível saiu de seus lábios. — Eu preciso de vo...

Mas ele já dava a ela muito mais com sua boca, cobrindo um mamilo perfeito com os lábios, passando primeiro a língua e depois usando os dentes para um excitante momento antes de lamber e dar uma pequena mordida. Mia agarrou o cabelo molhado dele com as duas mãos e o segurou contra si quando arqueou ainda mais para encontrar sua boca. Ford passou a língua por cada centímetro do seu seio antes de tomar o outro.

Eles haviam feito aquilo há cinco anos e, ainda assim, quando ele levantou a cabeça para beijá-la, ficou surpreso ao perceber que aquelas lembranças, das quais ele nunca havia se esquecido, estavam subitamente voltando enquanto eles descobriam um ao outro novamente.

Ele ainda estava de jeans, mas ela já havia arrumado um jeito de arrancar a calcinha e, enquanto se beijavam, o desejo de recostá-la nos azulejos e abrir suas coxas para ficar entre elas, pressionando a ereção coberta pelo tecido em seu sexo, era impossível de ser refreado.

Com um profundo gemido de prazer, Mia balançou o quadril contra ele uma, duas vezes, e, quando seu corpo começou a tremer e a pressionar o dele, a última coisa que Ford esperava que ela fizesse era tirar a boca da dele.

— Somente beijos não vão ser suficientes hoje — disse ela enquanto a água caía sobre seu cabelo e depois sobre suas curvas. Seu corpo cheio de desejo se arqueou contra o dele quando ela continuou: — Nem mesmo perto o suficiente, mas...

— Mas fiz uma promessa a você, Mia. — Ele a havia visto com a família, com os funcionários. Sabia que uma promessa valia ouro para ela e precisava que ela soubesse que para ele também. — E preciso mantê-la, mesmo que cada momento que não posso tê-la por inteiro esteja me destruindo.

Mia segurou o rosto dele com ambas as mãos e disse:

— Nunca quis alguém ou algo da maneira como quero você, mas não seria justo para nenhum de nós se eu fizesse você quebrar a promessa que me fez. — Ela fechou os olhos por um momento e respirou fundo antes de dizer: — Me solte e me entregue o xampu para que eu possa lavar seu cabelo.

Era quase impossível afastar-se de Mia sabendo que ela esteve a ponto de chegar ao orgasmo pela segunda vez naquela noite e não poder fazer nada para deixá-la totalmente satisfeita como ela merecia.

Quando Ford finalmente se afastou, Mia olhou surpresa para baixo e comentou:

— Você ainda está de calça.

— É melhor assim — disse ele.

— Não é, não. Se não posso tocar você hoje, vou pelo menos olhar.

Ela alcançou o botão do jeans, mas o breve toque dos seus dedos no abdome dele deixava claro quanto aquilo era uma má ideia.

Ford colocou as mãos sobre as dela. — Preciso fazer isso eu mesmo.

Ele notou como ela estava relutante em soltar as mãos, mas por fim concordou.

— Certo, mas seja rápido.

Ele sorriu para aquela ordem sensual, sabendo que somente Mia tinha desejo e alegria juntos daquela maneira. Calça jeans molhada era uma porcaria para tirar na maioria das vezes, ainda mais com a mulher que amava nua e desesperadamente excitada a apenas alguns centímetros dele, e para Ford era quase uma missão impossível, pois a forma como as gotas de água rolavam pelos seus seios, deslizavam dos mamilos até o abdome, antes de desaparecerem entre as pernas dela não parava de distraí-lo.

— O modo como você está me olhando… — Mia colocou as mãos no queixo dele e levantou o olhar para que a encarasse e disse: — Rápido, por favor, ou eu mesma vou ter que assumir essa tarefa para que eu possa olhar para você dessa mesma maneira que você me olha.

Foi o suficiente para sua ereção ficar ainda maior por trás do zíper que Ford havia baixado apenas até metade. Com movimentos rápidos, ele desamarrou as botas e as chutou para longe, depois puxou para baixo as calças e a cueca boxer, jogando-as sobre o chão do banheiro.

— *Ah, Ford.* — Havia um misto de luxúria e admiração na voz de Mia e levou um bom tempo para olhar novamente para ele e dizer: — Você cresceu nos últimos cinco anos?

— Sim... — Ele brincou com ela, sua risada ecoou pelas paredes de azulejo quando ele se inclinou para beijá-la. — Especialmente depois de cinco dias de preliminares sem fim.

— Você não resolveu o assunto sozinho?

— Não. — Ford a beijou novamente. — Centenas de vezes pensei em fazer isso, centenas de vezes cheguei bem perto... e centenas de vezes eu sabia que não iria ajudar em nada. Pois, por mais que conseguisse sentir algum prazer, não seriam suas mãos em mim. Não seria sua boca em mim. E não seria você quente e molhada ao meu lado.

— Pare — Mia encostou o rosto no peito dele. — Pare de dizer essas coisas para mim, por favor. Especialmente agora que você está sem roupa.

Ele sabia que ela estava certa, aquilo não estava ajudando nenhum dos dois a manter a promessa, mas, primeiro, ele precisava saber: — E você? Resolveu o assunto sozinha?

Seu rosto estremeceu diante dele ao admitir: — *Sim.*

— Que bom! — Ford inclinou o rosto dela e a beijou para que ela soubesse que estava sendo sincero. — Quando foi a última vez?

Suas pupilas dilataram-se tanto que quase encobriram todo azul dos seus olhos.

— Hoje de manhã.

Inferno, ela poderia muito bem ter ficado de joelhos e caído de boca nele àquela altura, ele estava quase no clímax. — Antes ou depois de eu ter chegado ao seu escritório?

Ele nunca viu a pele dela tão enrubescida como quando ela respondeu: — Os dois.

Ah, ele conseguia facilmente imaginá-la com a mão entre as pernas duas vezes no mesmo dia com aquele olhar de doce êxtase em seu lindo rosto enquanto chegava ao clímax.

— Preciso saber de mais uma coisa. — Ele parou, sabendo que não deveria falar sobre aquilo, mas não estava conseguindo se conter. — Em que você estava pensando quando gozou?

Quando ela olhou para cima ele já sabia a resposta, mesmo antes de ela falar:

— Você. Sempre foi você.

Ele a beijou com todas as suas forças, agarrando o cabelo dela com firmeza em suas mãos para que pudesse mantê-la exatamente onde queria.

Exatamente onde ele precisava.

— Amo a forma como me beija — a voz dela era rouca de desejo e prazer —, como se você nunca fosse se sentir saciado.

— Nunca me sentirei.

Os olhos de Mia, já cheios de paixão, amoleceram-se de emoção. — Venha e sente-se aqui — disse ela, fazendo-o sentar gentilmente na base de azulejo. Ela se sentou entre as pernas dele e colocou um pouco de xampu, que pegou da prateleira, nas mãos. — Feche os olhos e incline a cabeça um pouquinho.

Com os olhos fechados, Ford estava ainda mais consciente do cheiro dela, que era uma mistura de perfume com excitação feminina. Ele não conseguia ficar com as mãos paradas, teve que passar as mãos pelo quadril dela e a ouviu prender a respiração diante daquele contato assim que começou a massagear a cabeça dele com o xampu.

Ninguém o havia tocado daquela forma antes. Sim, todas as vezes em que as mãos dela estavam nele, a conexão sensual entre eles era inegável, mas sentir os dedos dela se movendo levemente pelo seu couro cabeludo e a palma das mãos passando pelo seu rosto e pescoço era incrivelmente reconfortante. Mesmo quando criança, não conseguia se lembrar de ninguém ter sido tão gentil, tão carinhoso.

— Incline mais a cabeça — pediu ela suavemente, e então o enxaguou com as mãos cheias de água morna.

Conforme ela ia jogando água, Ford não conseguia deixar de sentir que não era somente o cabelo dele que ela lavava, mas também todos os erros dele, um de cada vez.

— Pronto — disse ela, passando as mãos na cabeça dele para tirar o cabelo molhado do rosto. — Perfeito.

Ford não queria abrir os olhos ainda, não queria nada além de puxá-la mais perto e deitar a cabeça em seu peito, ouvindo as batidas do seu coração. E, quando o fez, ela o envolveu em seus braços.

Ford não soube quanto tempo eles ficaram daquele jeito, mas foi o suficiente para que a água começasse a ficar fria.

— Parece que a hora do banho acabou. — Ele conseguiu ouvir na voz dela o mesmo pesar que sentia. — Felizmente, seu xampu fez espuma o suficiente para deixar nós dois limpos.

— Foi isso que perdi enquanto estava com os olhos fechados? — Desejo contínuo, sempre crescente, fez com que as mãos dele pressionassem instintivamente o quadril dela. — Bolhas de sabão por todo seu corpo nu?

— Apenas algumas centenas — brincou ela, mas antes que Ford pudesse pegar um sabonete para criar mais algumas centenas, Mia deu um gritinho e saltou para fora do jato de água. — Está congelando! — No momento em que ela desligou a torneira, ele já havia aberto a porta para pegar uma toalha grossa.

Era sua vez de dar a Mia o conforto de envolvê-la em uma toalha macia, esfregando as mãos para secar todas as suas curvas.

Ela fechou os olhos e inclinou-se diante do toque dele.

— Humm, isso é bom.

Sempre foi.

Como agora Ford a tinha toda embrulhada na toalha, e lutar contra sua reação à nudez dela não estava mais acabando com sua concentração, deu para ver as manchas escuras sob os olhos dela. Mia estava cansada e ele sabia ser o culpado disso. Não era por causa da longa viagem até Eugene, mas porque ele duvidava que ela estivesse dormindo mais do que ele. Pelo menos, ela estava aliviando um pouco da pressão ao se masturbar...

Não, esse era exatamente o caminho errado a se tomar. Mais tarde, quando Mia não estivesse ali para provocá-lo, Ford se permitiria fantasiar sobre como ela teria se masturbado. Embora esperasse que em breve ela confiasse nele com o coração para que ele não tivesse que fantasiar... porque estaria lá com ela na cama.

Ele a carregou, pegando uma toalha para si mesmo ao sair do banheiro, em direção ao quarto particular no fundo do ônibus. Sem abrir os olhos, Mia passou os braços pelo pescoço dele e esfregou o nariz na pele ainda molhada.

— Hora de ir pra cama.

As pálpebras pesadas se abriam. — Ainda não.

Claro, Ford também queria passar mais tempo conversando, brincando, rindo com ela, mas ele estava tentando pensar no melhor para Mia ao dizer:

— Você deve estar cansada depois do longo dia e da viagem.

— Não — afirmou Mia quando ele gentilmente a deitou sobre a cama —, não estou nem um pouco cansada. — Ele mal se enrolou em uma toalha e se aninhou por detrás dela, abraçando-a, quando ela disse: — Quero ouvir tudo sobre seu show.

— Foi bom. — Ford acariciou o cabelo molhado dela que estava espalhado pelo travesseiro. A pele dela cheirava xampu, mas o cabelo ainda tinha um particular perfume de rosas. — Toquei a música nova que escrevi para você.

Mia passou a mão pelo braço dele que estava envolto em sua cintura para que pudesse cobrir a mão dele com a sua. Mia levantou a mão dele e colocou entre seus seios, dizendo: — Eles devem ter amado.

Sua cabeça se encaixava perfeitamente sob o queixo dele, e ele mal conteve um gemido quando ela moveu o traseiro com mais força contra o corpo dele. — Eles amaram.

— Como é estar lá em cima em frente a tantas pessoas que amam tanto o que você faz?

— Tenho sorte. — Ela se moveu um pouco para olhá-lo por cima do ombro enquanto ele pensava sobre como explicar aquilo melhor. — Existem milhões de crianças com violões. E outro milhão tentando se livrar das vidas que levam para ter uma vida melhor. Penso nisso todas as vezes que subo em um palco, como todos na plateia estão dispostos a participar com tempo e dinheiro, e que não têm sobrando, para passar uma noite comigo. Eu não seria nada sem eles.

— Sim, você seria — Mia apertou a mão dele com mais força contra o coração dela —, mesmo que você não tivesse feito tanto sucesso, mesmo se suas músicas nunca tivessem tocado na rádio, mesmo que você estivesse tocando em bares em vez de estádios, você ainda seria incrível, Ford. — Ela estendeu a mão dele sob seu coração para que ele pudesse senti-lo bater em sua mão. — Incrível por dentro e por fora.

Se ele havia pensado que era difícil não fazer amor com ela, de repente achou mil vezes mais difícil não assustá-la dizendo exatamente quanto a amava, e continuar a não implorar para que Mia o amasse do mesmo tanto.

— Quantas casas você vendeu hoje?

Ford não pôde ver seu sorriso, mas jurava que conseguiu senti-lo quando Mia disse:

— Somente uma, antes que eu decidisse desesperadamente vir para Oregon. Foi para uma família que ficará muito feliz com o bairro e a praia próxima. Melhor ainda, fomos capazes de fechar o negócio sem precisar fazer financiamento. Odeio ver pessoas sobrecarregadas.

Ford teria esperado que a maioria dos corretores celebrasse as vendas de preços mais altos porque aquelas significavam um aumento automático em seus salários. Mia havia deixado de ser relativamente nova no negócio e já tinha a própria e próspera imobiliária quando se conheceram. Mas ele poderia imaginar com facilidade que a razão pela qual ela tinha sido capaz de crescer no negócio fora porque encontrava as propriedades certas para as pessoas, independentemente de quanto custavam ou de como a porcentagem dela poderia ser pequena.

— Ter um lar é importante. — Isso era algo que ele tinha acabado de aprender.

E, no entanto, quando Mia caiu no sono em seus braços, mesmo estando no ônibus em vez de em sua nova casa, só o fato de abraçá-la fez com que Ford se sentisse finalmente em casa.

Vinte e quatro

Mia sempre foi dorminhoca. Ela adorava acordar nas manhãs frias debaixo de um grosso edredom quente e acolhedor e geralmente permanecia por lá mesmo depois do primeiro toque do despertador. Mas naquela manhã ela se sentia tão bem, tão acolhida e segura, que não queria acordar de jeito nenhum.

Não importa quanto tempo tivesse tentado lutar contra a verdade, tudo era melhor com Ford.

Especialmente um momento como aquele.

Depois de um banho que os deixou quase sem sentido com os dois nus sem poderem se tocar, Mia amou a maneira como ele se aninhou a ela na cama. Em algum momento ela deve ter caído no sono e ele colocou os dois debaixo das cobertas.

Havia bem pouca luz entrando pelas frestas das persianas do quarto do ônibus de turnê e, enquanto se virava lentamente nos braços dele para descansar a cabeça em seu ombro, ela se perguntava mais uma vez o que significava ser amiga de Ford? *Um vínculo de afeição mútua* é como o dicionário definia amizade, mas aquilo não estava nem perto do tamanho do que ela começava a sentir por ele. Afeição estava lá, claro, mas também estavam intimidade e apego, e empatia e conforto.

Mesmo que ela não conseguisse definir exatamente o que era ser amigos, na noite anterior, quando estavam conversando, Mia podia sentir o desespero sensual na voz dele. Pelo tanto que queriam um ao outro, ela estava absolutamente certa de que o desejo de se *conhecerem* era no mínimo muito grande.

Agora, porém, estava mais que disposta a deixar a atração dos dois voltar a ser prioridade. Com o homem mais bonito e encantador da Terra bem ao lado dela, e nu, debaixo da coberta, como poderia resistir a pressionar os lábios em seu peito onde sentia o coração bater devagar e firme?

E como poderia resistir a passar levemente as mãos pela pele quente?

E por que seria estúpida o suficiente para não aproveitar a chance, espalhando beijos por todo seu peito, seus braços e ir descendo pelos rígidos músculos abdominais enquanto ele continuava a dormir?

Mia sabia quanta energia Ford gastava em seus shows e como dormia profundamente depois deles. E o fato de estar exausto era uma coisa muito boa para ela. Porque havia tantos outros lugares que gostaria de tocar, de beijar antes que ele acordasse e decidisse parar em nome da crescente amizade entre eles primeiro. Desde que havia tirado o jeans e a cueca boxer no chuveiro na noite passada, ela estava totalmente distraída pelo desejo de não somente olhar para ele, mas também tocá-lo.

E saboreá-lo.

Ela não flertara com ele desde quando havia perguntado se ele havia crescido. Porque... *Uau*! Ela lambeu os lábios de ansiedade quando um puro instinto feminino tomou conta dela e ela simplesmente *teve* de abaixar e pressionar um beijo suave na dura ponta de sua ereção.

O gemido de Ford veio primeiro, seguido rapidamente pelo seu nome nos lábios dele e as mãos no seu cabelo.

— Mia...

Ela havia prometido seguir as regras na noite passada. Mas aquele era um novo dia e, mesmo ainda concordando que eles deveriam continuar trabalhando a amizade antes de chegar ao ato sexual por completo, Mia não conseguia entender como ser tão puritanos poderia ser uma boa ideia também.

Para Mia, apaixonar-se por alguém não era somente em sua mente, não era somente dentro do coração. Era físico também. Então, antes que Ford pudesse dizer ou fazer alguma coisa para impedi-la, ela escorregou a língua em uma longa e deliciosa lambida.

Ele automaticamente se afastou da sua boca ávida, e ela mudou de posição para tomá-lo de forma mais profunda quando ele a segurou pelo cabelo para levantar o olhar dela da sua virilha, a leve pressão no couro cabeludo fez com que ficasse ainda mais excitada.

— Ontem à noite — resmungou ele — concordamos em não fazer isso. Não ainda.

— Não quebrei nossa promessa ontem à noite e não vou quebrá-la hoje também. Não faremos sexo. Apenas isso.

Ela sabia que estava implorando, mas estava desesperada para que ele não a impedisse. Porque chegar tão perto de tal prazer e ter que parar era algo muito ruim. *Muito ruim!* E não era verdade que a definição de sexo poderia ser ampla e confusa?

— Desde ontem à noite no banho, quando você me disse que não estava resolvendo o assunto sozinho, senti que preciso pôr minhas mãos e minha boca em você, Ford. Não somente por você... Mas por mim também.

Finalmente, ele entrelaçou as mãos às dela para que ela agarrasse sua ereção com ainda mais força. Juntos, eles o acariciavam, e ela não conseguia separar seus gemidos dos dele, que soavam pelas paredes do ônibus.

Estar daquela maneira com Ford de novo era tão perfeito e bonito, e sensual. Ela se sentia tão próxima dele e sabia que se ele tentasse impedi-la agora, ela morreria, pois *precisava* daquilo, precisava de pelo menos um momento por inteiro para suprir todos aqueles dias que ele recuou depois de beijos superquentes.

Mia ajoelhou-se na cama, com os longos cabelos caindo sobre Ford enquanto o tomava em sua boca. As mãos de Ford voltaram-se para seu cabelo e, juntos, eles encontraram um ritmo perfeito, um que era tão natural, um que parecia uma extensão dela, que ela imaginou como havia conseguido não tê-lo em sua vida por tanto tempo.

Usando os lábios e a língua, Mia o possuía com movimentos uniformes para cima e para baixo, lenta e alegremente. Ford sempre foi forte, sempre no controle, então aqueles pequenos momentos, em que ele se entregava para ela por completo, eram incrivelmente preciosos. Ela não conseguia se lembrar de ter ficado tão excitada antes, mas acreditava que não precisava de mais nada além do que havia acabado de fazer, apenas porque se sentia bem demais em dar prazer a ele.

Quando ela finalmente conseguiu recuperar o fôlego, olhou para seu físico escultural e perguntou:

— Se sente melhor agora?

— Não.

Antes que ela percebesse, Ford a puxou para cima de seu corpo, depois a virou de modo que ela ficou deitada na cama por debaixo dele. Ele mordiscou com força seu lábio inferior e deslizou as mãos sobre ela, mantendo-a imóvel com os braços esticados para cima da sua cabeça.

— Nem perto de me sentir melhor. — Seus dentes encontraram um dos lóbulos de sua orelha, pouco antes de retrucar. — Não antes de pôr minha boca em você também.

Ela quase se derreteu logo ali, com as mãos presas firmemente às dele enquanto a língua traçava o caminho do lóbulo até o pescoço. E quando a boca de Ford se fechou em um mamilo, tudo o que Mia conseguiu fazer foi arquear e implorar por mais.

— Por favor — disse ela, mesmo que sendo o tipo de mulher que não implorava nada a ninguém. Só Ford era capaz de fazer aquilo com ela. E quando ele lhe deu exatamente o que precisava, roçando sua barba de um seio para o outro, seus apelos deram lugar ao nome dele, que saía de seus lábios repetidas vezes sem fim.

Ela podia enroscar as pernas em volta dele, trazendo-o para mais perto, mas ele não tinha somente suas mãos presas, mas também as pernas dela embaixo dele também. Ford foi o amante mais dominante que ela já teve, e, pela primeira vez em sua vida, ela amava deixar outra pessoa liderar. Mas, depois de terem terminado, ela nunca mais havia deixado outro homem fazer aquilo com ela na cama novamente.

Só agora que ele a tinha exatamente onde a queria, não havia como negar que era ali onde Mia queria estar, mesmo tendo sido ela a responsável pela iniciativa de dar prazer aos dois alguns minutos antes.

Talvez, Mia pensou com os poucos neurônios que ainda funcionavam, dessa vez nenhum dos dois precisaria estar no comando. E se aquela manhã fosse alguma indicação disso, desse novo equilíbrio entre eles, tanto como amantes como verdadeiros amigos, deixaria as coisas ainda mais quentes do que tinham sido antes.

Ford manteve as mãos dela sob as dele enquanto distribuía beijos pelos seus seios, descendo até o abdome.

— Você tem um perfume tão bom — afirmou ele entre os beijos. — Não vejo a hora de saboreá-la de novo.

Mas, em vez de apressar-se em descer pelo restante de suas curvas do jeito que ela tanto queria que fizesse, ele foi bem lento ao percorrer seu corpo com a língua, saboreando toda a extensão, para, em seguida, sentir seu aroma natural ao finalmente ficar entre suas pernas.

— Ah, querida — disse Ford enquanto olhava para ela —, você está tão molhada para mim. Tão pronta.

— Por favor, Ford — implorou Mia novamente. — Não consigo mais esperar por você.

— Eu também não — disse ele, e então sua língua a tocou exatamente onde precisava, deslizando por toda a umidade, uma, depois duas, então três vezes antes que ele decidisse concentrar a atenção no clitóris.

Ele passou a segurar o quadril dela, e, quando Mia sentiu a terra começar a tremer embaixo, ela agarrou os dedos dele com força.

— Goze pra mim, Mia — disse ele, e suas palavras urgentes e o doce e leve toque dos seus lábios foram suficientes para que ela chegasse ao orgasmo, fazendo cada milímetro do seu corpo vibrar.

Ela chegou ao clímax rapidamente, mas ele permaneceu lá enquanto ela voltava devagar, os lábios macios sob sua pele sensível enquanto ele beijava o interior das suas coxas e, em seguida, a pele macia do quadril. Mia tentava recuperar o fôlego e os olhos ainda estavam fechados quando ele se moveu, envolvendo-a em seus braços.

Assim como tinha acontecido ao acordar, sentiu-se segura e acolhida.

E amada.

Mais uma vez, pensamentos de *amor* foram o que a trouxeram para a realidade. Porque uma coisa era se tornar amiga de Ford, que compartilhava sua cama. Outra era apaixonar-se loucamente por ele e acreditar que dessa vez seria para sempre.

Claro, ele estava tão sintonizado com ela que, apesar de ter ficado um pouco tensa, ele tirou o cabelo da testa dela e disse:

— Estou feliz que você tenha ido para o Oregon passar a noite comigo. Muito feliz mesmo. Pedi a Robert para nos levar a sua casa para que você pudesse sair quando precisasse.

— Estamos em frente ao meu prédio? — Mia se desvencilhou do abraço para abrir um pouco a persiana. — Devemos estar aqui há horas. — Sem dúvida, todos em seu prédio estavam imaginando qual celebridade estava bloqueando o tráfego lá fora. E julgando pela forma como o sol estava alto, Mia sabia que precisava sair e se preparar para seus compromissos. — Tenho que ir.

Ford levantou-se da cama, gloriosamente, abraçando-a por trás e disse:

— Apenas mais um beijo, primeiro.

Apesar de saber que ainda tinha muito em que pensar, Mia o beijou da forma mais intensa possível. Porque como eles poderiam voltar a manter o maldito autocontrole depois de terem dado o céu um ao outro?

— Pego você às sete.

Ela ainda não estava raciocinando direito depois daquele beijo e indagou:

— Sete?

— Para nosso encontro hoje à noite.

Finalmente Mia se lembrou, "pizza e filme". Uma noite estava em um estádio e em um ônibus de turnê blindado e, na outra, no sofá, assistindo a um filme ruim. Aquilo não deveria fazer nenhum sentido.

Mas, de alguma forma, fazia.

Vinte e cinco

Ford nunca havia pensado muito sobre o que vestir antes de se tornar famoso. Ao longo dos anos, ele aprendeu a se misturar entre as pessoas quando precisasse. Naquela noite, ele checou se o boné estava baixo e se a camisa de manga comprida cobria as tatuagens. Algumas pessoas olharam duas vezes quando ele entrou no prédio de Mia, mas ele apenas continuou. Pelo menos até que ela saísse do elevador, fazendo com que seu cérebro e corpo paralisassem bruscamente.

Por ser uma noite quente, Mia usava um vestido regata de cor creme que deixava seus lindos ombros à mostra e abraçava suas curvas. Por mais que a pizza e o filme fossem bons, Ford não tinha certeza se conseguiria fazer alguma outra coisa que não fosse ficar olhando para ela a noite toda.

Ao caminhar na direção dele com saltos tão altos que faziam suas pernas parecerem muito longas, ela disse:

— Você está ótimo também. — E lhe deu um beijo suave que abalou seu mundo mais uma vez.

Na noite anterior, o beijo que ela havia lhe dado nos bastidores em Oregon tinha sido um grande passo, mesmo que ele soubesse que ninguém da sua equipe falaria publicamente sobre eles. Mas aquela foi a primeira vez que ela o beijava ou tocava intimamente em um espaço público.

— Liguei e fiz nosso pedido há quinze minutos, então a pizza deve estar pronta para pegarmos. — Ela o analisou com boné de beisebol e calça jeans e camisa comuns. — Você quer se esconder em meu apartamento enquanto vou buscá-la para que não haja histeria em massa na rua?

Era provavelmente uma boa ideia, mas Ford queria ver se ela ficaria de mãos dadas com ele em público. Sabia que estava sendo ganancioso, que o beijo deveria ter sido suficiente. Mas não era. Não chegava nem perto.

Ele a queria por inteiro, coração e alma.

E queria o mais rápido possível.

— Estou disposto a correr o risco se você estiver.

— Agora que você tem uma casa aqui, imagino que as pessoas vão se acostumar a vê-lo pela cidade — disse ela, dando de ombros. — Por que não começar hoje?

Apesar de não ter pegado na mão dele quando saíram, Mia também não evitou ser vista com ele em público, e Ford lembrou-se de quanto a situação havia melhorado comparada com alguns dias atrás.

— Parece que você esteve ocupado hoje — disse ela, enquanto apontava para um jornal que tinha o rosto dele na capa.

Subitamente, um homem grande esbarrou nela ao passar correndo e ela tropeçou. Ford estava feliz por ter a desculpa certa para abraçá-la.

— Peguei você.

No meio da calçada lotada, ela não se soltou imediatamente, mas ficou lá com as mãos espalmadas no peito dele. — Você está falando sério, não está?

— Sim.

Mas palavras não eram o suficiente. Ford precisava beijá-la, mesmo que não fosse justo forçá-la a uma declaração em público como aquela. Exatamente como ela, Ford havia alcançado seu limite de autocontrole naquela manhã e, naquele momento, parecia não haver nenhuma maneira de conseguir o controle de volta.

Ele mal pôde saborear o toque de menta em seus lábios quando uma voz fria, e familiar, disse: — Rutherford, que coincidência.

Apesar de as mãos de Mia ainda estarem nele, Ford não pôde deixar de ficar tenso. Ela olhou para ele com um olhar confuso, em seguida, para um casal bem-vestido em pé na entrada de um restaurante que parecia caro.

— Meus pais estão aqui.

Mia olhou de um lado para o outro entre os três.

— Aqueles são seus pais? — perguntou, incrédula.

Quando ele concordou, perguntou a si mesmo quais seriam as chances de que aquelas pessoas não tivessem arruinado apenas sua infância, mas encontrariam alguma forma de estragar seu futuro também? Porque com Mia ainda indecisa em relação a ficar com ele, conhecer seus pais certamente não iria ajudar em nada. Não quando ela veria os genes que passariam para os filhos que ele queria ter com ela. Ele havia descrito sua infância para ela, mas era muito pior ela ver com os próprios olhos.

Ford estava se preparando quando Mia deslizou a mão na dele, sorriu e disse: — Peguei você também.

Eram apenas três palavras simples. Mas que instantaneamente mudaram tudo.

* * *

Mia sabia que deveria haver alguma semelhança familiar entre Ford e seus pais, mas ela honestamente não via nenhuma. Eles eram muito engomados e de aparência cansativa, enquanto Ford parecia totalmente confortável consigo mesmo.

— Catherine. Lance. Esta é Mia Sullivan. — Ford não disse que estava feliz em vê-los, nem eles disseram a ele.

— Olá. — Ela estendeu a mão para cumprimentá-los, mesmo que eles ainda não tivessem oferecido.

Eles não a deixaram esperando, mas também não pareciam particularmente impressionados com ela em seu minúsculo vestido, com o cabelo preso em um rabo de cavalo e artísticos brincos de vidro lapidado em vez de pérolas ou diamantes. Mia tinha certeza de que eles ainda sonhavam em ver o filho com uma mulher perfeitamente criada, envolvida na Liga das Senhoras de Seattle, e não com uma mulher como ela, que havia crescido em uma família de classe média... E que há poucas horas havia implorado para seu filho deixá-la sentir sua gloriosa ereção.

A mãe virou os olhos frios para ele e disse:

— Como você está, Rutherford?

Meu Deus, Mia pensou. Era como assistir a conhecidos distantes, que sentiam a necessidade de trocar gentilezas por terem se encontrado na rua. Ela apertou a mão de Ford para lembrá-lo de que não estava sozinho.

Ford sorriu para Mia, que estava contente em ver faíscas saltando de seus olhos antes que ele se virasse para a mãe e dissesse: — Está tudo ótimo, obrigado. E vocês?

O pai arqueou as sobrancelhas diante da forma casual como Ford falou com eles. Claramente, Lance Vincent havia sido criado e treinado para dar outro tipo de resposta: — Estamos bem, obrigado. Seattle tem se tornado o cenário da arte e estamos aqui para consolidar algumas aquisições para a galeria de sua mãe. — Ele parecia um pouco desconfortável quando adicionou: — Este encontro é extremamente fortuito. Um de nossos principais investidores nos informou que gosta muito da sua música. Estou certo de que ele gostaria de conhecê-lo, se você entrar conosco.

— Temos uma pizza nos esperando. Mas diga ao seu amigo que fico muito feliz que ele goste da minha música.

A mãe de Ford finalmente o tocou no braço. Não havia nada de maternal naquele toque, especialmente porque a maneira como suas unhas afundaram na pele dele mostrava que ela estava mais irritada com ele que qualquer outra coisa.

— Você está aqui agora e nós vamos embora amanhã à noite. Tenho certeza de que sua pizza pode esperar alguns minutos.

Antes que Mia pudesse pensar melhor, ela perguntou:

— Vocês estão aqui em Seattle para encontrar investidores, mas não podem ficar nem um pouco a mais para ver o show final da última turnê mundial de seu filho?

— Temos obrigações. Além disso, não somos fãs desse tipo de música — disse a mãe como se aquilo explicasse tudo.

— Não? — A voz de Mia era enganosamente suave. — De que tipo de música vocês gostam?

— O pai de Rutherford e eu fazemos parte da Ópera Lírica e da Orquestra Sinfônica de Boston.

— Certamente, apesar disso, suas *obrigações* podem esperar mais um dia para que vocês possam assistir ao show dele.

A mãe de Ford fez uma cara azeda, ou melhor, ela tentou fazer, pois as injeções de botox haviam congelado seu rosto da forma mais inexpressiva possível.

— Lance e eu achamos muito difícil ouvir toda aquela gritaria e martelada. Rutherford tinha tanto talento quando era jovem. Ele poderia ter se tornado um músico clássico. Ele poderia ter sido um compositor respeitado se quisesse, em vez de ficar brincando com aquela guitarra.

— Brincando? Ele poderia ter sido respeitado? Gritaria e martelada?

A raiva quase fez com que Mia caísse na calçada. Somente as mãos de Ford nela a impediam de ultrapassar os limites. Talvez, Mia pensou com o mínimo de clareza que lhe restava, Ford ficaria feliz em não continuar a se envolver com seus pais, mas ela foi criada para dizer o que pensava. E, se aquela era a única chance que teria de despejar tudo neles, então ela a aproveitaria.

Porque ela achava que os pais dele eram *péssimos*.

— Seu filho é uma das pessoas mais incríveis que já encontrei. Ele não tem só mais talento no dedo mindinho do que qualquer um dos músicos *adequados* que vocês obviamente reverenciam, mas, mais importante do que isso, ele é também o homem mais amável, engraçado e maravilhoso que já conheci. Algo que se torna ainda mais impressionante, agora que eu os conheci. — Mia zombou deles, não se importando com o que podiam pensar sobre seu ataque contra os dois, porque, obviamente, a opinião deles não contava. E continuou: — Eu costumava pensar como era triste vocês não se gabarem dele para seus amigos, mas agora estou feliz que não o fazem. Porque nenhum de vocês dois merece chamá-lo de *filho*. E — ela precisava falar antes que eles fugissem completamente para dentro do restaurante — o nome dele não é Rutherford. É Ford.

Os pais dele ficaram boquiabertos com o ultraje dela, mas ela já tinha dito tudo que precisava a eles. Ford a encarava também, com uma expressão ilegível quando ela o puxou para longe das duas pessoas a quem estava *muito perto* de socar.

* * *

Mia estava tão furiosa que não tinha notado a multidão que havia se formado em volta deles enquanto dizia aos pais de Ford exatamente o que pensava deles. Ele viu reconhecimento nos olhos de pelo menos uma dúzia de estranhos conforme passavam pela calçada e entraram pela porta da pizzaria, mas Mia estava tão motivada a mantê-los em movimento, que ninguém tentou pará-los.

Ford ainda podia sentir sua fúria enquanto pagava pela pizza. Chamaram um táxi para levá-los à casa de Ford. Ela estava estranhamente silenciosa enquanto pensava no encontro inesperado, mas em nenhum momento soltou a mão dele. E mesmo quando ele pagou o motorista, Mia esperou para que pudessem sair do táxi sem precisar se soltar.

Quando já estavam dentro da casa, Ford colocou a pizza sobre o balcão da cozinha, a abraçou e disse: — Já mencionei recentemente que você me deixa louco?

Normalmente, ele sabia que ela responderia com alguma piada sobre ter deixado outra parte dele "louco" naquela manhã. Mas naquela noite ela apenas olhou para ele e disse: — Ouvi tudo o que você disse sobre eles, mas acho que não queria acreditar. Eu queria pensar que talvez algum dia pudesse juntá-los para se tornarem uma família de verdade, uma família amorosa. — Mia soltou um longo suspiro e continuou. — Em vez disso, quando percebi que estava fora de mim, gritei com eles no meio da calçada. — Sua expressão endureceu de novo. — O que eles mereceram. Mas, ainda assim, não perguntei a você antes; fui impulsiva. Me desculpe, Ford, por não ser capaz de controlar meu imp...

Ele interrompeu seu pedido de desculpas passando a ponta do dedo pelo nariz dela e ficou feliz em ver os cantos da sua boca reflexivamente subirem um pouquinho ao toque da carícia que fazia cócegas.

— Ninguém nunca me defendeu daquele jeito. Até mesmo meus professores, que sabiam o quanto minha relação com meus pais era complicada e quanto eu temia ir para casa, não se intrometiam. Tenho certeza de que pelo fato de não virem hematomas, eles não pensavam que fosse tão ruim. E, honestamente, quando eu estava longe de casa, o que era na maioria do tempo, eu os bloqueava por completo da minha mente, por isso não era tão ruim mesmo.

— Então você não está furioso comigo por fazer aquela cena e acabar com eles?

Milhares de pessoas poderiam gritar seu nome da plateia e Ford nunca se sentiria tão amado, tão apreciado quanto havia se sentido quando ela ficou furiosa com seus pais e os tratou de maneira severa no meio da calçada.

— Eu te amo, Mia.

O fogo e a preocupação imediatamente sumiram dos olhos dela; havia somente cautela em relação ao futuro ao lado dele. — Ford...

— E eu amo saber que você vai proteger nossos filhos com tanta paixão, sem reservas, sem "pensar" e se alguém alguma vez não os tratar bem.

Ela estreitou os olhos para ele e disse: — Sei o que você está fazendo. Você acha que só porque estou toda irritada com seus pais, isso significa que somos melhores amigos agora e você pode começar a falar de casamento e filhos de novo. — Mia se soltou dos braços dele. — Quero que saiba que eu ainda estou decidindo sobre nós e nenhuma fala doce sobre como serão maravilhosos nossos filhos e nossa vida juntos vai me fazer decidir antes. Então, você pode parar de ser tão lindo e impressionante e de ter um perfume tão bom, parar de dizer essas coisas bonitas e o quanto me ama, porque estou dizendo que vou me decidir quando estiver bem e pronta, e nenhum minuto antes!

Talvez Ford não devesse rir da sua fala, mas Mia parecia tão fofa quando falava brava com ele que não conseguiu se conter. Um grunhido saiu de seus lindos lábios, e, quando ela se lançou sobre ele, ele a pegou em seus braços e a levantou.

— É uma noite quente para Seattle, você não acha?

Ele era grande o suficiente para prender com facilidade os braços e as pernas dela ao passar pela cozinha em direção ao pátio dos fundos. A água fria seria a maneira perfeita de tirar a amargura que tinha permanecido devido ao encontro com seus pais. Ford estava acostumado com eles e sabia exatamente o que esperar nas raras circunstâncias em que se encontravam, mas ela havia sido pega de surpresa.

— Que diabos você está fazendo, roqueiro?

— Refrescando minha garota de cabeça quente.

Vinte e seis

Os olhos de Mia se arregalaram quando percebeu que estava sendo levada diretamente para a piscina.

— Ah, não, é melhor você nã...

Ford a segurou até o último segundo e então a jogou poucos metros de distância dele para que seus braços e pernas não colidissem quando os dois estivessem embaixo da água.

Mia surgiu na superfície, espirrando água. — Você me paga!

Ele estava mais do que feliz em deixá-la se lançar sobre ele, e, assim que ela o afundou na água, Ford a puxou junto. Quando eles voltaram, dessa vez, os braços e as pernas dela enlaçaram-se nele, que a beijava.

Embora a água tivesse esfriado a pele de Mia, seus lábios permaneceram cheios de calor. Ele já havia lhe dito o quanto significava para ele Mia ter ficado do seu lado mais cedo e agora ele queria mostrar com o beijo.

Mesmo que a mordida no lábio inferior tivesse começado de brincadeira, a maneira como ela respondeu tão apaixonadamente com um gemido baixo de puro e doce desejo tornava impossível fazer qualquer outra coisa além de devorar cada centímetro da boca de Mia, enquanto a mão dele tocava e acariciava e a fazia gemer ainda mais de prazer.

E quando o crescente desejo por ela tomou conta dele, Ford não conseguia se sentir saciado enquanto devorava sua boca, entrelaçava sua língua à dela. Ele não queria nada além de tirar o vestido dela e ter suas curvas molhadas totalmente nuas para ele, assim como aconteceu no chuveiro do ônibus de turnê na noite anterior. Só que, naquela noite, ele sabia que, se tirassem as roupas, não haveria nenhuma chance de parar.

Cada vez que ele se afastava dela, sentia-se à beira da loucura. Não havia mais ninguém por quem ele estivesse disposto a perder a cabeça. Somente Mia. E uma chance de futuro com ela valia cada dolorosa ereção com a qual teve que lidar na última semana.

— Olhe para você — disse ela, enquanto tirava o cabelo molhado da testa dele com as mãos um pouco trêmulas —, tão convencido, pensando que me beijar faria com que eu não ficasse mais zangada com você.

Apesar da libido intensa, era fácil sorrir para Mia, considerando que ele se sentia muito mais do que convencido com a mulher mais linda do mundo em seus braços.

— Bem, ainda está zangada?

Seus lábios tremeram quando ela finalmente admitiu: — Não, droga!

— Na verdade — disse Ford, enquanto esfregava o nariz na pele molhada da curva do seu pescoço —, é muito excitante quando você se irrita. Talvez algum dia eu deixe você ganhar de mim na cama durante uma briga.

Ele podia ver pelo brilho em seus olhos que ela também gostava da ideia, mas Mia disse: — Não estávamos brigando.

Ford esfregou o nariz do outro lado do seu pescoço e retrucou: — Não?

— Não. Eu estava apenas informando que você estava agindo feito um brutamontes.

Mia tentou escapar dos seus beijos, mas estragou tudo com uma risadinha. Sem mencionar que a regata não tinha sido feita para ficar ensopada e, quando ela se afastou alguns centímetros, fingindo uma irritação, Ford teve a visão *fantástica* de seus seios exuberantes e mamilos rígidos.

— Nossa — disse ele, enquanto a olhou de forma longa e quente —, você é linda.

Mia olhou com cobiça para seus ombros e peitoral sob a camiseta molhada exatamente da mesma forma como ele babava sobre ela.

— Você também, roqueiro.

Seus olhos se encontraram e eles perceberam imediatamente que estavam oscilando à beira do precipício. Ou eles concordavam em pular juntos naquele dia ou teriam que se afastar completamente.

Uma semana antes, ele não teria pensado duas vezes em tirar vantagem da suavidade em seus olhos ou da pressão do seu corpo quente no dele. Mas agora Ford sabia que nunca se perdoaria se a forçasse a dar um passo maior do que ela conseguiria.

Felizmente o estômago dos dois roncou ao mesmo tempo.

— Que tal nos secarmos e finalmente comermos aquela pizza?

Mia colocou as duas mãos no rosto dele e o beijou antes de dizer:

— Você deveria se preparar, porque acho que meu vestido ficou completamente transparente. — Ela se inclinou para sussurrar em seu ouvido: — E não estou usando nada por baixo.

Ela se soltou do abraço dele e nadou até a borda, o tecido molhado e translúcido grudava em cada centímetro do seu corpo perfeito enquanto ela saía da piscina e caminhava para dentro da casa. Ford tentou conter ao menos um pouco a ereção, e sem sucesso, ao acompanhá-la até o andar superior; lá a encontrou no quarto vestindo apenas uma das camisas dele e uma calça jeans também dele.

Mia tinha dado um nó na camisa cinza de algodão e o jeans estava dobrado pelo menos duas vezes na cintura e nas barras. Ela parecia uma garotinha que brincava de trocar de roupa, e, mesmo que a camisa e a calça escondessem todas as suas curvas, Ford sabia que nunca tinha visto nada mais bonito em toda sua vida.

Tudo que ele pensava era em tê-la de volta.

Ele não tinha percebido que Mia o havia ajudado a curar o passado também, fazendo com que parasse de doer.

Ela lhe jogou uma toalha, contudo não olhava para ele. Ela encarava com um olhar triste a crescente poça de água nos pés dele.

— Como uma vendedora de casas de ótima qualidade — disse ela com uma careta —, não posso suportar deixar o chão molhado assim. Isso deixa meus pais e irmãos loucos, mas não consigo me controlar. — Mia passou uma toalha no chão embaixo de cada pé e limpou enquanto ele se secava e trocava suas roupas molhadas.

Um pouco mais tarde, ela estava sentada no sofá com o controle remoto da TV em uma das mãos e um pedaço de pizza na outra.

— A pizza está fria — constatou logo antes de colocar um enorme pedaço na boca. Em meio a calabresas e azeitonas pretas, Mia disse: — Que bom que sempre gostei dela assim.

E quando Ford se acomodou ao lado dela, eles começaram um debate espirituoso sobre a qual filme deveriam assistir, Ford soube com certeza absoluta que tocar em estádios e voar pelo mundo em jatos particulares para conhecer a realeza não se comparava a estar esparramado no sofá com sua garota para assistir provavelmente ao terrível filme que ela insistiria que vissem.

* * *

Satisfeitos com a grande pizza e as garrafas de cerveja que tomaram — que, claro, eram a única coisa que tinha na enorme geladeira de Ford —, Mia facilmente se ajeitou nos braços dele. Os dois sofriam à própria maneira com o filme que ela sabia que seria ridículo, mas queria ver de qualquer jeito porque não conseguiria lidar com nenhuma coisa emocional ou instigante naquele momento. Piadas e personagens caindo sem nenhum motivo era seu limite naquela noite.

Ford obviamente havia jogado os dois na piscina para tentar apagar o confronto com os pais dele. E mesmo que a tivesse feito rir com os contínuos comentários que eram mais divertidos que qualquer coisa no filme, e que se esfregar com ele na piscina tivesse feito com que ela o *quisesse*, como sempre, ainda assim seu coração doía o tempo todo por ele.

Uma semana atrás, Mia pensava que o odiava. Mas, naquela noite, o que ela sentia por Ford estava bem longe de ser ódio, e tudo em que ela conseguia focar, enquanto o filme na TV passava feito um borrão, era no que poderia fazer para ajudá-lo a curar as feridas.

Ela estava tão perdida em seus pensamentos que ficou surpresa quando Ford beijou-lhe a testa e disse:

— Nunca soube que uma tela em branco pudesse ser tão fascinante.

Assustada por ter perdido não somente o fim do filme, mas tam bém o fato de não tê-lo visto desligar a TV, Mia olhou de novo para ele no sofá e disse: — Desculpe, eu...

Deus do céu, ela não poderia lhe contar o que realmente estava pensando. Mia tinha quatro irmãos e sabia muito bem como seus orgulhos se feriam com facilidade. A última coisa que queria era que Ford pensasse que ela tinha pena dele de alguma maneira. Pelo contrário, ela conseguia ver agora o quanto ele era forte.

Tudo o que ela havia conseguido tinha sido com o total apoio dos pais e da família.

Ford tinha conseguido tudo apesar da decepção dos pais.

A dor aumentou quando ela se moveu nos braços dele para abraçá-lo, aninhando-se a ele.

— Só estou cansada. E seu sofá é muito confortável.

Seria fácil convencer Ford a fazer amor com ela naquela noite para ajudar a curar os dois, tirando tudo o que os machucava com o prazer. Mas mesmo que ela estivesse perto de aceitar qualquer razão para ficar com ele, depois de esperar todo aquele tempo, ela sabia que queria que sua primeira vez juntos novamente fosse cheia de amor.

E somente amor.

— Sei que você tem um grande show no sábado à noite — disse ela devagar, enquanto ele acariciava seu cabelo e ela se permitia afundar ainda mais em sua força e calor —, e sei que você provavelmente vai estar muito ocupado até lá, mas uma vez por mês meus pais dão um jantar na sexta-feira e...

— Sim. — Ford a abraçou com mais força, tanta força que a respiração dela ficou presa no peito. — Eu adoraria ir ao jantar na casa de seus pais.

A dor que sentia por ele ainda estava dentro do coração dela, mas, de súbito, havia também alegria. Mia sorriu e disse: — Dois dos meus irmãos provavelmente estarão lá também. Os dois são seus fãs. Pelo menos eram. Porque quando eles descobrirem que você está namorando a irmã deles...

Ford sorriu de volta para ela, mas Mia estava certa de que podia ver a mesma dor atrás do seu lindo sorriso.

— Farei o que for preciso para conquistar seus irmãos e seus pais.

— Não — sua resposta foi dura —, você não pode mudar quem você é por ninguém. Prometa-me que será você mesmo, roqueiro, egomaníaco e tudo mais.

Sua promessa veio com o beijo mais doce que Ford já tinha lhe dado, um beijo que os deixou completamente tontos com o prazer a cada respiração que tomavam um do outro. Mia queria se entregar totalmente a ele e queria exigir cada parte dele. Ela queria se perder nele completamente, no prazer selvagem da pele nua contra pele nua, em promessas sussurradas de prazer interminável que sempre se tornavam realidade.

Logo, no fundo, ela sabia. Logo, eles fariam amor. Não porque seus corpos exigiriam, mas porque seus corações não permitiriam que esperassem por muito tempo.

O que, surpreendentemente, fez a doçura antes do pecado ser ainda mais doce. Então, quando Ford a deixou em seu condomínio, mesmo sabendo que sentiria dor e desespero por ele, Mia adorou cada segundo de beijos trocados no sofá com o amigo por quem ela estava se apaixonando loucamente.

Vinte e sete

Ao atravessar o caminho de tijolos que dava para a porta da frente da casa dos seus pais, na sexta-feira à noite, Mia entrelaçou sua mão à de Ford. Ele segurava um enorme buquê de rosas na outra mão, e ela sabia que sua mãe iria adorar recebê-lo.

— Nunca trouxe ninguém para conhecer minha família — confessou a ele, sentindo um nó na garganta de emoção.

Na mesma hora, o pai abriu a porta da frente e disse:

— Você chegou, docinho. — Ele a abraçou longamente, como se tivesse se passado mais de uma semana desde o casamento. Na hora em que Mia disse "papai", a mãe já a abraçava também. Como sempre, ela se sentia acolhida pelo perfume de limão do xampu que a mãe usava desde que ela se conhecia por gente. Mia sempre se considerou uma mulher independente, mas a verdade era que, quando ficava algumas semanas sem encontrar os pais e os irmãos, ela começava a se sentir meio perdida.

— Gostaria de apresentar o meu amigo Ford. — Ao ouvir a palavra *amigo*, Ford apertou a mão dela com força. — Na verdade — disse ela, precisando que eles soubessem —, ele é meu amigo *e* meu namorado.

Mia meio que se sentia adolescente de novo. De alguma forma, apesar de tudo que ela e Ford já tinham feito na cama anos atrás, todos os longos beijos de boa-noite na última semana trouxeram um tom inocente ao relacionamento atual.

Ford cumprimentou o pai e a mãe de Mia, dizendo:

— É ótimo finalmente conhecê-los, sr. e sra. Sullivan. Vocês criaram uma filha maravilhosa.

Como Mia esperava, o pai levaria algum tempo para decidir o que pensar do roqueiro que queria ser o dono do coração da sua filha, mas a mãe se encantou imediatamente:

— É um prazer conhecê-lo, Ford. E Mia é a melhor filha que alguém pode querer ter.

— A recíproca é verdadeira, mamãe.

A mãe foi colocar as flores em um vaso e o pai foi para a cozinha tirar uma cerveja do freezer quando Adam, o irmão de Mia, entrou pela porta da frente.

— Oi, Mia. — Ele a beijou no alto da cabeça, mas não parava de olhar para a calçada pela janela da frente. — Parece que algum tubarão mudou-se para o bairro com seu elegante c...

Adam parou no meio da palavra ao finalmente perceber que Ford estava atrás dela. Mia quase riu diante do olhar de surpresa do irmão que estava inesperadamente cara a cara com seu herói musical na casa dos pais... Em especial quando olhou para baixo e viu Mia de mãos dadas com Ford.

— Adam — disse Mia. — Acho que você conheceu Ford no casamento de Marcus e Nicole. Ford, este é meu segundo irmão mais velho.

— É um prazer finalmente conhecê-lo — cumprimentou Ford de forma descontraída.

Mas, em vez de apertar a mão de Ford, dava para perceber que a cabeça do irmão girava ao olhar para eles uma e depois duas vezes e indagar: — Você dois se conheceram no casamento semana passada?

— Não — disse Mia com um sorriso animado ao abraçar Ford e ficar ainda mais próxima dele. — Nós nos conhecemos há cinco anos. Você já conhece a velha história, amor jovem e tolo e todas essas coisas. Mas a gente não se via até alguns dias antes do casamento, quando Ford me contratou para comprar uma casa em Seattle.

Ao se lembrar de como tinha surtado ao ver Ford no casamento, era engraçado apresentá-lo à família uma semana depois. Incrível a diferença que uma semana pode fazer.

Por outro lado, não foi apenas em uma semana com Ford que tudo havia mudado em seu coração há cinco anos também?

— *Cinco anos atrás? Amor jovem?* — O pobre Adam parecia prestes a surtar. — Que isso, Mia? Ouvimos as músicas dele no rádio mil vezes e você nunca falou nada.

— Desculpe não ter falado. Mas o passado não importa — asseverou Mia ao irmão. E era verdade mesmo. — Tudo o que você precisa saber é que estamos juntos agora.

O olhar irado e quase mortal que Adam lançou a Ford naquele momento fez com que Mia percebesse que o irmão tinha deixado o apreço pela música de Ford completamente de lado para tentar protegê-la.

Na mesma hora, a porta lateral da cozinha bateu e Mia soube que Dylan havia chegado. Ele hesitou na porta da cozinha quando viu Ford por lá. Parecendo que tinha acabado de sair do lago, Dylan não parava de olhar para Ford e para Mia franzindo o cenho, que ficava mais profundo a cada olhar.

— Ford, este é meu irmão Dylan. Dylan, este é meu...

— Namorado. — Adam praticamente rosnou por detrás dela.

O irmão marinheiro e durão parecia que ia engolir a própria língua ao dizer:

— Ele é *seu* namorado?

— Uau! — disse ela, rindo. — Fico feliz por vocês acharem que sou um prêmio e tanto.

— Pelo amor de Deus, Mia. Não é isso. Você é ótima. Mas ele é…

— Um maldito roqueiro! — Adam completou a frase.

— Se um de vocês quiser me dar uns sopapos para acalmar os nervos, pode vir! — sugeriu Ford.

— Não seja ridículo — disse ela a Ford antes de olhar para os irmãos. — Tenho certeza de que meus irmãos superprotetores vão encontrar uma forma de confiar que a irmã tem *um pouco* de senso e esperou até trazer para casa um homem que achou que valia a pena. Certo, meninos?

Dylan foi o primeiro a se esquivar. — Preciso de uma cerveja. — E antes que pudesse escapar, o pai voltou com as bebidas geladas para todos.

Enquanto Adam dava o primeiro longo gole, claramente demonstrando irritação, Mia sugeriu a Ford:

— Vamos ver se minha mãe precisa de ajuda.

— Sra. Sullivan — disse Ford ao entrarem na cozinha —, que aroma maravilhoso.

— Por favor, me chame de Claudia.

Mia não conseguiu resistir e pegou uma noz caramelada na tigela de salada. — Veja só, experimente isto. É ela mesma quem faz.

Ford emitiu um som que dizia tanto a Mia quanto à mãe como havia gostado da pequena noz açucarada. — Claudia, como posso ajudá-la?

— Por que você e Mia não terminam de colocar a mesa?

Há uma semana, Mia tinha chamado Ford de egocêntrico e autocentrado. Agora ela sabia que não havia um centímetro sequer nele do roqueiro vaidoso que esperava se sentar e ser servido. Pelo contrário, Mia percebia que ele realmente estava gostando de colocar os pratos coloridos e os copos de vidro trabalhado na mesa.

Adam fez uma careta quando passou por eles, e Mia decidiu que era melhor lidar com o irmão antes que ele forçasse a barra demais e ela acabasse voando nele por cima da mesa para tentar fazer com que caísse na real.

— Adam, aquela coisa está lá no carro.

— Coisa? Que coisa? — E Adam foi atrás dela.

— Essa coisa! — Mia bateu no braço dele com tanta força que ele se retraiu. — Isso é por ter sido um babaca com o meu convidado. Até quinze minutos atrás, você era o maior fã de Ford.

— Isso foi antes de saber que ele estava brincando com minha irmã.

— É mesmo? E você acha que sou tão inocente assim que deixo os caras brincarem comigo?

— Você sabe que não é isso que estou falando.

— Talvez seja melhor você dizer de outra forma então.

Adam passou a mão nos cabelos, denotando a frustração óbvia diante da situação inesperada. — Aquele cara pode ter o mundo todo na palma da mão se ele quiser.

— Smith também — enfatizou Mia. — E você não o trata como se ele fosse a escória do mundo simplesmente por ousar respirar na sua presença.

Claramente irritado por saber que ela tinha razão, Adam fez uma careta na direção da sala de estar.

— Eu cresci com Smith. Não conheço Ford. Não sei como ele trata as mulheres.

Ela sabia que não conseguia ficar brava com o irmão. Claro que ele estava sendo autoritário, da mesma forma que Ian tinha sido no casamento, mas Adam tinha um coração bom.

— Dê uma chance a ele hoje, Adam. Por mim. Pois eu gosto dele.

Ele a examinou com cuidado e indagou: — Quanto você gosta, Mia?

— Muito. — Mia nem precisou pensar no assunto, nem mesmo hesitou. Mas em vez de parecer feliz, Adam estranhamente franziu ainda mais o cenho.

— Adam?

— Quando você nasceu eu não conseguia acreditar em como você era pequena. A gente sempre brincava pesado, mas com você...

— Vocês se certificavam de que eu não me machucasse, e amo vocês por isso. Mas não estamos mais no playground, e não acho que você tem o poder de controlar se vou ou não me machucar desta vez. — Mia deu-lhe um beijo na bochecha. — Desculpe por ter batido em você. Isso provavelmente fez com que você desejasse não ter me ensinado a dar socos, não é mesmo? Pois tenho certeza de que vai ficar roxo.

Mia ficou feliz de ouvir a risada dele ao voltarem juntos para dentro da casa.

* * *

— Há quanto tempo você conhece a Nicole, Ford?

Mia sabia que podia contar com a mãe para quebrar o gelo enquanto todos estavam ocupados comendo.

— Fui a um show dela há alguns anos e fiquei muito impressionado. Quando ela começou a tocar o violão, imediatamente ouvi os primeiros acordes da música que escreveríamos juntos na minha cabeça. — Ele riu para si mesmo. — Ela acabou pegando os acordes e a letra e as melhorou mil vezes, é claro. Senti-me honrado de ir ao casamento dela.

— Eu me lembro da Mary ter telefonado para mim depois de um almoço em família em Palo Alto, onde Marcus declarou seu amor por Nicole na frente de todos — disse Claudia. — Pareceu tão doce.

Mia sentia os olhos de Ford nos seus, e, como se conseguisse ler a mente dele, ela lançou-lhe um olhar que dizia: "Não ouse, roqueiro". O sorriso que ele deu como resposta não lhe trouxe confiança nenhuma de que ele não fosse dar uma de Marcus com ela. Coisas assim pareciam tão românticas, mas, embora ela tivesse conversado com Adam lá fora, não tinha certeza de como ele lidaria com Ford fazendo uma enorme declaração dos seus sentimentos na frente de todos naquela noite.

— Sua família é ótima. Mesmo depois de Mia ter me contado como vocês são próximos, ver por mim mesmo no casamento foi maravilhoso. — Com um sorriso descontraído, Ford se virou para os irmãos de Mia e disse: — Adam, Mia me contou sobre seu trabalho com casas históricas. E, Dylan, você desenha veleiros, certo?

Na mesma hora, Mia soube que sempre haveria um lugar para ele à mesa de sua mãe. E, quando ele conseguiu fazer Dylan e Adam falarem, apesar dos tropeços do começo da noite, ela ficou surpresa pela forma como Ford se encaixava tão bem em sua família... e o quanto ele parecia curtir estar ali com eles.

Vinte e oito

— Estou muito feliz por você ter trazido Ford para ficar um pouco conosco hoje — disse a mãe de Mia quando as duas foram para a cozinha esquentar a torta de maçã que Claudia havia feito de sobremesa. — Gosto muito dele, querida. Parece ser um bom homem.

Mia adorava o fato de a mãe não ter mencionado nem o talento nem a fama de Ford. Ela não disse nada do tipo "Considerando como ele é rico e bem-sucedido, ele é um bom homem". Em vez disso, Claudia olhava para Ford como o homem que ele era em sua essência e pela forma como ele tratava sua filha. Havia poucas pessoas que não se interessariam pela carreira e pela conta bancária de Ford, e a mãe de Mia era uma delas.

— Obrigada por ter sido tão boa com ele hoje, mamãe. Principalmente considerando como papai e os meninos foram difíceis no começo. Ford nunca teve família e acho que significa muito para ele estar aqui com a gente hoje.

— Ele é o primeiro homem que você trouxe para casa. Mesmo se isso não tivesse me mostrado como ele é especial para você, eu teria descoberto observando vocês dois juntos no casamento.

Mia ia pegar os garfos limpos, mas parou antes disso e perguntou:

— Dava para ver que havia algo entre nós no fim de semana passado?

— Você sempre olhou para os homens que namorava de uma forma brincalhona, como se fosse puro flerte. Eles não conseguiam tirar os olhos de você, mas você nunca teve problemas em olhar para outra direção. Ford é o único homem de cujo olhar você não consegue desviar. Mas não é só a aparência dele que a atrai, não é?

— Não. Embora seja difícil lembrar-me dos motivos pelos quais deveria tentar resistir a ele quando se tem uma aparência daquela.

— O que você acha que a faria mais feliz, querida? Encontrar uma forma de continuar resistindo aos seus sentimentos por ele? — Os olhos da mãe expressavam todo o entendimento do mundo. — Ou cedendo aos seus sentimentos sempre que ele está perto?

Era ao mesmo tempo uma bênção e uma maldição o fato de a mãe parecer ter uma visão de raios X emocional em relação aos filhos. Por um lado, isso significava que Claudia sempre os apoiaria, antes mesmo de aceitarem o fato de que precisavam de apoio. Por outro, significava ser impossível esconder a verdade dela.

E foi por isso, Mia subitamente percebeu, que não trouxe Ford para casa há cinco anos. Não porque não quisesse desistir de passar algumas preciosas horas nos braços dele, mas porque, embora estivesse perdidamente apaixonada por ele, Mia deveria saber que nenhum dos dois estava pronto para amar um ao outro verdadeiramente.

Mesmo assim, a mãe de Mia nunca a pressionou em assunto nenhum, nem sobre o amor nem carreira. Claudia simplesmente apoiava os filhos em qualquer direção que tomassem. Mesmo se algumas vezes essa direção os levasse ao erro.

— Quando ele voltou à minha vida semana passada, eu achava que sabia exatamente quem ele era. Mas ele não para de me surpreender de forma positiva. Estou feliz com ele, mamãe, mais feliz do que jamais lembro ter estado. Mas... — Ela parou de falar sem saber como colocar os sentimentos em palavras. — Por que será que quanto mais feliz me sinto ao lado dele, mais medo tenho de me perder nessa felicidade?

— Também tive todo esse medo com seu pai — contou a mãe ao acariciar o cabelo de Mia. — Tinha medo de me permitir amá-lo sem reservas *no caso* de algo dar errado entre nós. A verdade é, querida, que as coisas dão errado o tempo todo, mas também dão certo. Finalmente, percebi que não havia mais ninguém com quem eu quisesse compartilhar os acertos e os erros.

Os braços de Claudia a envolveram, e Mia ficou feliz por se deixar abraçar. — Não sei por que não falei com você antes. Eu devia ter contado sobre o que aconteceu conosco há cinco anos, mas me esforcei muito para esconder o fato de todo mundo.

— Se você me perguntar, é perfeitamente natural nos isolarmos quando sentimos demais, quando nosso mundo começa a girar ao redor de uma pessoa. Temos certeza de que ninguém mais conseguirá entender como é amar alguém tão profundamente, não é?

Nos últimos dias, Mia estava cada vez mais perto de aceitar que o que ela estava sentindo por Ford era real. E que poderia durar.

Naquele dia, ela tinha decidido que finalmente ia dizer a Ford tudo o que estava em seu coração. E ela não ia mais ter medo dos erros e acertos, do bom e do ruim, contanto que tivesse seu melhor amigo ao seu lado.

— Ele precisa de uma família. — O coração de Mia partiu novamente quando ela pensou no homem e na mulher que havia encontrado no dia anterior e que eram idiotas demais para saber que filho maravilhoso tinham. — Ele não teve a mesma sorte que eu por ter tido vocês. E quero muito isso para ele. — Mia segurou na mão da mãe, precisando que ela soubesse como gostava de seu apoio, de seu encorajamento e do amor incondicional que Claudia tinha lhe dado desde que nasceu. — Eu te amo, mamãe.

— Eu também te amo, querida. E, apesar de Ford não ter tido uma ótima família, ele é um homem de muita sorte.

— Por causa do sucesso?

— Não. — Os olhos da mãe estavam cheios de emoção pela filha mais nova. — Pois ele não tem apenas sua amizade, ele também tem seu amor. Você só precisa dar a ele sua confiança.

Sim, Mia pensava enquanto as palavras da mãe se provavam verdadeiras. Observá-lo com a família era como encaixar a última peça do quebra-cabeça.

Pois, se Mia conseguia confiar seus segredos a Ford, seu corpo e sua família a ele, então ela sabia que conseguiria confiar seu coração a ele também.

* * *

Mesmo depois do casamento em Napa, no fim de semana anterior, em que Ford pôde ver como os Sullivan eram próximos, aquele jantar em família com os pais de Mia e os dois irmãos era uma revelação. Era tudo tão normal, tão descontraído, desde os pratos coloridos até a mesa e as cadeiras construídas pelo próprio Max, e até mesmo o ronco do cachorro cinzento na almofada do canto. Dava para ver de onde vinham as habilidades de decoração de Mia, especialmente no que se referia a cores e fotos da família em todas as mesas e paredes. Ford gostou em particular das fotos de Mia pequena, começando por um bebê lindo, depois uma garotinha fofa de maria-chiquinha e sem um dente, até a adolescente de parar o trânsito, toda arrumada para a festa de formatura. Ele já estava na estrada quando se formou e não pensou duas vezes em não comparecer. Agora, se perguntava como teria sido se tivesse participado da festa com uma garota como Mia Sullivan em seus braços.

Mas ele já sabia que teria se sentido o cara mais sortudo do planeta, pois era exatamente assim que se sentia agora, a cada segundo que passavam juntos.

E o mais importante de tudo era como os Sullivan se sentiam confortáveis uns com os outros. Durante todo o jantar houve muita risada, conversas amigáveis e apoio. De várias maneiras, aquilo o fazia se lembrar de sua equipe e da sua banda quando se reuniam durante os meses intermináveis de turnê.

Surpreso ao pensar assim, ele fez uma pausa. Durante todo esse tempo, ele pensou que não tinha uma família. Mas não era exatamente isso que ele tinha construído com os outros músicos? Só que, ao mesmo tempo em que compartilhavam muitas cervejas e rodadas de pôquer nos camarins, ele nunca havia confiado em nenhum deles da forma que Mia o tinha ensinado a confiar em um amigo na última semana.

— Você fica muito tempo na estrada, não fica? — perguntou Adam no segundo em que a porta se fechou atrás de Mia e da mãe.

Ford virou-se para prestar atenção no irmão de Mia. Assentindo, ele disse:

— Passei a maior parte da última década na estrada.

— Você vai ficar quanto tempo por aqui? — Adam tinha dado uma trégua durante o jantar, mas era óbvio que ainda estava preparado para se atracar com Ford pela irmã.

— Tenho muitas coisas para fazer no conservatório de música que estou começando aqui na cidade. Não estou planejando fazer mais turnês tão cedo. — Mas ele sabia que Adam achava que Ford só estava brincando com Mia enquanto estava na cidade. Só havia uma forma de provar aos irmãos que ele queria um relacionamento sério com ela. — Só que a maior razão de não voltar para a estrada é porque espero convencer sua irmã a se casar comigo.

— Casar com você? — Adam olhou para o pai e o irmão. Max não parecia nada surpreso, mas Ford não tinha certeza se o pai dela também estava totalmente satisfeito. — Quanto vocês se conheceram há cinco anos?

Mia disse repetidas vezes que o passado não importava mais, mas Ford ainda planejava passar o resto da vida fazendo valer a pena para ela e para todo mundo que a amava. — Eu amei Mia desde o primeiro momento em que a vi, mas era jovem e estúpido.

Dessa vez foi Dylan quem grunhiu. — Você a traiu com alguma groupie?

— Não. Mas o fato de não tê-la traído não significa que a merecia.

Finalmente, o pai de Mia falou: — O que o faz pensar que merece minha filha agora?

Ford supunha que Max Sullivan era um ótimo pai apenas por causa da forma como Mia o adorava, e gostou dele imediatamente, mas durante o jantar seu respeito por Max só continuava a crescer. Não só pelo fato de ter criado cinco filhos maravilhosos, mas também porque continua a manter o amor pela esposa vivo por quase quatro décadas.

Os pais de Ford eram um péssimo exemplo tanto de paternidade quanto de amor. Ele esperava ainda ter muitas chances de observar e aprender com Max e Claudia.

— Sei que você pensa que ninguém será bom o suficiente para sua filha. E você tem razão; ela merece alguém bem melhor que eu.

Mas posso prometer que ninguém jamais vai se esforçar tanto para manter o sorriso no rosto dela. Nenhum outro homem irá apoiar seus sonhos como eu irei. E a amarei cada vez mais todos os dias pelo resto da minha vida.

Mais uma vez, os irmãos e o pai se entreolharam antes de Adam dizer: — Você espera que a gente acredite que você vai desistir de tudo por ela?

Ford controlou seu gênio a noite toda com o irmão de Mia. Agora, ele não conseguiu mais e soltou tudo o que pensava, retrucando para ele.

— Sua irmã é linda. É inteligente. É leal aos amigos, aos funcionários e à família de uma forma até feroz. Eu não hesitaria nem por um segundo desistir de tudo que tenho se isso significasse que ficarei com ela pelo resto da minha vida.

Os três homens ficaram em silêncio por longos segundos antes de o analisarem e detectarem que Ford estava sendo sincero. Finalmente, o pai disse: — No dia em que Mia nasceu, apesar de já ter quatro filhos, eu sabia que ela era especial. Dava para ver em seus olhos como era inteligente, e também como era linda, e eu sabia como poderia viver com medo de achar que as pessoas poderiam se aproveitar dela, como os homens que só viam sua beleza e queriam tê-la como um prêmio poderiam machucá la.

Há cinco anos, Ford teria se sentido ao menos parcialmente culpado por isso, mas ele já tinha confessado como foi idiota, então ficou em silêncio enquanto o pai continuava a falar.

— Prometi a mim mesmo naquele dia que confiaria que Mia tomaria as decisões certas, e eu a ensinaria pelo exemplo em sempre insistir no melhor e no mais poderoso amor. — Max Sullivan ergueu o copo e continuou: — Não estou dizendo que será fácil para mim deixar a minha garotinha ir e sei que não sou mais o primeiro homem a quem ela vai recorrer, mas se alguém vai tomar o meu lugar, fico feliz que seja você, Ford.

Antes que Ford pudesse expressar o quanto significava a fé de Max nele entre o bater dos copos em um rápido brinde, Mia e a mãe entraram carregando uma enorme torta de maçã quente e seis garfos. E, conforme todos começaram a devorar a torta ao mesmo tempo, Ford soube que, se o pai de Mia não tivesse acabado de dizer que aprovava seu relacionamento, ele saberia que sim pela forma como a família supôs que ele ia lutar pelos pedaços do meio da torta da mesma forma que os demais... e pela forma como Mia se aproximou no meio de uma garfada e o beijou na frente das pessoas que mais amava no mundo.

Ford percebeu Max e Claudia Sullivan sorrindo um para o outro um pouco antes de fechar os olhos e retribuir o beijo de Mia.

Vinte e nove

Mia normalmente não tinha pressa para sair da casa dos pais depois do jantar às sextas à noite, mas naquela noite, assim que ajudou a acabar com a torta de maçã, ela levantou com tudo e puxou Ford também.

— Obrigada pelo jantar. Foi maravilhoso. Prometo lavar toda a louça da próxima vez! — Ela soltou a mão de Ford somente o tempo suficiente para beijar a mãe e o pai e dar um abraço de despedida nos irmãos. Mia mal deu a Ford a chance de se despedir adequadamente antes de arrastá-lo para fora da sala de jantar em direção à sala de estar e ao hall. — Amo vocês e nos vemos amanhã à noite no show.

Antes que qualquer um da família pudesse fazer ou dizer algo para atrasar a partida deles, ela abriu a porta da frente e empurrou Ford para fora, batendo a porta atrás dela.

— Corra! — Ela pressionou Ford e caminhou o mais rápido que conseguia de salto alto, jogando-se com tudo para dentro do carro. Ele mal havia entrado atrás do volante quando ela o agarrou pela camisa, dando-lhe um beijo loucamente quente. Ele tinha gosto de maçã com cerveja misturados a *Ford*. — Mesmo sabendo que minha família inteira está atrás da janela nos espionando, se você não ligar o carro agora, vou pular em cima de você de qualquer jeito.

O sorriso dele expressava ao mesmo tempo alegria brilhante e sensualidade sombria quando ligou o carro. Assim que o veículo começou a se mover, ele já tinha metade dos botões da camisa abertos.

Ford colocou uma das mãos sobre as dela e as segurou com força contra o peito, dizendo:

— Diga-me onde há um lugar ermo para estacionarmos. E seja rápida ou nós dois seremos presos por atentado ao pudor.

Cada centímetro dela se sensibilizou diante da ameaça sensual na voz dele e das batidas fortes de seu coração em suas mãos.

— Vire bem aqui. Agora esquerda e direita novamente. — A cada volta que ele fazia, havia menos casas e iluminação nas ruas, até chegarem à saída do bairro e as árvores começaram a ficar mais espessas conforme entravam na floresta. — Agora, vá direto até o final da rua.

Eles estavam completamente envoltos pela escuridão quando Ford desligou o carro. Mia saltou para o colo dele e, embora estivesse bem apertado ali entre o volante e o assento, ela saboreou a forte pressão dos músculos dele em suas curvas.

Mia adorava sentir como ele estava rígido entre suas pernas, como as mãos dele eram famintas ao percorrer a extensão dos seios até o quadril e voltando a subir de forma agitada e impaciente deixando toda a luxúria dominá-lo. Apesar de estar muito escuro no carro, Mia fechou os olhos e esfregou sua pelve contra a dele concentrando-se totalmente no prazer que tomava cada vez mais conta dele.

As mãos dela estavam no cabelo dele, o rosto contra o de Ford ao mesmo tempo em que ele levantava sua saia e então agarrou seu quadril com força para que ela não se movesse, mas foi ele quem parou, surpreso.

— *Mia.*

Ford estava mais que satisfeito ao descobrir a pele nua dela quando ela o informou.

— Tirei a calcinha logo depois da sobremesa.

— Você — disse ele movendo as mãos lentamente debaixo da saia dela para acariciar o quadril nu — é uma menina má.

A sensação pecaminosa da ponta dos dedos dele roçando a pele sensível do interior das coxas a fizeram soltar uma risada rouca ao incentivá-lo:

— Seja mal junto comigo, Ford.

— Chegamos a um ponto — disse ele com uma voz repleta de emoção e luxúria — em que tenho uma nova fantasia a cada minuto do dia. Penso em como vou tirar sua roupa. Como vou fazê-la implorar para que eu a beije, a toque. Mas...

— Você me provocou a semana toda, Ford — resmungou Mia encostando a boca nele antes de mordiscar-lhe o lábio inferior. — Para mim chega, Ford.

— Chega de quê?

A lua não iluminava o suficiente para que ela pudesse ver os olhos dele, mas dava para sentir a tensão, e a esperança, na pergunta.

— Chega de duvidar de você. — Ela segurou o rosto dele com ambas as mãos e o virou de leve para que pudesse dar-lhe um beijo na bochecha. — Chega de ter medo do que sinto por você. — Ela beijou a outra bochecha. — Chega de resistir a me apaixonar pelo meu melhor amigo.

— Me explique o que você está falando — ordenou ele de forma rude em vez de ser gentil. — Explique-me *exatamente* o que você está dizendo.

— Sei que não podemos apagar nosso passado, mas aquela semana que passamos juntos foi tão boa antes de dar errado que não acho que gostaria de apagá-la mesmo que pudesse. Essa última semana me mostrou como poderia ser o futuro com você. — Sim, ela estava desesperada para ter mais dele, tudo dele, mas queria as pequenas coisas também. — Dormir nos seus braços, sentir-me segura e amada. Acordar com você ao meu lado de manhã, sabendo ter finalmente encontrado minha outra metade. Passar nosso tempo livre durante o dia rindo e amando-o mais a cada segundo, mesmo com você me provocando o tempo todo. — Entrelaçando os dedos aos dele, ela disse: — E é bom que você saiba que minha mãe também o aprova.

Mia não tinha percebido o quanto ela precisava desse apoio e aprovação até que a mãe gentilmente a forçou a ter fé no que sentia por Ford e saber que era natural questionar um amor tão forte como aquele, mesmo para uma mulher tão maravilhosa como a mãe.

— Você é a pessoa com quem quero rir. Você é a pessoa com quem quero chorar. Você é a pessoa para quem quero contar meus segredos. Você é a primeira pessoa para quem quero ligar quando fechar um grande negócio e também o primeiro que quero xingar quando algo der errado. Você é meu melhor amigo, Ford, e sei que sempre será. Estou dizendo que quero ser sua de todas as formas possíveis.

Durante a semana toda, quando as coisas ficaram quentes e desesperadas entre eles, foi Ford quem sempre mostrou que eles deveriam parar antes de ir longe demais. Mas, hoje, depois de Mia dizer que ele é seu melhor amigo, ele imediatamente abaixou o banco e se virou para que ela ficasse debaixo dele.

— Você se lembra da nossa primeira noite juntos? — perguntou ele.

A lembrança a deixou toda arrepiada, apesar de estar queimando por dentro devido à proximidade. — *Claro que sim.*

Quando eles saíram do local, a porta da limusine mal tinha se fechado e a tela da privacidade mal havia terminado de se fechar quando um atacou o outro. Mia conseguia se lembrar de tudo em relação ao amor que tinha feito com Ford pela primeira vez no banco de trás da limusine, exceto quem tirou as roupas primeiro. Eles estavam desesperados um pelo outro.

— Você arruinou minha relação com as limusines — afirmou Ford a ela.

No escuro, tudo que ela sabia era como Ford era delicioso ao pressioná-la no banco do carro, o perfume masculino tomava seus sentidos a cada respiração.

— Da próxima vez que estivermos em uma — sussurrou Mia em seu ouvido —, prometo que vou compensá-lo. — Os dentes dela se fecharam em seu lóbulo quando ela abriu toda a camisa dele. — Quer uma prévia hoje?

— Quero *tudo* hoje — disse Ford um pouco antes de fechar a boca de Mia com a sua em um beijo que era impressionantemente possessivo, emocionantemente dominador e totalmente adorável.

* * *

Mia estava quente e carente e tão pronta em qualquer lugar que a tocasse, mas mesmo beijando-a avidamente no rosto, ombros, seios e coxas e quadris, Ford sabia que nunca, jamais se saciaria naquele banco apertado. Ele queria ver a pele dela enrubescer, precisava ver os olhos dela brilhar e depois escurecer conforme o prazer a dominasse, deixando-a toda agitada até o ápice.

— Para casa. — Mesmo após ter tomado a decisão quase impossível de fazê-la esperar mais alguns minutos, ele teve que dar-lhe um beijo no pescoço bem onde pulsava e tinha um aroma de flores. — Vou levá-la para casa e vou fazer amor com você até que nenhum de nós consiga mais se mover.

— Não. — Os braços dela se apertaram ao redor das costas dele quando ela virou o rosto para que seus lábios roçassem os dele. — Não vou conseguir esperar tanto tempo assim.

Mia se moveu e se esfregou de forma insistente contra o corpo dele, e quando sua mão estava debaixo da saia dela chegando no calor molhado e escorregadio, ele silenciosamente concordou que não podia deixá-la sofrer durante o pequeno percurso de volta à casa dele.

Ele não disse nada para ela antes de enfiar dois dedos com força e profundamente dentro dela. Ela o recompensou com um gemido baixo de prazer que ressoava por toda a sua alma. Mudando de lugar no assento para que pudesse empurrar o quadril na direção da mão dele, ele a incentivou. — Mostre para mim como você é uma menina má se entregando a mim, Mia. Assim, no carro, com meus dedos dentro de você.

Ah, sim, Ford pensou enquanto o clímax a alcançava como um trem em movimento, ela ainda gostava de falar sacanagem. Por cinco anos, ele se lembrava de cada momento travesso com ela na semana que passaram juntos. Ele precisaria de pelo menos mais cinquenta anos amando-a para completar a lista de novas fantasias travessas em que havia pensado naquela semana.

Segurando seu seio esquerdo com a mão que estava livre, Ford atiçou o mamilo rígido sem misericórdia ao mesmo tempo em que aumentava o ritmo e a força dos dedos dentro dela. E embora devesse estar preparado para vê-la atingir o clímax, ele não estava nada pronto para aquilo.

Pois Mia não estava apenas gozando para ele, mas estava se entregando por inteiro e totalmente debaixo dele. Entregando não apenas seu corpo, mas todas as suas dúvidas e seus medos também.

Apesar de estar mais excitado do que jamais esteve em sua vida, Ford trouxe Mia mais para perto e a abraçou até que a respiração dela voltasse ao normal. De alguma forma, ele conseguiu soltá-la por tempo suficiente para levá-la ao seu assento e colocar o cinto nela, focando em dirigir de forma segura pelo bairro e pela autoestrada que os levaria para casa.

Ele a ouviu gozar, ele a sentiu gozar, mas, droga, ele precisava *vê-la* gozar. E isso não aconteceria numa rua deserta e escura. Ele precisava conduzi-los de volta para casa sãos e salvos para que conseguisse levá-la para dentro, acendendo todas as luzes do lugar e então tirar as roupas dela para apreciar cada centímetro do seu corpo.

Sob o fraco brilho das luzes da rua, Mia era tão linda que ele mal conseguia confiar em si mesmo para olhar para ela sem bater o carro. Mas, apesar de dirigir com cuidado, ele não tinha mais autocontrole para não olhar para ela sempre que era seguro desviar o olhar da estrada por um breve momento.

Ela tirou os saltos quando eles se entrelaçaram no banco do carro e as pernas dela estavam encolhidas. Ela virou o rosto para ele enquanto relaxava recostando-se no apoio de cabeça. Os olhos estavam fechados e ele poderia ter achado que ela estava dormindo para se recuperar do orgasmo poderoso não fosse pela forma leve, mas precisa, como ela massageava as coxas dele.

— Já estamos chegando? — murmurou Mia com a voz pesada sem se importar em abrir os olhos.

— Continue fazendo isso com as mãos que garanto que já chegaremos — respondeu ele.

Claro que em vez de tirar as mãos, seus lindos lábios abriram-se em um sorriso e ela mudou de lugar no assento para que pudesse senti-lo ainda mais.

Deus do céu, se os dedos dela chegassem um pouco mais perto da sua ereção, eles correriam grande risco de bater o carro em algum poste. Ainda bem, ele chegou na sua rua e passou pela portaria de segurança antes que pudesse envolvê-los em um acidente.

Segundos mais tarde, Ford a pegou nos braços e a levou para a torre. Ela enlaçou os braços ao redor do pescoço dele e se aninhou com delicadeza e confiança para o que quer que fosse que ele tivesse planejado para eles naquela volta para casa.

Em casa. No pé da escada da torre, ele hesitou, e Mia finalmente abriu os olhos para olhar para ele. — Ford?

A beleza e a bondade dela faziam com que ele a reverenciasse.

— Eu te amo.

— Também te amo.

Apesar de ter dito a ele como se sentia no carro, era a primeira vez que dizia essas palavras, de forma simples e pura, em cinco anos.

As mãos dele a seguraram com mais força.

— Diga novamente.

— Eu te amo.

Sabendo que Mia podia continuar dizendo as palavras infinitamente e Ford nunca se cansaria de ouvir, ele disse:

— De novo.

— Ah, Ford. — Ela deslizou as mãos pelo rosto dele. — Eu te amo tanto. Mais do que consigo expressar em palavras. Mais do que jamais conseguirei mostrar.

O beijo que ela lhe deu era tão doce que ele na verdade sentiu dor pela sensação de seu coração inflar dentro do peito.

— Você já conseguiu — jurou ele para ela. Por um momento ficou difícil decidir se deveria simplesmente colocá-la no chão e possuí-la ali mesmo. Mas, então, conseguiu, por muito pouco, juntar o restante de autocontrole que possuía para subir as escadas com ela em seus braços.

Desde o primeiro momento em que havia visto a casa, ele quis fazer amor com Mia na torre. Quando se mudou na segunda à noite, ele achou um armário escondido nas paredes de pedra que estava cheio de cobertores macios e travesseiros.

Era difícil até mesmo se separar dela para arrumar a cama, mas, assim que ele abriu a porta do armário de cobertas, ela emitiu um som de alegria. Pegando uma colcha colorida, ela a espalhou pelo piso de cerâmica para que pudesse colocar os cobertores e travesseiros por cima.

Descalça, Mia ficou no meio da cama de improviso e abriu os braços para ele. — Venha aqui, roqueiro, e deixe eu te amar.

Ford foi até Mia e ela entrelaçou os dedos aos deles antes de erguer a boca na direção da dele. Minutos podem ter se passado, talvez horas, em que eles ficaram ali, daquele jeito, beijando-se com a brilhante luz da lua penetrando pelas janelas da torre.

— Preciso de você nu — disse ela quase sem fôlego, quando seus lábios finalmente se abriram.

— Faço qualquer coisa por você — afirmou ele ao pegar uma camisinha no bolso de trás e jogá-la sobre as cobertas, depois desafivelou o cinto e abriu o zíper da calça enquanto arrancava a camisa pelos ombros. Na hora em que abaixou a calça, ela estava de joelhos desamarrando as botas dele.

Quando ele terminou de tirar a roupa, ela olhou para ele com um brilho *muito* travesso nos olhos. Antes que pudesse impedi-la, a mão dela já havia enlaçado seu pênis, e a boca o devorava.

Ford estava muito perto do ápice para deixá-la amá-lo daquela forma por muito tempo, mas a forma como ela o lambia e chupava como se nunca o tivesse saboreado era algo tão bom...

Ele quase não conseguiu afastar o corpo a tempo e, quando viu como ela enrubesceu de prazer, e como suas pupilas escuras estavam dilatadas diante da reação dele, quase não fazia mais diferença nenhuma que ela não estivesse mais com as mãos nele. Ford estava mais que satisfeito.

Gemendo, ele chutou a calça e a cueca para longe. Inclinou-se e segurou a roupa dela com força para que ela pudesse ficar em pé enquanto ele tirava o vestido. E Mia soube como tomar a iniciativa quando pegou a camisinha com a outra mão e, segundos mais tarde, colocou-a nele.

— Agora, Ford — disse ela em um tom exigente. — Não posso esperar mais nenhum segundo por você.

Eles haviam feito uma cama de travesseiros e cobertas, mas quando ela saltou nos braços dele e enlaçou as pernas e os braços da mesma forma que havia feito no estádio em Oregon na quarta-feira à noite, eles não precisavam da cama ainda. Ainda bem, dessa vez não havia roupas pelo caminho enquanto Ford os levou instintivamente contra a parede.

As línguas se entrelaçavam enquanto ele a penetrava, a pele escorregadia se alargava e depois se estreitava ao senti-lo. Incapaz de se lembrar de um prazer tão intenso, Ford teve que se entregar ao desejo de penetrá-la profundamente.

E o tempo todo *eu te amo* era o refrão não apenas da música mais linda que Ford já tinha ouvido, como também era a mais inspiradora que ele já tinha tido a sorte de tocar. Repetidas vezes a melodia tocou em seus corpos, com gemidos de prazer, com as mãos ávidas e, finalmente, com o orgasmo único que percorria o corpo dos dois de forma intensa e desesperada.

Trinta

Mia esparramou-se no peito de Ford na improvisada cama do quarto da torre, e o coração dele batia forte e acelerado debaixo do ouvido dela. As pernas não estavam firmes depois de terem feito amor contra a parede, e ela estava amando recuperar as forças com Ford daquela forma.

Não havia mais segredos entre eles, nem raiva ou amargura. Apenas amor... E intermináveis prazeres a serem compartilhados.

A noite estava fresca e clara, era o que eles viam de onde estavam deitados. Dava para ver facilmente as luzes brilhantes e a lua sobre a água pelas enormes janelas. Isto é, se algum deles estivesse se importando em olhar para algo que não fosse um ao outro.

— Seus pais são ótimos — disse Ford subitamente, e Mia subiu nele para que pudesse ver seu rosto com mais clareza. — Seus irmãos também não são tão maus. Principalmente depois que você impediu Adam de me olhar daquela forma fatal.

Ela adorava o fato de que eles tinham acabado de fazer um sexo frenético e que agora era muito natural conversar sobre a família. Principalmente sabendo que há cinco anos isso jamais teria acontecido.

Finalmente, ela sabia com certeza que a vida sexual deles seria tão quente quanto sua amizade seria doce.

— Ele teve que gostar de você quando você começou a falar das casas históricas que viu ao redor do mundo. E oferecer deixar ingressos na bilheteria para eles amanhã à noite para que pudessem ir comigo ao seu show também não foi nada mau.

— Quem diria que jantar com a família da minha garota poderia ser tão afrodisíaco? — disse ele com um sorriso sensual, trazendo-a mais para cima para beijá-la.

Os beijos dele a enfraqueciam. As mãos, deslizando por suas curvas, a deixavam dolorida de prazer. E, embora Ford soubesse o quanto ela o amava, havia outras coisas que ela queria que ele soubesse também. Coisas importantes.

Coisas *eternas*.

— Pensei muito esta semana sobre a razão de as pessoas se apaixonarem.

— Eu também — confessou Ford ao gentilmente tirar o cabelo dela da testa. — E química definitivamente faz parte disso. — Ele escorregou um dos dedos pela lateral do corpo dela até a cintura, fazendo com que ela estremecesse com o melhor dos arrepios para provar seu ponto de vista.

— Sim. E respeito — disse Mia, sabendo que poderia encarar os olhos negros dele para sempre sem nunca precisar olhar para nenhum outro lugar.

— E confiança. — A palavra que saiu dos lábios dele expressava pura emoção.

Mia colocou a mão sobre o coração dele ao acrescentar. — E uma amizade sólida e muito verdadeira.

Uma amizade que ela rezava para que ficasse cada vez mais forte durante todos os *acertos* da vida e inabalada durante todos os *erros* também, principalmente porque ela mal conseguia silenciar a voz em sua cabeça que lhe dizia que um amigo jamais impediria outro amigo de fazer aquilo para o qual havia nascido para fazer.

— Tenho uma ideia — murmurou Mia ao alongar-se para sentir os pelos do peito de Ford em seus seios. Eles tinham acabado de fazer um amor incrível, mas, em vez de se sentir saciada, ela sentia-se como se ainda precisasse de muito mais dele. — Quer ouvir?

A ereção dele aumentou instantaneamente um pouco mais, e o coração acelerou. Mia sabia muito bem que não devia deixar o sexo ficar em primeiro lugar, mas não tolerava a ideia de arruinar uma noite perfeita com preocupações sobre Ford estar tomando a decisão errada ao desistir de fazer turnês e se estabelecer em Seattle. Além disso, no dia seguinte à noite no show, ela finalmente conseguiria ver se ele estava desistindo do palco por ela ou se ele estava mesmo pronto a se aposentar das apresentações ao vivo.

Por enquanto, ela não ia se sentir culpada por saborear todo o prazer intenso que a consumia por dentro e que só Ford conseguia dar a ela.

— É claro que quero ouvir sua ideia.

— Bem... Você sabe aquela lista com todas as fantasias em que você pensou esta semana? — Ele já estava se mexendo sobre as cobertas para que ela ficasse debaixo dos seus músculos deliciosos na hora em que ela disse: — Quero que você escolha uma de cada vez para realizarmos todas as noites.

Ford segurou o cabelo dela, pressionando da forma mais sensual possível ao indagar. — Uma só?

Mia ergueu a cabeça para sussurrar em seus lábios. — Pelo menos uma.

Ele a engoliu com a boca, e as línguas se entrelaçaram e os dentes a mordiscaram, e até os mesmos gemidos foram compartilhados. Finalmente, ele disse:

— Desde que você me disse que se masturbou esta semana e gozou sozinha, não consigo pensar em outra coisa. Mostre-me como você faz. Preciso ver. Preciso ver *você*.

Mia daria a Ford tudo o que ele quisesse, mas esperou tanto para ter as mãos dele em seu corpo novamente que mesmo ao assentir ela disse:

— Ajude-me a mostrar para você, Ford. Ajude-me a gozar para você.

Ele a beijou novamente, com mais força e rapidez. — Onde você me quer?

— Atrás de mim, com minhas costas em seu peito e suas pernas ao meu lado.

Movendo-se rapidamente, ele se posicionou contra os travesseiros e a trouxe de costas para ele. A ereção era enorme e tocava suas costas enquanto ela relaxava, recostando-se nele.

— E agora? — As duas palavras quase inaudíveis não passavam de um sussurro.

— Agora coloque as mãos nas minhas coxas e deixe-as bem abertas.

Ele engoliu em seco ao lentamente correr as pontas dos dedos da cintura até as coxas dela. Mia adorava sentir as mãos enormes dele nela, e o calor e a umidade aumentavam entre as pernas dela enquanto ele segurava a pele macia com delicadeza para deixá-las bem abertas.

— Humm — incentivou-o ela —, está perfeito.

— Perfeito demais — concordou ele com a voz profunda e ressoante que a cativou desde o primeiro momento em que a viu no palco. — Diga-me o que você precisa agora, Mia.

— De você — disse ela antes de virar o rosto para o dele e beijá-lo. — E que você saiba, veja, *sinta* o quanto eu quero você. O quanto eu preciso de você, Ford.

Ela colocou as mãos sobre as dele, que deslizavam lentamente sobre sua pele, das coxas ao quadril, do quadril ao abdome, até que estivessem com as mãos em ambos os seios.

— Adoro o fato de você tocar guitarra — disse ela com voz hesitante diante dos calos nas pontas dos dedos que roçavam seus dois mamilos ao mesmo tempo.

Mia arqueava com o toque combinado, fazendo com que ele soubesse com as próprias mãos que ela queria mais, que queria tudo o que ele pudesse dar a ela.

Quando carinhos sussurrados saíam dos seus lábios, tudo o que Ford precisava dizer a Mia era: — Eu te amo, meu amor. Amo demais. E preciso que você me mostre como quer que eu a faça gozar. *Agora.*

Ela já havia erguido o quadril devido ao toque dele na hora em que ele tirou a mão de um dos seios e foi descendo até a pele úmida e carente entre as coxas dela. E, quando Ford tocou exatamente onde ela precisava ser tocada, os dedos calejados deslizavam do jeito mais delicioso e travesso sobre ela, e dentro dela, Mia sentiu-se partida em mil pedaços instantaneamente.

Os dedos dele tocavam em um ritmo perfeito de prazer na pele úmida até ela parar de tremer. E, apesar de a força do clímax ter sugado toda a energia que tinha, ela nunca se sentiu tão poderosa ao rapidamente mover-se sobre as cobertas para sentar em cima dele.

Ela não fazia ideia de onde ele havia tirado a segunda camisinha, mas estava mais do que agradecida quando ele a penetrou, um centímetro por vez.

— Como é que você sabia que essa seria a próxima fantasia da minha lista?

Mia adorava a forma como Ford a provocava mesmo enquanto se amavam de forma apaixonada. Há cinco anos, não havia risadas durante o sexo. Sim, o calor era incrível, mas eram chamas que queimavam rapidamente em vez de arderem de forma constante e lenta, confiando que não fossem apagar.

— Algo me diz que *tudo* está na sua lista de fantasia. — Mia retribuiu a provocação.

— Só há um jeito de descobrir — disse Ford, levantando o corpo para que os dois ficassem sentados juntos. — Temos que realizar cada uma das minhas fantasias pelo menos uma vez.

— Bem — disse ela ao erguer o quadril para que ele a penetrasse de forma ainda mais profunda —, se você *insiste...*

Trinta e um

No meio da noite, quando a torre ficou gelada demais para que a pilha de cobertas os mantivesse aquecidos o suficiente, Ford carregou a adormecida Mia para o quarto principal.

— Meu príncipe — murmurou ela contra o peito dele. — Como eu sempre soube que você era.

O coração dele estava tão pleno, que ele quase a acordou para dizer-lhe, mais uma vez, o quanto a amava. Mas ele já tinha mantido Mia acordada por tempo demais e, considerando que seu próximo show seria em menos de vinte e quatro horas, sabia que era uma boa ideia dormir um pouco também.

Agora, deitado com Mia macia e quente em seu corpo na cama, Ford estava feliz por dormirem, e não só porque os dois precisavam de um descanso. Tê-la respirando de forma suave e firme nos braços era quase tão bom quanto a forma como ele planejava acordá-la.

Deixando os dedos de uma das mãos brincarem com os cabelos macios dela no travesseiro, ele lentamente deslizou os dedos da outra mão no abdome dela. Mesmo se não tivesse sentido que a respiração dela tinha mudado de ritmo imediatamente, teria sabido que ela estava acordada por causa da remexida que Mia deu diante da ereção dele.

Ela tinha adorado tudo no amor rápido e feroz que tinham feito até agora, mas, naquele momento, Ford queria o sonolento e vagaroso. Pressionando os lábios na curva do ombro dela, ele deslizou a mão pelo abdome para sentir a maciez de um dos seus seios.

O pequeno som de prazer que Mia emitiu fez com que ele ficasse ainda mais excitado do que já estava.

— Bom dia — murmurou ela ao colocar a mão no quadril dele, pressionando a pele levemente com as pontas dos dedos.

Desde o primeiro momento em que ela o havia tocado em Seattle há tantos anos, Ford foi embalado pela intensidade da conexão entre eles. Ter ficado sem ela por tanto tempo e então voltar com ela em uma semana cheia de intermináveis e eróticas preliminares, tinha feito com que sentisse uma fome insaciável. Fazer amor com Mia na noite anterior não tinha apagado a loucura, a obsessão...

Não, quanto mais ele a tinha, mais *precisava* ter.

— Todos os dias, Mia — resmungou ele entre os beijos que dava em sua nuca. As pontas dos dedos encontraram os mamilos rígidos que esperavam por seu toque. — Quero acordá-la dessa forma todos os dias.

— Sim — concordou ela enquanto ele apertava seus seios. — Sim. Exatamente assim. Todos os dias.

Ford nunca foi uma pessoa matutina, e os anos na estrada só tinham solidificado seus hábitos noturnos. Mas ter Mia nua e quente contra seu corpo, debaixo das cobertas grossas, fez com que ele subitamente entendesse a beleza das horas em que o sol nasce no começo do dia. Ele adorava a forma como a pele se aquecia ainda mais a cada beijo, a cada carícia em suas curvas. Havia tantas fantasias que Ford queria viver com Mia, e ele estava impaciente para experimentar cada uma delas.

— Ontem à noite, você me mostrou como brincava consigo mesma, como fazia para chegar ao orgasmo. E eu adorei. — Ele passou a acariciar o outro seio cujo mamilo rígido e dolorido já implorava por seu toque e, conforme ela tremia para ele, Ford perguntou: — Mas sabe o que quero hoje de manhã, amor?

Céus, ela reagia a ele, o quadril se movia para cada vez mais perto da sua ereção e as coxas se abriram para recebê-lo até mesmo antes que ele lhe dissesse o que estava planejando fazer:

— Por favor — pediu ela com voz ainda rouca de sono, mas também cheia de desejo. — Possua-me, Ford.

Ele nunca se sentiu mais tentado por uma mulher, mas depois da forma que ele a tinha possuído na noite anterior, agora era preciso saboreá-la. Demorando. Adorando.

E, ele pensou com um sorriso vagaroso, provocando.

— Em breve — prometeu ele. Mas não até que ele lhe desse mais uma amostra safada e travessa do futuro que teriam juntos.

— Diga-me o que você quer. — Mia o estimulou ao mover as mãos do quadril dele para sentir a ereção. — Diga-me que eu darei a você.

— Sei que vai — disse ele com uma risadinha baixa e sombria entre os cabelos dela. Da mesma forma que ele daria a ela qualquer coisa que ela quisesse. Ele tirou a mão do seio dela, e ela emitiu um som suave de protesto, um som que ele pretendia rapidamente transformar em um suspiro de prazer. — Fique de costas.

Movendo-se com sua sensualidade inata, ela lentamente mudou o peso do corpo na cama para ficar de costas, com os braços abertos nos lençóis, os olhos estavam cheios de ansiedade enquanto esperava que ele dissesse o que queria em seguida.

Mas em vez de falar, Ford simplesmente segurou as mãos dela com as suas, erguendo-as acima do corpo dela, para que pudesse alcançar a cabeceira. Ele entrelaçou os dedos dela nas barras de ferro frias.

— Não importa o que eu fizer com você, quero que continue segurando.

Ele adorava a forma como os olhos dela se dilatavam cada vez mais, respirando mais rápido. Sua pele enrubescia enquanto ele deixava o olhar deslizar pelos seios perfeitos até a cintura, voltando para o maravilhoso quadril. Ford puxou as cobertas completamente para que pudesse admirar a carne úmida e excitada entre as coxas dela.

— O que você vai fazer comigo?

A pergunta ofegante quase o fez ceder à vontade de beijar os lábios carnudos, brilhantes e molhados de Mia enquanto ela passava a ávida língua sobre eles. Mas ele sabia que aquele primeiro beijo levaria a outras coisas de uma forma bem mais rápida do que ele queria.

— Farei com que você se sinta bem.

— Bem como? — Ele adorava o desafio nos olhos dela da mesma forma que sabia que ia adorar cumprir aquela proposta.

— Melhor do que você jamais se sentiu.

Ela ficou arrepiada diante da promessa, os dedos se apertaram nas barras de ferro para mostrar a ele como estava planejando seguir as instruções.

— Feche os olhos, amor.

Dessa vez ela não hesitou, não o questionou. Mia simplesmente *confiou* nele, e isso significava o mundo inteiro para Ford. Em cada minuto do dia em que estiveram juntos na semana passada, seu objetivo foi ganhar a confiança dela. Agora que tinha conseguido, ele jurou nunca mais perder. Não importava o que tivesse que fazer para ser digno dela.

Cada centímetro do corpo dela era tão lindo que ele mal conseguia decidir por onde começar. Como se estivesse respondendo em silêncio, ela revirou o corpo, e aquela visão plena dos seios nus dava-lhe água na boca. Mesmo assim, ao mesmo tempo em que ele não queria nada além de tocar aquela pele tão macia com as mãos, acariciando os mamilos com a língua, Ford sabia que seria melhor se fosse bem devagar naquele momento.

Aproximando-se, ele lentamente passou a língua pelo corpo dela, primeiro de um lado do peito, depois do outro.

— Seu gosto é tão bom — disse ele a ela antes de ir subindo a língua pelo seu corpo. Ford queria saborear cada centímetro dela, mas era realista o suficiente para saber que aquele momento não iria durar muito. Não quando estar tão perto daquele belo corpo nu o levava à beira da loucura.

Pelo menos, ele pensou ao dar-lhe um beijo na pele doce bem abaixo do seio esquerdo, ele não era o único que estava tendo dificuldade em se segurar. Pois com nada mais do que umas simples lambidas, Mia segurava-se com tanta força na cabeceira da cama que as articulações dos dedos estavam ficando brancas.

Principalmente, ele percebeu um pouco depois, quando em vez de percorrer o caminho todo do corpo até os seios para tomá-los com a boca, ele voltou a atenção para o quadril. Ford foi chegando cada vez mais perto com a língua e o roçar dos lábios para sentir partes dela que imploravam por atenção, mas ele deliberadamente não ia até o fim. E embora Mia continuasse presa à cabeceira, isso não a impedia de mover o dorso e a parte inferior do corpo para tentar fazer com que a boca de Ford fosse até onde ela realmente queria.

Mais uma vez, Ford levou o jogo para o próximo nível fazendo com que ela ficasse paralisada também, mas, naquela manhã, ele sabia que não seria justo com nenhum dos dois. Não quando eles haviam esperado tanto para ficar novamente daquela forma. Na verdade,

Ford subitamente decidiu que já havia passado da hora de recompensar os dois.

Sem dar a Mia aviso prévio nenhum, Ford deslizou as mãos sobre os seios dela no exato momento em que cobriu seu sexo com a boca. O nome dele surgiu nos lábios dela em um grito de prazer enquanto ele abria caminho com a língua, deslizando-a para dentro dela, sentindo seu calor. A pele estava úmida debaixo da palma da mão dele, os mamilos sobre seus dedos estavam rígidos, indicando a doce excitação contra a língua dele.

Sem dúvida, afastar as mãos e a boca um pouco depois foi uma das coisas mais difíceis que ele já teve que fazer. Mais difícil até que ter que parar toda a semana nos beijos de boa-noite.

— Ford? — O nome dele era mais um sussurro ofegante que uma palavra. — Por que você parou?

— Shhh — sussurrou ele, movendo-se para pressionar um beijo suave no pescoço dela. A boca ainda era uma zona proibida se ele queria ter a mínima intenção de prolongar o prazer. — Estamos quase lá.

Com os olhos ainda fechados, Mia não via que as mãos dele tremiam quando ele se sentou para colocar a camisinha. Nem que ele usou até a última gota de autocontrole para posicionar-se entre as pernas dela sem penetrar aquele lindo calor lubrificado.

— Abra para mim, amor. — Mia estava tão excitada, tão pronta para amá-lo, que seu coração quase parou quando fez o que ele pediu. — Abra mais — incentivou ele, mal conseguindo sussurrar, precisando dela mais do que imaginava e mesmo assim nunca conseguir se sentir saciado.

Enquanto Mia abria as coxas ainda mais, um leve gemido saiu de seus lábios, e Ford teve que esticar a mão para roçar o polegar sobre eles para acalmá-la. Ela passou a língua sobre o dedo dele. Sugou o polegar, enfiando-o com tudo em sua boca, raspando os dentes sobre ele de uma forma que o fez pulsar dentro da camisinha sem mesmo tê-la ainda tocado.

Tirando a mão da boca, Ford a colocou na cintura para segurá-la com firmeza. Vendo que os olhos dela iam se abrir, ele disse:

— Lembre-se, mãos na cabeceira e olhos fechados.

Dava para ver que Mia lutou consigo mesma por alguns momentos, mas, em seguida, obviamente decidiu que para seu próprio interesse era melhor continuar seguindo as ordens dele. E ele planejou muito bem certificar-se de que ela não fosse se arrepender enquanto curvou as mãos para pegar o quadril dela, erguendo-a levemente da cama para que ficasse ainda mais aberta para ele. Ford usou a outra mão para se apoiar na cama ao lado dela e então a penetrou completamente.

Mia ofegou de surpresa pelo prazer que tomou conta dela, fazendo com que ele quisesse desistir do jogo sensual, chegando ao prazer intenso durante uma fração de segundo. Porém, saber que podia fazer Mia se sentir bem daquele jeito, e que ela confiava nele para levá-la exatamente ao lugar em que ela precisava ir, deu-lhe força para se controlar e desistir da intenção original.

Fazer com que ela se sentisse melhor do que nunca.

Ele deslizou para frente e para trás repetidas vezes, e ela se moveu com ele, erguendo o quadril da cama para ficar o mais próximo que duas pessoas fazendo amor poderiam estar.

— Eu tenho que olhar — implorou ela. — Por favor, deixe-me olhar.

Ela tinha razão, não era justo que só ele tivesse o prazer de observar os corpos dos dois deslizando um contra o outro daquela forma.

— Abra os olhos.

Respirando aliviada, ela ergueu as pálpebras imediatamente paralisando o olhar diante da ereção dele ao mesmo tempo em que

Ford mais uma vez a penetrava e sentia a excitação molhada entre suas pernas.

— Nossa, Ford. Você é tão lindo.

— Você também — disse ele. — A coisa mais linda que eu já conheci.

Ele se controlou o máximo que conseguiu, provocando os dois até que os músculos abdominais dela começaram a se contrair e ele soube que ela estava à beira do orgasmo. Ford enlaçou as mãos ao redor de Mia e eles se abraçaram e juntos se seguraram na cama quando ele finalmente a penetrou com força e profundidade.

Com os dois juntos, acelerados em direção ao êxtase, bem quando o corpo dela começou a pulsar e pular junto ao dele, Ford usou sua boca para lhe dizer quanto a amava de todas as formas possíveis.

* * *

Um pouco depois, Mia estava sentada no banquinho da ilha da cozinha de Ford, bebericando o café que tinha feito e vestindo apenas uma das camisas de manga longa dele com nada por baixo. Ele estava de cueca boxer de cintura bem baixa, deixando à mostra todos os seus músculos e a pele tatuada, e, naquele momento, Mia teve certeza de que estava com fome. Só que não estava com tanta vontade do café delicioso que ele estava preparando quanto estava com vontade *dele*.

— Uau! — disse ela quando ele rapidamente bateu a massa e a derramou na máquina de waffle, depois começou a bater os seis ovos que havia colocado na frigideira. — Eu não sabia que você sabia cozinhar.

— Morar em um ônibus de turnê como morei por tanto tempo faz com que a pessoa fique boa em descobrir algumas coisas que podem ser feitas sem ter que parar para comer em alguma espelunca nem precisar pedir para viagem. E ovos e waffles caem bem no café da manhã, almoço e jantar, se for preciso.

Por um lado, dava para ver que a vida na estrada nem sempre foi glamorosa, independentemente da elegância do ônibus e de ter dinheiro suficiente para marcar o caminho de cidade em cidade. Mas, por outro, mesmo com ele dizendo estar cansado de comer em espeluncas e pedir para viagem, era óbvio que não se importava muito com os aspectos negativos da sua carreira. E, afinal de contas, todas as carreiras tinham seus aspectos difíceis, não é mesmo? Como corretora de imóveis, por exemplo, os fins de semana eram os dias mais agitados, com visitas a casas, e Mia estava trabalhando enquanto a maioria das pessoas aproveitava os sábados e domingos para ficar com amigos e família. Mas ela gostava tanto do que fazia que tirar as segundas de folga em vez do sábado nunca a incomodava.

Depois de deliberadamente cobrir os waffles com manteiga e calda, Ford levou um enorme prato de comida para a mesa.

— Você está planejando dividir isso?

Ele sentou-se e deu um tapinha no colo, dizendo:

— Venha aqui e você vai adivinhar exatamente o que planejei.

Apesar de ele ter acabado de explodir sua cabeça com meia dúzia de acrobacias na cama, seu corpo instantaneamente se animou para mais uma rodada. A camiseta de algodão arranhava os seios sensíveis da forma mais sensual possível, enquanto Mia lentamente caminhava até ele e, então, ergueu uma das pernas para se sentar sobre ele na cadeira.

Suas bocas uniram-se no mesmo instante, e Ford foi ficando cada vez mais excitado e quente contra o corpo dela, que estava cada vez mais próximo.

— Poxa, Mia — disse ele quando finalmente se afastou um pouco. — Juro que estava planejando dar o café da manhã a você.

Infelizmente, no momento em que ela estava prestes a dizer a ele que o café da manhã podia esperar um pouco mais, seu estômago deixou escapar um chiado alto de fome. Claramente determinado a alimentá-la, Ford pegou uma enorme fatia de waffle com o garfo e colocou na boca de Mia.

— Humm! — Ela fechou os olhos para apreciar suas habilidades culinárias e o delicioso corpo dele firme debaixo do dela. — Que delícia!

Ele colocou um pedaço entre seus lábios e ela abriu a boca para pegar e, então, poucos segundos depois, ele ofereceu mais um. Em pouco tempo, os dois viviam o café da manhã mais sensual da história, comendo com o mesmo garfo, metade de cada pedaço do waffle indo para a boca de Mia e metade para a de Ford. E ainda assim, debaixo do desejo interminável que Mia tinha por Ford, havia algo mais doce do que a calda com a qual ele havia encharcado o waffle. Ela sentia o amor dele não só pela forma como a tocava, pela forma como queria muito lhe dar prazer, mas também pela forma como queria garantir que ela estivesse alimentada e feliz.

Mia queria todas essas mesmas coisas para ele, queria saber que ele estava feliz mais do que tudo.

— Não vejo a hora de ver o seu show hoje à noite.

Ele colocou mais um pedaço do waffle na boca de Mia e disse:

— Da última vez que você esteve na plateia, eu fiz o melhor show da minha vida. — Ford sorriu ao inclinar-se para lamber uma gota de calda do queixo dela. — Você não imagina como estarei feliz por você estar lá no meu último grande show. Estou planejando um show ainda melhor para você hoje à noite.

A noite anterior e aquela manhã tinham sido um perfeito conto de fadas. Não foi só o sexo surpreendente, foi saber que Ford a amava tanto quanto ela o amava. Mas agora, enquanto ele falava de desistir de fazer turnês por ela, todas as preocupações que dizia a si mesma que não havia problemas em deixá-las de lado por um tempo acabaram por crescer dentro dela.

— Ford...

Antes que ela pudesse expressar suas preocupações, ele já estava dizendo:

— Desejei você na plateia milhares de vezes, Mia. Céus, por meses depois que nos separamos, eu ficava achando ter visto você na plateia. Mas sabia muito bem que você jamais estaria lá.

— Na verdade — disse ela ao decidir que já havia passado da hora de ser completamente franca com ele —, você está certo quando diz que não estive na plateia de nenhum dos seus shows ao vivo, mas assisti a algumas das suas apresentações transmitidas na internet.

Mia ainda podia se lembrar de quanto doía vê-lo novamente, como tinha sido impossível para ela parar de olhar para a tela do computador. E, apesar do quanto ele a tinha magoado, ela ficava perdidamente enfeitiçada pela apresentação dele.

Diante do olhar de surpresa, ela disse:

— Você é maravilhoso no palco. Nunca vi ninguém cantar como você, com o coração e a alma a cada nota, cada verso. Mesmo quando eu disse a mim mesma que não suportava olhar para você, não conseguia desviar o olhar, e não conseguia me impedir de ficar ainda mais apaixonada por você.

Ford a beijou uma vez, duas e muitas outras mais até que todas as outras coisas que ela tinha planejado dizer a ele, sobre não sentir que não era certo desistir de sua paixão por ela, sumiram de sua cabeça. Somente os sons dos telefones de ambos tocando simultaneamente os trouxeram de volta à realidade.

— Falando de show... — Mia ofegou, esforçando-se para recuperar o fôlego. — Aposto que é a Carol querendo saber onde você está.

— E o Orlando para lembrá-la de todas as pessoas que precisam da sua ajuda para encontrar uma casa perfeita hoje. O que significa que eu devia deixar você ir, não é mesmo?

— Acho que sim. — Mia enlaçou os braços ao redor do pescoço dele, embora estivesse certo quanto a ela ter várias visitas importantes naquele dia. — Agora que já acabei o café da manhã, preciso muito de um banho. Sabe, um pouco de sabonete — provocou ela, pensando no banho supersensual que compartilharam no ônibus em Oregon —, um pouco de xampu.

Em uma fração de segundo, ele a tirou da mesa e a carregou para fora da cozinha, levando-a para o luxuoso banheiro principal.

— Quase não consigo acreditar que finalmente vou ver as bolhas de sabão rolar pela sua pele nua.

— Os waffles que você fez para nós estavam tão bons — disse ela, enquanto olhava para cima com um sorriso que prometia fazer jus ao ato de amor travesso mais cedo naquela manhã. — Talvez eu até deixe você olhar mais que isso.

O gemido de Ford e seus beijos na sequência diziam a ela exatamente quanto ele havia gostado do plano.

* * *

Naquela tarde, quando viu que Mia tinha chegado pela entrada dos fundos do estádio, Ford sentia que estava esperando uma eternidade para o show começar. Estava cercado pela equipe e por Natasha e o cameraman, e, quando Mia chegou usando o minúsculo vestido prateado, todos instantaneamente deixaram de existir.

— *Mia.*

Ford teve que beijá-la uma vez, duas e ainda uma terceira vez antes que pudesse começar a pensar em se controlar. Ele estava tão orgulhoso de finalmente poder chamá-la de namorada ao apresentá-la para todo mundo, mas, ao mesmo tempo, ter que esperar para ficar a sós com ela novamente depois de intermináveis horas de separação desde aquela manhã o matava.

O sorriso de Natasha era o de uma casamenteira triunfante, e todos os rapazes da banda e da equipe olhavam para ele como que dizendo "mandou bem, cara". E no segundo em que apertou a mão do último membro da equipe, ele inventou a desculpa mais esfarrapada do mundo para arrastá-la ao camarim, e não estava nem aí para o fato de que todo mundo sabia exatamente o que ele iria fazer.

Ford era um astro do rock, não era? Podia muito bem viver exageradamente uma vez na vida, fazendo algo travesso no camarim, em especial quando ele tinha a mulher mais linda e mais sexy do mundo para fazer isso com ele.

Assim que entraram no pequeno camarim e Ford fechou a porta atrás deles, Mia foi direto para a guitarra. Ela passou a mão nela, admirando as curvas e as cavidades, depois a tirou do gancho em que estava e a ergueu sobre a cabeça.

— Eu sempre quis saber qual era a sensação — disse ela, batendo no mogno escuro e brilhante de forma respeitosa antes de olhar para ele com um sorriso maroto. — Agora sei por que você gosta tanto de segurá-la. É bom. E muito sensual. — Mia correu um dedo sobre uma das cordas e pareceu surpresa quando o som saiu de um enorme amplificador ao lado dela.

Ford teve uma visão súbita de Mia deitada em sua cama, nua, com a guitarra ornando suas lindas curvas. Com a guitarra ainda a tiracolo, ele a ergueu para se sentar no amplificador que estava ligado, ficando no meio das pernas dela. Suas bocas se encontraram, famintas após as horas de separação. As mãos dela entrelaçaram-se ao cabelo dele, Ford trouxe o quadril dela mais para perto e, embora a guitarra estivesse entre os dois, ele não sentiu pressa nenhuma de tirá-la dela.

Pelo contrário, o que aumentava sua adrenalina era exatamente ver a mulher que amava segurar um dos seus bens mais valiosos.

As mãos dele automaticamente foram para o quadril dela, depois para a cintura e logo para os seios. Ford queria puxar a tira da guitarra que segurava o vestido dela, mas agora estava tentando manter o controle que tinha perdido na noite passada e naquela manhã para não sobrepujá-la.

— Sei que é demais — disse ele ao enterrar o rosto no cabelo perfumado dela, tentando se controlar. — Mesmo depois de ter você meia dúzia de vezes desde ontem à noite, ainda preciso demais de você.

— Não é *demais*. Nunca será suficiente. — Mia moveu as mãos para abaixar o tecido do corpete do vestido onde as mãos dele estavam e disse: — Eu quero você com a mesma intensidade, Ford.

Ela provou o que dizia dando uma remexida no corpo ainda sentada no amplificador. Quando os seus seios saíram do corpete, perfeitos e macios na parte superior da guitarra, tudo o que Ford conseguiu fazer foi encarar. Principalmente quando Mia, devagar, começou a esfregar a guitarra no corpo para que a madeira fria excitasse os mamilos da mesma forma que as mãos e a boca dele haviam feito horas antes.

— Você quer me tocar, roqueiro?

— Quero muito! Mas você precisa estar nua primeiro.

Os olhos dela se arregalaram por uma fração de segundo antes de ficarem ainda mais escuros com o desejo insaciável que Ford sabia estar refletido nos próprios olhos. — Esperei horas e horas para ficar nua com você novamente.

Se fosse qualquer outro vestido, ele já o teria arrancado dela. Mas aquele representava demais a história deles, o passado, o presente e, se Deus quisesse, o futuro, por isso, não dava para arruiná-lo no calor do momento.

As mãos dele tremiam, mostrando o quanto ele precisava dela, então Mia o ajudou a retirar o vestido por baixo. Usando apenas a calcinha de renda, sentada sobre o amplificador com a guitarra no colo, ela representava a fantasia adolescente de qualquer garoto. Não, ela era a personificação da fantasia de qualquer homem do planeta!

Ajoelhando-se na frente dela, ele se aproximou por detrás da guitarra e foi beijando Mia de forma delicada pela extensão da panturrilha, joelhos e coxa até chegar na renda.

— Erga o quadril novamente, amor. — Ele a incentivou e rapidamente tirou a calcinha dela, embolando-a na palma da mão.

Ford enfiou a calcinha no bolso, depois deu um passo para trás para babar um pouco mais por causa dela. Ela era algo muito maior do que ele poderia lidar, a beleza da pele enrubescida, a forma como ela confiava nele para tirar a roupa com dezenas de funcionários andando pelos corredores do lado de fora do camarim; e, com um movimento lento e sedutor, ela ergueu uma das pernas sobre o amplificador. Com a guitarra mal cobrindo seu corpo, Ford sabia que não ia conseguir se controlar por muito tempo. Céus, naquele ritmo, ele ia explodir antes mesmo de abrir a calça ou tocá-la.

Com um gemido, Ford rapidamente se posicionou debaixo dela e pegou uma camisinha no bolso de trás antes de abaixar a calça. Ele rapidamente colocou a camisinha antes de erguê-la pela cintura para que ele ficasse sentado no amplificador, e ela ficasse sentada nele.

Quando ele a trouxe para perto um centímetro por vez e ela inclinou a cabeça contra ele, Mia fechou os olhos.

— Olhe para nós dois, amor. Veja como você é linda.

Dava para ver quanto esforço foi preciso para abrir os olhos, mas o momento em que ela avistou o reflexo dos dois no espelho foi suficiente para dizer que ele tinha feito a coisa certa.

— Nossa, Ford. Isso é tão gostoso! — As palavras dela eram quase guturais. — Amo muito. — Ela olhou profundamente para o espelho e disse: — Eu amo você.

— Segure firme na guitarra — disse ele com voz baixa e, assim que ela obedeceu às instruções calorosas, ela começou a impulsionar o quadril contra o corpo dele, penetrando de forma profunda e, em seguida, ainda mais profundamente ao usar as mãos na cintura para movimentar o corpo dela para cima e para baixo repetidas vezes.

Os dedos dela escorregaram nas cordas e a música acidental que ela compôs enquanto ele levava os dois à beira do êxtase uniu-se aos gemidos e ofegos de prazer.

— Sim. Por favor. Com mais força. — Os olhos dela fecharam-se novamente, mas ele sabia que ela não precisava ver mais nada, pois os dois já estavam com aquele momento sensual e perfeito no camarim eternizado em suas lembranças. — *Agora!*

Afundando o rosto na nuca de Mia, Ford a penetrou mais uma vez e então a abraçou com força enquanto os dois chegavam ao clímax... E o acorde surpreendentemente perfeito tocado por ela pairava como a trilha sonora do amor dos dois.

Trinta e dois

Mia adorou estar na plateia de Ford com seus pais e irmãos. Considerando o quanto Ford significava para ela, era estranho perceber que ela só tinha assistido a um show dele, o show da noite em que eles se conheceram. Ele não tinha mais nenhum show agendado naquela semana e eles acabaram passando o tempo todo em um hotel e, depois que terminaram o relacionamento, ela não podia tolerar a ideia de assistir a ele tocar. Por mais animado que ele estivesse por ter esgotado a capacidade máxima da plateia, e pela banda de abertura ter terminado, e então ele assumiria o palco, Mia sabia que a ansiedade de ninguém seria maior que a sua.

Os pais dela chegaram um pouco depois que ela saiu do camarim. A mãe deu um abraço em Ford e o aperto de mão do pai foi firme e muito acolhedor. Dylan chegou em seguida, parecendo ter vindo direto de um de seus barcos novamente. Mas onde, Mia se perguntava, estava Adam.

Lendo sua mente, Claudia colocou um braço reconfortante nos ombros de Mia.

— Ele vai vir. Não se preocupe.

Como se fossem palavras mágicas, Adam subitamente apareceu. Ele estava tentando agir de forma natural em relação aos lugares reservados na frente do palco, mas Mia sabia que era o seu sonho se tornando realidade.

Com vontade de dar um soco nele por deixá-la preocupada com o fato de ainda estar chateado por seu namoro com Ford, Mia entregou uma bebida para ele. Se estivesse no lugar dela e tivesse se apaixonado por uma mulher que ela não tinha certeza se ficaria com ele para o que desse e viesse, Mia sabia que não ia conseguir ficar de boca fechada também. Eles se amavam demais para ficar olhando em silêncio alguém os machucar.

Adam aceitou a bebida e tomou um longo gole que acabou com metade. As luzes no palco e por todo o estádio foram diminuindo. Os gritos e berros começaram por toda a plateia, que chamava o nome de Ford.

E então lá estava ele, seu lindo roqueiro, em pé, no holofote, comandando a atenção de uma enorme multidão sem esforço nenhum.

Desde a primeira nota que ele tocou na mesma guitarra que ela segurou em seu camarim enquanto faziam amor, Mia ficou totalmente enfeitiçada. As canções dele, a musicalidade, o humor, a intensidade, todos os aspectos do show de Ford eram simplesmente fenomenais. E ainda havia o fato de que ele conseguia distingui-la na enorme plateia, cantando todas as músicas olhando diretamente para ela, e Mia acabou tão perdida na música que noventa minutos mais tarde estava mais do que surpresa quando as luzes subitamente se acenderam para o intervalo.

Depois que os pais e Dylan disseram a ela como Ford era bom e então saíram para pegar umas camisetas para todo mundo antes que ele voltasse a tocar, ela sabia que Adam tinha ficado porque queria lhe dizer algo.

— Você estava certa — admitiu ele, relutante. — Ford é um cara legal.

Mia sorriu, agradecendo a Deus que o irmão não tinha a menor ideia do que Ford tinha feito com ela no camarim duas horas antes.

— Eu sei. E quero que saiba que você não precisa se sentir tão mal sobre a forma como se comportou durante a maior parte do jantar, pois estou planejando ser também tão dura quando você se apaixonar.

Claramente ignorando a ameaça da irmã, Adam apontou para a enorme multidão atrás dele e disse:

— Não sei quantas pessoas iam desistir disso tudo da forma como você disse que Ford vai. Ele realmente a ama, Mia.

Ela sabia que o irmão só estava tentando dizer a coisa certa, fazendo com que ela soubesse que ele aprovava seu relacionamento, mas, em vez de deixá-la relaxada, a lembrança de que Ford tinha a intenção de desistir de shows como aquele fazia com que ficasse com um aperto no peito.

Adam estava saindo do camarote quando Natasha entrou.

— Nunca vi Ford se apresentar assim. Honestamente, foi um dos melhores shows de rock que já vi em toda minha vida. Eu sabia que você ia ser boa para ele, Mia, mas não fazia ideia de que a mudança ia ser grande *assim*. Ele era sensacional antes, mas agora... — A cineasta sorriu. — Bem, não preciso dizer isso a você. Você estava lá. Viu por si mesma.

E Mia viu mesmo. Ela viu como ele fazia as pessoas felizes. Como ele as inspirava profundamente.

Ela disse a si mesma que precisa ver por si se ele estava realmente desistindo das turnês por causa dela ou se estava pronto para se aposentar dos shows de qualquer forma. Agora ela sabia a verdade.

Ford não estava *nada* perto de se aposentar.

Bem quando ela finalmente admitiu tanto para si mesma como para Ford que o amava com toda a força do seu coração, Mia teve que encarar a dolorosa verdade: ele não pertencia a uma casa de frente para o mar em Seattle com ela tentando mantê-lo ocupado com projetos enquanto administrava sua imobiliária.

Era àquele lugar que Ford pertencia.

Natasha ouviu atentamente por um momento antes de concordar e dizer:

— Claro, eu falo para ela. — Olhou para Mia e disse: — Ford gostaria que você fosse ao camarim antes de ele voltar. — Natasha riu e revirou os olhos. — Atitude típica de astros do rock, certo?

Mia forçou-se a rir com Natasha, mas ela não conseguia mais ignorar o nó em seu estômago. E os fragmentos de conversa que ouviu dos fãs de Ford ao passar por elas para chegar na lateral do palco reforçavam o que ela sabia que precisava fazer.

— *Estou sóbria há cinco anos, desde que vi Ford tocar ao vivo, e disse a mim mesma que tudo o que eu precisava fazer era aguentar apenas até o próximo show.*

— *Eu jamais teria tocado em um violão se não fosse por vontade de tocar as músicas dele e agora eu dou aula de música.*

— *Eu estava no pior dia da minha vida antes de chegar aqui hoje e agora estou no melhor dia!*

Natasha desapareceu para ir se encontrar com sua equipe de filmagem assim que encontrou Ford. Ele estava falando com o baterista, mas, quando viu Mia, rapidamente diminuiu a distância entre eles para abraçá-la.

— Adoro ter você aqui hoje.

Ela sentiu a garganta apertada ao dizer: — O show foi maravilhoso, Ford. Não me esqueci de como você era bom, mas ver você hoje no palco novamente foi fenomenal.

Ele a beijou e ela transmitiu todo seu amor por ele retribuindo o beijo.

— Também te amo — disse Ford contra os lábios dela. — Fique na coxia o restante do show. Bem aqui onde eu possa te ver, onde possa vir beijá-la a qualquer hora que precisar. Como agora. — Ele contornou os lábios dela com a língua. — E agora. — Ford mordiscou o lábio inferior dela de forma que seus joelhos ficaram mais fracos do que já estavam.

A banda já tinha começado os acordes iniciais da primeira música quando Mia sussurrou:

— Faço qualquer coisa por você.

E um pouco mais tarde, ao ouvir Ford agradecer seus fãs por todos os anos em que estiveram com ele na estrada, sabendo que aquela era sua forma de dizer adeus para eles mesmo que não entendessem ainda, Mia sabia que verdadeiramente faria qualquer coisa pelo homem que amava.

Mesmo que isso significasse deixá-lo ir, em vez de deixá-lo desistir de tudo por ela.

* * *

A chuva caía forte na hora em que eles voltaram para casa e correram para a torre. Não havia chuveiro no quarto da torre, mas a chuva pesada já tinha cuidado disso, lavando os dois.

Por meio de suas mentes conectadas, Ford podia sentir como Mia estava tremendo quando eles chegaram ao topo da escada. Ele a molhou de propósito na outra noite, quando a jogou na piscina, mas hoje, embora o vestido prateado estivesse grudado em cada uma das suas curvas, como se fosse uma segunda pele sensual, ele só queria secá-la e aquecê-la em seus braços. Talvez teria feito sentido parar no quarto principal e tomar um banho primeiro para se aquecer e se secar, mas, sem nem mesmo precisar discutir o assunto, ficou claro que eles iriam contornar a casa para ir ao quarto especial, bem lá no alto do céu de Seattle.

Segundos mais tarde, depois de fecharem a porta e acenderem as luzes, Ford tirou o vestido de Mia e a envolveu em uma coberta bem quente. Repetidas vezes ele passou as mãos sobre ela até que ela parasse de tremer.

— Prometo que vou deixá-la quentinha em um minuto.

Tirando as próprias roupas com a mesma rapidez com que tirou as dela, Ford pegou outra coberta para envolver seu corpo úmido, depois a colocou em seu colo. Hoje, sabendo que iriam começar uma nova vida juntos, ele havia colocado uma pequena caixa azul debaixo do travesseiro.

— Preciso de você mais perto — sussurrou Mia ao aninhar-se debaixo do cobertor dele para que ficassem coladinhos, o peito pressionado ao dele, os braços ao redor das costas dele, as pernas enlaçadas na cintura. — Não quero que você vá embora nunca, Ford.

Pela primeira vez, ele não tinha nenhum preservativo por perto, mas sabia o quanto ela queria uma família e não via a hora de começar uma o mais rápido possível. Garotinhas e garotinhos que encheriam a casa de risos e de amor.

— Também não quero que você vá — disse ele ao deixá-la delicadamente debaixo dele para que pudesse encaixar as pernas dela completamente ao redor dele, penetrando-a com um suspiro de prazer que mexia com os dois. Era a primeira vez que ele entrava nela sem proteção nenhuma, com nada entre eles além da pele úmida e do calor, e ele sabia que nada no mundo poderia ser melhor que aquilo. Só fazer amor com Mia.

— Você ainda está tremendo — murmurou Ford em sua nuca. Ele não tinha mais certeza se era por causa do frio da chuva. Mas, em caso de dúvida, ele desesperadamente precisava fazer com que os dois descansassem. — Você não sabe que eu faria qualquer coisa por você? Você não sabe que sempre colocarei você em primeiro lugar?

— Eu te amo tanto — declarou ela com voz rouca, que o deixava tão arrepiado quanto ela estava, mesmo com o ato de amor aquecendo os dois cada vez mais a cada movimento dele dentro dela.

— Mais do que eu jamais achei que fosse possível amar.

E conforme um levou o outro ao limiar do prazer, que era ao mesmo tempo doce e pecaminoso, Ford sabia que finalmente havia chegado a hora de pedir a Mia que fosse dele.

Para sempre.

* * *

Ford acariciava as costas de Mia e ela ainda estava tentando elaborar as sinapses para começar a raciocinar logicamente de novo quando ele disse: — A primeira vez que a vi na torre, queria pedi-la em casamento.

Afastando-se um pouco de onde estava aninhada no corpo dele, Mia observou Ford estender a mão para pegar uma caixinha azul debaixo da almofada.

Ah, meu Deus, ele não ia fazer aquilo agora. Ford não podia pedir a Mia que se casasse com ele quando ela finalmente tinha aceitado o quanto o amava, e amá-lo significava deixá-lo livre. Ela abriu a boca para tentar impedi-lo antes que seu coração partisse ainda mais, e a mera força da emoção nos olhos negros dele lhe roubou as palavras.

— Olho ao redor dessa casa, ando pela cidade, e você está em toda parte. Você não fez só a música voltar a ser importante para mim, fez *tudo* importar. — Quando ele abriu a mão, havia um anel com um enorme diamante no centro. — Case-se comigo, Mia, e faça de mim o homem mais feliz do planeta.

Mia não chorava por ele desde aquela noite em Miami, quando percebeu que nada do que sentiam um pelo outro era real. Agora que ela sabia como o amor deles era verdadeiro, as lágrimas finalmente caíram de novo.

— Você não pode ficar em Seattle.

Ford olhou para Mia como se não a tivesse entendido direito. Mas a descrença rapidamente cedeu espaço à confusão. — Tudo o que eu quero está aqui, Mia. Principalmente você.

— Isso não é verdade. — Quando ela viu que a mágoa se elevou nos olhos dele, ela ficou de joelhos diante dele e pegou seu rosto com as mãos. — Eu sei que você me ama e quer ficar comigo. Mas também vi que você pertence ao palco, Ford. Não apenas para angariar fundos ocasionais, mas para tocar em estádios na frente de centenas de milhares de pessoas.

— Talvez eu precisasse disso antes, só que não sou mais uma criança sonhando com a glória.

— Você fica falando de glória, mas, quando está no palco, você extrapola isso. Quando toca para as pessoas, a magia acontece, Ford. Você faz as pessoas felizes. Você as inspira. Você toca seus corações e suas almas com o que faz e sendo quem você é. Sei que meus irmãos não agiram exatamente como seus maiores fãs ontem à noite na casa dos meus pais, mas você deveria tê-los ouvido falar dos seus shows. E não é só porque você é tão talentoso e suas músicas são ótimas. É porque *você* fica tão feliz e inspirado no palco que não há como isso não contagiar toda a plateia.

Ford cobriu a mão dela com a sua, fechando os olhos ao mover o rosto para que pudesse acariciá-la com a barba por fazer. Ela sentia o anel entre eles, o anel que queria tanto que ele deslizasse em seu dedo.

Mas ela jamais poderia se perdoar por roubá-lo do lugar a que ele verdadeiramente pertencia.

— Adoro o palco — admitiu ele finalmente, quando abriu os olhos de novo para que ela pudesse ver tudo o que ele sentia. — Jamais mentiria para você dizendo que não amo. Mas quero estar aqui por você. Eu não estava disposto a desistir da estrada antes, isso nem passava pela minha cabeça, embora eu esperasse que você desistisse da sua vida por mim. Mas preciso que você saiba quanto eu a amo, Mia, o suficiente para desistir absolutamente de *tudo* por você, sem arrependimentos, sem jamais olhar para trás.

— Ah, Ford! — Mia apoiou a testa contra a dele. — Eu achava que amor tinha tudo a ver com grandes gestos, rosas vermelhas e serenatas ao pôr do sol. Mas agora eu sei que amar é querer ser tudo que você está destinado a ser sem jamais querer que o outro se desfaça de coisa nenhuma por qualquer razão. Nem mesmo por mim. Não preciso que você entre correndo em um edifício em chamas por mim nem me escreva uma música de amor para saber que seu amor é real. Tudo o que eu preciso é que você me diga o que *realmente* quer.

— Você, Mia. Acabei de lhe dizer isso, você é o que eu realmente quero. Por que não acredita em mim?

Deveria ter sido exatamente o que ela queria ouvir, mas, assim como aconteceu com Colbie e Brooke no bar, Mia sabia em seu coração quando uma de suas melhores amigas estava dizendo o que ela queria ouvir em vez da verdade. Ela jamais iria querer que suas amigas sentissem que ela estava escondendo o que se passava em seu coração por estarem preocupadas com a reação dela, e também não iria deixar o homem que amava fazer o mesmo.

— Claro que acredito que você me quer, da mesma forma que eu quero você. Mas dou conta de ouvir o restante, Ford, consigo ouvir o que você realmente quer. Somos melhores amigos, lembra-se? E é isso que amigos fazem. Eles conversam um com o outro e dizem coisas verdadeiras, mesmo se acham que isso pode magoar a pessoa que ouvir.

Ford hesitou por um longo momento antes de dizer:

— Não vou perder você novamente.

Mia sabia de onde vinha o medo de perdê-la novamente. Quando os pais dele queriam que ele fosse alguém que ele não era, e ele não pôde fazer isso, e eles viraram as costas para ele para sempre. Era óbvio que ele pensava que ela fosse fazer o mesmo com ele agora.

Um raio brilhou no céu nessa mesma hora, e Mia sentiu como se ele a tivesse atingido. E se amar Ford não significasse deixá-lo livre?

E se amar Ford significasse nunca, jamais deixá-lo ir?

Ela colocou os braços ao redor dele e o abraçou com força, a doce pressão dos corpos ainda conectados era sensual e, ao mesmo tempo, reconfortante.

— Não importa o que você disser. Você não vai me perder. Eu te amo do jeito que você é. Jamais precisa mudar por minha causa por achar que não vou amar você se não estiver seguindo as minhas regras de como a vida deve ser. — Ela deu-lhe um beijo nos lábios e disse: — Agora, me diga o que você realmente quer, e não importa o que for. Prometo que não vou sair correndo nem jogar meu amor fora.

— Você — disse ele novamente. — Quero você. — Então ele finalmente se soltou dos braços dela. Quando levantou para andar pela torre, o cobertor se soltou de seu corpo e ele estava gloriosamente nu quando enfim admitiu: — Eu quero a música. — Parecia que as palavras estavam presas em suas entranhas. Ele respirou fundo e completou. — Eu quero uma família. — Por fim, Ford se virou para encará-la. — *Tudo.* Eu quero tudo, Mia.

Embora ele estivesse dizendo a verdade, dava para ver o medo enquanto falava:

— Mas eu jamais poderia pedir a você que deixasse seu trabalho e sua família para trás por minha causa. Não quando eu sei o quanto isso vai magoá-la. Também não quero que você mude por mim.

Outro raio surgiu no céu quando Mia se movia para ficar em pé na frente dele, segurando suas mãos entre as dela: — Eu já mudei, Ford.

Ela não tinha percebido essa verdade há uma hora, acreditando que havia apenas uma forma de os dois permanecerem verdadeiros para si mesmos: vivendo separadamente. Mas agora ela enfim entendia algo que antes ela era jovem demais, assustada demais, impressionada demais para entender, embora sua mãe tivesse tentado ajudá-la a ver isso no jantar de sexta-feira.

— Eu sei quem eu sou, Ford, de uma forma que eu não sabia antes. Quando tinha vinte e três anos, eu estava com muito medo por ter me perdido em você e em sua vida tão rapidamente. Aquele medo de não saber manter minha própria identidade fez com que eu acreditasse que era melhor para mim se ficasse sem você. Mas eu finalmente aprendi que amar você, apoiar você, não vai diminuir quem eu sou. Não significa que vou me tornar uma extensão de você ou uma nota de rodapé em um documentário a menos que você aposente todo o seu equipamento de turnê em um depósito de Seattle para que possa estar em casa toda noite para celebrar algum negócio que eu feche.

— Então — disse ele lentamente enquanto seus polegares roçavam nas costas das mãos dela —, se você não quer que eu desista de viajar em turnê e eu não quero que você desista da sua carreira em Seattle, mas nenhum de nós quer ficar longe um do outro...

— Então suponho que vamos ter que pensar em uma coisa de cada vez, mesmo que isso signifique que eu tenha que desistir de alguns negócios grandes pelo caminho...

— E eu deixe de tocar em alguns estádios...

— E a gente deixe de comparecer em alguns jantares em família se for preciso.

— Não, eu não quero perder muitos jantares em família — disse Ford com os olhos cheios de calor e amor.

— Concordo — afirmou Mia com um sorriso, levando as mãos dos dois sobre o coração dela. — Definitivamente não podemos perder muitos. E se as coisas começarem a parecer fora do prumo, vamos juntos pensar em uma forma de consertar tudo. Não sou mais tão jovem nem tão tola para achar que vai ser fácil, mas...

— Por você vale a pena.

— Por você também, roqueiro.

Logo em seguida, lá estava Mia de volta com Ford nas cobertas, e ele já estava por cima dela, seus seios estavam pressionados contra o peito dele e as coxas, presas entre as dele.

— Agora que já está tudo acertado, que tal responder à pergunta que te fiz mais cedo?

Claro que ele tinha que saber qual era a resposta dela, e o *sim* estava na ponta da língua. Mas, assim como a ansiedade de fazer amor com ele na semana passada acabou sendo mais divertida do que ela pensava, Mia tinha que imaginar como seria divertido acrescentar certa ansiedade ao pedido de casamento dele.

— Você prometeu que não haveria mais ultimatos — lembrou Mia com voz marota, uma que sabia que sempre o deixava animado, especialmente julgando pela forma como sentia sua ereção no meio das coxas quando ele começou a beijar seu corpo todo.

A barba roçava de uma forma deliciosamente pecaminosa em seus seios quando Ford disse:

— Verdade, mas não prometi não seduzi-la até você dizer *sim.*

— Você não queria fazer amor comigo até que eu tivesse certeza de que amava você, mas, como sabe que eu amo, você está planejando usar o sexo para conseguir tudo o que quiser de mim de agora em diante?

Ford ergueu a cabeça que estava nos seios dela sorrindo e disse:

— Claro!

— Mas...

Como ela conseguiria terminar a frase quando ele deslizava a língua em um mamilo enquanto brincava com o outro? No mesmo momento em que ela tentava pensar em como recuperar o fôlego novamente, ele trocou as mãos e a boca, chupando o outro mamilo e brincando com o que antes chupava.

— Humm?

A vibração da garganta dele em sua pele fazia com que ela estremecesse. E quando ele começou a lamber e a mordiscar ambos os seios, teria sido muito mais fácil ceder à sedução e se esquecer do que ela precisava dizer. Mas, de alguma forma, ela encontrou forças para dizer as próximas palavras.

— ... Isso não...

Ela ofegou quando ele deslizou os dedos entre as coxas dela, penetrando-a. Era óbvio que tinha sido inteligente manter o sexo fora do relacionamento até que um alicerce fosse construído primeiro, pois ela mal conseguia pensar direito com ele a tocando daquela forma.

Por mais que amasse seu toque, Mia *o* amava.

— Inferno! — disse ela finalmente. — Vá em frente e mostre o seu pior.

— Já estou fazendo isso, amor — murmurou Ford em seu abdome, antes de descer em seu corpo, beijando-a cada vez mais embaixo. — Você está prestes a receber o *melhor* de mim.

E ele não estava brincando, pois, naquele exato momento, sua boca cobriu a dela e a língua e as mãos dele deslizavam por todo o corpo dela da forma mais maravilhosa possível. Ela estava tão perto, perto demais, e estava quase à beira da loucura, até que Ford subitamente mirou seus lábios, língua e dedos e deu a Mia exatamente o que ela precisava.

— *Sim! Sim! Sim!*

O orgasmo ainda pairava no ar quando ele colocou o anel em sua mão. O sorriso era largo quando voltou ao lado dela para que Mia pudesse envolver os braços e as pernas ao redor dele.

Claro que enquanto isso ela admirava o novo anel de noivado sobre os ombros dele.

— Você acha que é muito esperto, não é, fazendo o que for preciso para me forçar a dizer sim?

— Se você acha que isso foi ser esperto — disse ele com uma voz rouca contra a boca de Mia enquanto suas mãos percorriam o corpo dela de forma possessiva —, você deve ver o que vou fazer em seguida.

— Deixe-me adivinhar... É algo daquela sua lista, não é?

— Sim — confirmou Ford ao entrar com força nela com um só movimento para demarcar sua posse do corpo dela bem como de seu coração.

— Eu mencionei — ela conseguiu informá-lo com seu sorriso provocante, embora estivesse muito difícil elaborar palavras coerentes com ele se movendo dentro dela daquela forma — que eu também tenho uma lista? Uma que começa com o bloqueio de tudo que tenho que fazer amanhã para ligar para todos os membros da minha família com a notícia do nosso noivado, como prometi que faria.

E quando Ford contou a Mia o quanto gostava daquele plano ao trazer o corpo dela e a boca ainda mais para perto, o último pensamento claro dela antes de o clímax roubar o funcionamento de todas as células de seu cérebro era que a vida sempre seria uma aventura com o homem que não era apenas seu melhor amigo e amante, mas também a outra metade de seu coração e de sua alma.

Epílogo

— Estou tão, tão feliz — disse Mia a Ian —, mas estaria ainda mais feliz se você estivesse conosco aqui hoje.

Via Skype, Ian via que Mia estava iluminada. Todos estavam na casa de seus pais para comemorar seu noivado, mas como ele não tinha conseguido sair de Londres para chegar a tempo para a festa, a irmã estava sentada à frente do computador do pai tentando inseri-lo na festa.

— Queria estar aí. — Ian ainda estava mal-humorado por não ter conseguido mudar as reuniões do dia sem potencialmente perder milhões dos investidores. — Mês que vem, quando eu voltar para Seattle para sempre, você vai ter que reservar uma noite para mim para que eu possa celebrar com você.

— Eu *e* o Ford — lembrou ela com seu jeito usualmente atrevido. Na mesma hora, o noivo veio por detrás dela enlaçando os braços em sua cintura.

Feliz por ele não conseguir ver as mãos de Ford se apertarem por detrás da mesa, Ian concordou.

— Certo. Vocês dois. — Sabendo que a irmã ficaria chateada se não se esforçasse, ele acenou para o roqueiro, dizendo: — Parabéns, Ford.

Ford sorriu para Ian, parecendo ridiculamente satisfeito com a forma como as coisas tinham acabado.

— Obrigado, Ian. Sou o homem mais sortudo do mundo.

Para provar o que dizia, Ford beijou Mia bem na frente da câmera. Em uma tentativa de impedir que a pressão arterial de Ian explodisse, o primo, Smith, e sua noiva, Valentina, que tinham entrado no escritório de Ian logo após Mia ter começado a falar, começaram a dar parabéns ao mesmo tempo.

— Uau, vocês estão tendo uma festa da família Sullivan por aí também, não estão? — disse Mia, sorrindo para todos eles.

— Não vai durar muito, só enquanto terminamos de produzir nosso último filme — esclareceu Smith. — Valentina e eu logo estaremos em Seattle para um novo filme.

Mia perguntou a Valentina: — Tatiana não virá para cá também?

Valentina assentiu com alegria: — Ela acabou de confirmar que ficará em Seattle por um tempo. Estou tão feliz por estarmos na mesma cidade novamente!

— Vamos todos nos divertir muito juntos — disse Mia, olhando especificamente para o irmão ao acrescentar. — Não vamos, Ian?

Dava para ver pela expressão travessa dela que Mia não havia se esquecido da reação dele a respeito de Tatiana no casamento de Marcus e Nicole em Napa Valley. Felizmente, entretanto, Valentina parecia não ter a mínima ideia de que ele havia passado um tempo com a irmã mais nova dela, nem que foram lançadas mais faíscas entre Ian e Tatiana durante os quinze minutos nos vinhedos do que com qualquer outra mulher com quem ele havia estado antes.

Quinze minutos depois, quando Mia e Ford voltaram a curtir sua festa, Ian levantou-se de sua cadeira de couro para servir uma bebida para si mesmo e para seus convidados.

— Ainda estou tentando me acostumar com a ideia de Mia e... — Ainda era difícil dizer o nome do cara sem grunhir. — ... Ford.

Mas não era somente o fato de que ela ia se casar com um cara com o estilo de vida como o de Ford que o incomodava. A experiência pessoal tinha ensinado a Ian como era difícil manter um casamento. Mesmo assim, isso não significava que não era o caminho certo para a irmã dele. Ele se forçava a admitir isso porque jamais cometeria o erro de casar novamente — nem de se apaixonar.

— Ela obviamente sabe que você está feliz por ela — disse Valentina com um sorriso gentil. — E que algumas mudanças levam um tempo para nos acostumarmos.

Depois de entregar um copo a cada um deles, ele tomou um gole bem longo.

— Como você lidava com os relacionamentos das suas irmãs, Smith?

— Honestamente — disse o primo —, não era fácil. Tanto Sophie quanto Lori não falaram nada a princípio, mas como a Sophie acabou indo para o hospital e eu descobri que Jake a tinha engravidado de gêmeos, perdi totalmente o controle. Mas, aí, vi a forma como ela olhava para ele, e a forma como Lori olhava para Grayson, e isso mudou tudo. Tudo o que sempre quis era que minhas irmãs fossem felizes, e, quando percebi que os homens com quem se casaram dariam tudo para fazer isso, ficou mais fácil lidar com a situação.

— Sei que vou ficar doidinha quando minha irmã se apaixonar — afirmou Valentina. — O mundo todo vê Tatiana como essa linda atriz confiante, e ela é isso mesmo, mas eu conheço a pessoa de verdade por trás disso tudo e sei como ela é inocente. — Valentina suspirou. — Só espero que, quando ela finalmente se apaixonar, que seja por alguém que a mereça, que perceba como ela é especial.

— Senão — disse Smith em tom assustador. — Terei que matar o cara por magoar minha nova irmãzinha.

Ian tomou o resto do uísque de um gole só.

Desde o casamento ele não conseguia parar de pensar em Tatiana. Antes de os dois se mudarem para Seattle, ele ia ter que se esforçar para esquecer quanto a queria.

Ian faria qualquer coisa para parar de pensar em como seria beijá-la.

E, acontecesse o que acontecesse, ele teria que afastar completamente a vontade insana de torná-la sua.

Conheça outros sucessos de Bella Andre

UM OLHAR DE AMOR

Chloe prometeu nunca mais cometer o erro de confiar em um homem. Mas, a cada olhar de Chase Sullivan, ela sente que não pode fazer nada a não ser se perguntar se encontrou a única exceção. Bella Andre nos presenteia com a primeira história desta série sensual e romântica em que, ao contrário do que muitos pensam, aceitar o amor não é um sinal de fraqueza, mas sim de coragem. E, melhor ainda: o amor é o parceiro perfeito do prazer.

Disponível em livro e e-book

POR UM MOMENTO APENAS

Marcus Sullivan precisa de uma noite de loucura para esquecer a grande decepção que sofreu. Nicole Harding, uma famosa cantora pop, ostenta a falsa imagem de símbolo sexual e, depois de ser traída, não quer mais saber de ninguém. Até conhecer Marcus, um homem charmoso e encantador. Segundo volume desta série sensual e romântica, em que o amor pode tornar um simples encontro em algo que durará para sempre...

Disponível em livro e e-book

NÃO POSSO ME APAIXONAR

Gabe Sullivan é um bombeiro de São Francisco que arrisca sua vida todos os dias. Megan Harris admite que deve tudo ao heroico bombeiro que entrou no prédio em chamas para salvar sua filha de sete anos. Quando Gabe e Megan se reencontram e as chamas incontroláveis do desejo se acendem, como ele poderia ignorar a coragem, a determinação e a beleza da jovem? A atração entre Gabe e Megan é irresistível. Se ambos não forem cuidadosos, correm o risco de se apaixonar.

Disponível em livro e e-book

SÓ TENHO OLHOS PARA VOCÊ

Sophie Sullivan, uma bibliotecária de São Francisco, tinha cinco anos de idade quando se apaixonou por Jake McCann. Vinte anos depois, estava convencida de que o bad boy ainda a via como a gêmea Sullivan boazinha. Jake faz de tudo para mantê-la distante. E não só porque ela é a inacessível irmã de seus melhores amigos, mas porque ele tem medo de tê-la perto demais e não resistir ao seu charme...

Disponível em livro e e-book

SE VOCÊ FOSSE MINHA

De todos os homens que Heather Linsey conhecera, Zach Sullivan era o mais atrevido. De qualquer forma, ela sabia que podia controlar as investidas dele, caso se mostrasse desrespeitoso. O que Heather não sabia é que sua rejeição ia despertar os mais profundos e obstinados desejos de Zach.

Disponível em livro e e-book

PERTO DE VOCÊ

Smith Sullivan é um astro de Hollywood que tem o mundo aos seus pés, mas sente que falta alguma coisa. Valentina, mesmo sendo a mais discreta e fria das mulheres, acaba chamando a atenção de Smith. Imediatamente, o galã investe na sua conquista, mas esse desafio não será tão simples de vencer. Será que o charme dos irmãos Sullivan não é mais o mesmo?

Disponível em livro e e-book

QUERO SER SEU

Ryan Sullivan sempre gostou muito de Vicki, a quem conheceu na adolescência, quando ela lhe salvou a vida. O tempo passou, Vicki casou-se e se separou, e Ryan seguiu sua vida de solteiro. Até o dia em que Vicki pediu-lhe um favor: será que Ryan poderia fazer as vezes de seu namorado para afastá-la de um homem mal-intencionado e pegajoso? Agora, depois de brincarem de namorados, será que os dois conseguirão manter a amizade de sempre?

Disponível em livro e e-book

EM MEUS PENSAMENTOS

Grayson Tyler enfrentou uma tragédia três anos atrás. Agora, ele está recomeçando sua vida nas montanhas da Califórnia. A tranquilidade vai embora para sempre no dia em que a energia vibrante de Lori Sullivan invade o seu mundo. O magnetismo entre os dois promete tirar, literalmente, o sossego de Grayson, mas o fazendeiro solitário não está disposto a baixar a guarda. Ele não vai deixar essa novata virar sua vida de cabeça para baixo.

Disponível em livro e e-book